Claudia Mummert
Der Blutfänger

Zu diesem Buch
Wieder ein Selbstmord in der Vorweihnachtszeit. Eine junge Frau wird mit aufgeschnittenen Pulsadern in ihrer Badewanne gefunden. Die engagierte Kriminalkommissarin Charlotte Krüger ist sich allerdings sicher: Hier stimmt etwas nicht! Doch ihre Vorahnung stößt bei ihren Vorgesetzten und Kollegen auf taube Ohren. Erst als sich die Opfer häufen, wird selbst der sturen Staatsanwältin klar, dass in Karlsruhe ein Serienmörder sein Unwesen treibt. Die Ermittlungen gestalten sich turbulent, denn nicht nur polizeiinterne Intrigen, sondern auch ein attraktiver Rechtsmediziner machen Charlotte das Leben schwer.
Es beginnt eine verzweifelte Jagd nach dem Mörder. Einem Mörder mit grenzenlosem Blutdurst, der sich für einen Auserwählten hält – einen Auserwählten der besonderen Art ...

Die Autorin
Claudia Mummert, geboren 1965 in Karlsruhe, lebt mit ihrem Mann und ihren beiden Töchtern in Durlach. Sie ist gelernte PTA, arbeitet heute aber in der Computerbranche.
Seit 2007 schreibt sie bevorzugt Kriminalliteratur sowie Fantasy- und Kindergeschichten. Bisher sind mehrere Kurzgeschichten von ihr veröffentlicht worden. Der Thriller »Der Blutfänger« ist ihr erster Roman, der nächste Thriller mit dem sympathischen Ermittlerduo Charlotte Krüger und Tom Berger ist bereits in Arbeit.
Mehr Informationen unter www.claudiamummert.de

Claudia Mummert

DER BLUTFÄNGER

Thriller

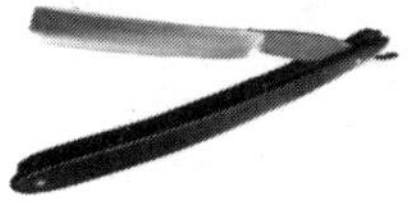

G. Braun Buchverlag

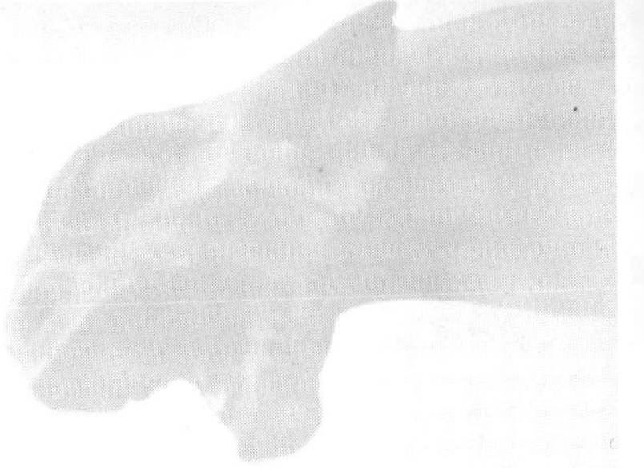

PROLOG

... Wir wussten, dass das Gebäude nur einmal im Jahr für öffentliche Führungen geöffnet wurde, daher waren hier auch nur ganz selten Menschen unterwegs. Ganz in Ruhe und ohne die erhoffte Gänsehaut schauten wir uns um. Ich entdeckte ein etwa handgroßes Loch im Boden, direkt neben den Eingangsstufen. Ich rief meine Freunde zu mir und wir begutachteten es sehr ausgiebig, indem wir Steine hineinwarfen und versuchten, durch den Aufprall die Tiefe abzuschätzen. Doch man konnte nichts hören. Wir entdeckten noch mehrere solcher Löcher, die rund um das Mausoleum in die schweren, dicken Sandsteinplatten eingelassen waren. Wir stocherten mit langen Stöcken darin herum, ließen sie fallen, doch sie fielen tonlos ins dunkle Nichts.

Ich weiß nicht mehr, wessen Idee es war, eine Mutprobe daraus zu machen. Auf alle Fälle galt es: wer die Hand am tiefsten in das Loch steckt, ist der Mutigste. Der Erste begann. Ganz zögerlich näherte er sich mit den Fingerspitzen dem Loch, tauchte sie langsam hinein und zog sie sofort wieder angewidert heraus. »Das ist ja ekelig. Wer weiß, was da für Tiere drinsitzen.« Wir lachten. Noch. Dann kam der Nächste. Er wollte ja mutiger sein, also steckte er seine Hand ganz schnell bis zum Handgelenk in das Loch und zog sie genauso schnell wieder heraus. »Wow, das ist wie Achterbahn fahren. Das kribbelt ganz schrecklich im Bauch. Vielleicht gibt es da ja Vampire, die nur auf unsere Hände warten.« Daran hatte ich noch gar nicht gedacht. Der Gedanke an Vampire rief in mir seltsamerweise keine Angst hervor, sondern eine Art Faszination. Und doch stellten sich die Härchen auf meinem Arm zu Berge, als ich an der Reihe war. Ich musste noch tiefer in dieses dunkle Etwas greifen, um meine beiden Vorgänger als Angsthasen dastehen zu lassen und mich als den mutigen Helden. Ich steckte meine Hand in das Loch und spürte einen kühlen, feuchten Luftzug um meine Finger streichen. Ich schob meine Hand langsam tiefer. Mit Stolz sah ich in die ungläubigen Gesichter meiner beiden Freunde, die meinen Arm langsam in dem Loch verschwinden sahen. Er war inzwischen bis zum Ellbogen verschwunden. »Es reicht, du hast gewonnen. Zieh die Hand wieder heraus. Schnell.« Es sprach Angst aus ihren Stimmen. Ich aber kam in eine Art Euphorie und schob meinen Arm noch tiefer. Plötzlich wurde es um uns herum ganz still. Kein Vogelgezwitscher mehr, das Abendrot war schlagartig verschwunden, Nebel wallte auf, obwohl kein Luftzug zu spüren war. Mir wurde mulmig und ich wollte gerade meinen Arm wieder herausziehen, da packte mich plötzlich etwas am Handgelenk und riss mich nach unten. Ich schlug hart mit dem Gesicht und meinem Körper auf dem Boden auf und mein Arm steckte bis zum Schultergelenk in dem Loch. Mir blieb die Luft weg. Ich spürte massenhaft Stiche und Schnitte in meinem Arm und konnte mich nicht bewegen, geschweige denn einen Laut von mir geben. Meine Freunde schrien entsetzt auf, packten mich an den Schultern und versuchten mich mit aller Gewalt rückwärts auf den Weg zu ziehen. Mir kam es wie eine Ewigkeit vor, bis es ihnen endlich gelang. »Was war denn das? Was ist passiert?« Beide schrien hektisch durcheinander. »Was ist mit deinem Arm passiert?« Erst in diesem Moment spürte ich das Brennen am Arm. Ich hatte unzählige kleine Schnitte, an denen das Blut in kleinen Rinnsalen herab lief. Mein Handgelenk war rundum blutunterlaufen und meine Hand war dunkelblau und eiskalt. »Du wirst ja ganz blass, ist dir schlecht? Sollen wir dich nach Hause bringen?« Einer begann zu weinen: »Wir hätten auf unsere Eltern hören sollen.« Ich hörte nicht zu. Mir brauste es in den Ohren und mein Herz klopfte bis zum Hals. Mein Arm schmerzte und ich fror. Meine Freunde packten mich unter den Armen und schleiften mich den ganzen Weg zurück, um mich vor unserem Haus abzusetzen.

Ich nahm meinen ganzen Mut zusammen, denn ich wusste, es würde mächtig Ärger geben, und schloss die Tür auf. Aber es kam schlimmer. Ich schlüpfte auf Zehenspitzen durch die Eingangstür und schloss sie ganz leise hinter mir. Es war sonderbar still in der Wohnung. Mein Blick fiel ins Wohnzimmer, in dem normalerweise meine Eltern am Tisch saßen und um diese Zeit Kaffee tranken. Es war leer. Plötzlich hörte ich ein Schlürfen und Schmatzen, das aus der Richtung unserer Küche kam. Ich schlich ganz langsam den Flur entlang und achtete auf die knarzenden Bodendielen. Ich kannte sie alle, und wusste welchen Weg ich wählen musste, um geräuschlos durch die Wohnung zu gelangen. Je näher ich der Küchentür kam, desto lauter wurden diese seltsamen Schmatzgeräusche. Ich hatte die Schmerzen in meinem Arm vergessen, verdrängt von einem unguten Gefühl, einer Art Vorahnung. Es war nicht die Angst vor meinen schimpfenden Eltern, es war eine andere Angst. Hier stimmte etwas nicht. Ich lehnte mich an den äußeren Türrahmen der Küche, deren Tür einen Spalt breit geöffnet war. Und was ich da sah, ließ mir das Blut in den Adern gefrieren. Meine Mutter stand am Tisch, die Hände und Arme voller Blut. Sie saugte laut schlürfend an einem blutigen Klumpen Etwas. Das Schlürfen und Schmatzen wurde unerträglich laut. Ich lehnte mich ungläubig weiter nach vorne und sah meinen Vater, der ebenfalls in solch einen blutigen Klumpen biss und abartig schlürfend das Abgebissene zerkaute. Mir wurde übel und ich begann zu schwanken. In dem Moment, in dem ich in die Augen meiner Mutter sah, die entsetzt meine Anwesenheit registrierte, wurde ich bewusstlos und sank zu Boden ...

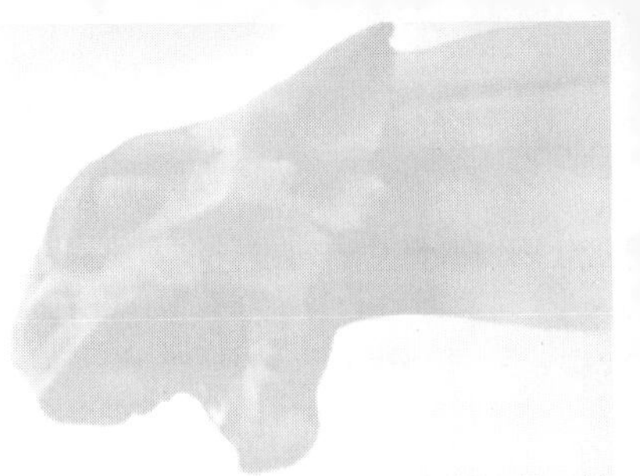

1. KAPITEL

Das gefrorene Gras knirschte unter ihren weichen, federnden Schritten. Charlotte blickte auf ihre Uhr, verlangsamte den Schritt und stemmte dabei die Hände in die Seite. Stoßweise bildete ihr Atem kleine Dampfwölkchen, die vor ihrem überhitzten Gesicht aufstiegen. Atemübungen waren wichtig beim Laufen. Sie atmete bewusst tief ein und aus, während ihr Blick an einem Baum haften blieb. Der Nebel hatte sich, mit Hilfe der Minusgrade, wie Puderzucker über die Baumspitzen gelegt. Jeder Ast, jedes vertrocknete, noch am Baum hängende Blatt und jede Spinnwebe war mit weiß schimmernden Eiskristallen überzogen, so dass es auch ohne Schnee traumhaft winterlich aussah. Die Sonne blitzte zwischen den Bäumen hervor und ließ die Eiskristalle aufleuchten. Die Natur machte sich weihnachtlich zurecht, mit dem Glitzern und Funkeln des Raureifes. Nur noch eine Woche, und es war so weit. Weihnachten – und sie musste arbeiten.

In der Oststadt von Karlsruhe saß ein Mann am Küchentisch seiner Dachgeschosswohnung. Sein schütteres Haar hatte er auf zwei Millimeter gekürzt, um militärisch auszusehen. Eine Respektsperson wollte er sein, was er mit seinen lediglich neunundzwanzig Jahren durch diesen Haarschnitt und seine große, hagere Gestalt auch erreichte. Seine stechenden Augen verstärkten den Eindruck, was er immer wieder von neuem genoss. Die Menschen, mit denen er zu tun hatte, behandelten ihn zuvorkommend, aber mit Distanz und Zurückhaltung, fast eingeschüchtert, was seinem introvertierten Lebensstil entgegenkam. Er wischte mit der Hand die Krümel vom Tisch und ließ sie auf den Boden fallen. Angewidert blickte er ihnen nach. Der Fliesenboden hätte ein schönes Muster, wenn er gefegt und gewischt wäre. Doch überall überdeckten zertretene

Essensreste, verwischte Kaffeeflecken und undefinierbare Krümel die kunstvoll verlegten Fliesen. Mit dem Fuß schob er ein paar der Krümel unter den Tisch, wie schon so oft. Hier türmte sich der Unrat. Leere Papiertüten reckten hungrig ihre offenen Enden den leeren, triefenden Kaffeesahnedöschen entgegen, die wiederum nach den Brosamen schnappten.

Hektisch blätterte er in einem kleinen zerfledderten Buch. Er beugte sich tief darüber und überflog die Zeilen. Sein Oberkörper wippte vor und zurück. Er musste etwas übersehen haben. Die vielen Eselsohren und Knicke in seiner Lektüre störten ihn nicht. Schweiß lief ihm von der Stirn über die Augenbrauen und tropfte auf die Seite, auf der er, mit dem Zeigefinger folgend, eine Zeile nach der anderen las. Er wollte sichergehen, diesmal nichts zu übersehen. Schnell wischte er den Tropfen mit dem Ärmel weg und fuhr sich mit dem Unterarm über die Stirn, um weitere Störungen in seinem Lesefluss zu verhindern. Sein Atem ging kurz und heftig. Das Wippen wurde schneller. Seine linke Hand ballte sich zur Faust und von einer unsichtbaren Kraft gezogen, hob er sie an seinen Mund und biss sich heftig in das Gelenk seines Daumens. Das Wippen war inzwischen zu einer Art Hüpfen geworden. Ein unartikulierter Laut drang aus seiner Kehle während er den Blick zur Decke richtete. Blut rann ihm an den Mundwinkeln und am Handgelenk herunter. Er sog die Luft zischend ein und versuchte den aufgestauten Schmerz zu unterdrücken. Er war stark, doch noch nicht stark genug. Vielleicht war das der Grund seiner Misserfolge. Stöhnend riss er die Hand aus dem Mund und vergrub sie in seinem Schoß. Tränen liefen über seine Wangen und vermischten sich an den Mundwinkeln mit Blut. An seiner fleckigen Jeans versuchte er durch Wischen und Tupfen seinen Daumen zu trocknen. Die auf dem Tisch verbliebene Hand hob er langsam an und ließ sie mit einem lauten Krachen auf das Buch niedersausen. Tränen bedeuteten Schwäche. Zorn auf ihn selbst begann den Schmerz zu überdecken. Zorn auf seine Schwäche und Unfähigkeit.

Mit einer kurzen Handbewegung fegte er das Buch vom Tisch. Er blickte ihm nach, wie es zwischen dem essensverkrusteten Elektroherd und der Einbauspüle, die bergeweise benutztes Geschirr beherbergte, liegen blieb. Es war ihm egal. Nur dieses Buch war Schuld. Hätte er es doch nie gelesen. Aber bereits nach den ersten Seiten hatte es sich in seinem Kopf eingenistet, ihn nicht wieder losgelassen und sein ganzes Leben verändert. Es gab kein Zurück mehr. Er musste zum Ende kommen, sein Ziel erreichen.

Sein Blick fiel durch das Fenster und schweifte über die Dächer der ehemaligen Kinderklinik, in der jetzt ein Teil der Karlsruher Universität untergebracht war. Weiter über die Glasdächer des universitätseigenen Palmenhauses und über den angrenzenden Hardtwald. Sein Blick blieb sehnsuchtsvoll an der Turmspitze des Mausoleums haften, dem Ort seiner Begierde – und er begann wieder zu wippen.

Charlotte wurde jäh durch das Klingeln ihres Handys aus ihren Lockerungsübungen gerissen. Schwer atmend meldete sie sich.

»Wobei störe ich denn gerade?« meldete sich Tom Berger, ihr Kollege vom Dezernat 1 mit sehr süffisantem Unterton.

»Guten Morgen sagt man erst einmal. Und du störst mich beim Joggen.«

»Ach so, na dann«, säuselte Tom und sie wusste, dass er ein breites Grinsen aufgesetzt hatte. »Guten Morgen. Wo steckst du gerade?«

»Ich bin irgendwo im Hardtwald, warum?« Charlotte knetete sich die linke Wade, die sich schmerzhaft zu verhärten begann.

»Wir haben eine Leiche. Gleich hinter dem Schlosspark.«

»Na toll, und ich dachte, das würde ein gemütlicher Tag werden. Ich bin in fünf Minuten da. Wir treffen uns dort.«

Während Charlotte in Richtung ihres Wagens eilte, erklärte Tom ihr den genauen Standort. Die Lockerungsübungen gab sie seufzend mit Blick auf ihre linke Wade auf, sie mussten jetzt ausfallen.

Eine Traube von Schaulustigen hatte sich bereits auf dem Waldweg versammelt und gab ein aufgeregtes Gemurmel von sich. Wo kamen diese Leute nur immer so schnell her? Charlotte sah Tom hinter dem Absperrband, der sich mit einem der Streifenpolizisten unterhielt. Mit dem Ausweis in der Hand ging sie an den Beamten vorbei und unter dem Band hindurch. Das Laub unter ihren Füßen fühlte sich weich und matschig an. Sie musste aufpassen, nicht auszurutschen in ihren Laufschuhen. Die Morgensonne hatte den Raureif schmelzen lassen und die oberste Schicht des Waldbodens aufgetaut. Ein modriger Geruch stieg ihr in die Nase. »Guten Morgen. Was haben wir?«

Tom wandte sich ihr zu und zog die Mundwinkel nach unten. »Es weihnachtet mal wieder. Hier hinten.«

Charlotte folgte ihrem Kollegen hinter einen großen Baum.

»Ich muss aber nicht sagen, dass du komisch aussiehst in der dicken Winterjacke. Deine Beine in der engen Sporthose sehen aus wie dünne Fäden, die in zu großen Turnschuhen stecken.« Tom deutete grinsend auf ihre Beine.

»Wie siehst du denn nach einem Waldlauf aus? Ach ja, du rennst ja nicht.« Charlotte wandte sich dem Baum zu und ein Ruck durchfuhr ihren Körper. Sie hatte das Gefühl, innerlich in sich zusammen zu sacken.

Eine Frau, das Alter war durch die Verformungen des Gesichts schwer zu schätzen, hing vor ihnen mit einer Schlinge um den Hals an einem Ast. Die Augen weit aufgerissen und hervorquellend, das Gesicht graublau. Die Zunge stach spitz aus dem offenen Mund. Charlotte wandte mit geschlossenen Augen den Kopf ab. »Muss das gerade heute sein?«

»Wäre es dir morgen lieber?« gab Tom leise zurück.

Charlotte holte tief Luft, um die aufsteigende Übelkeit zu unterdrücken. »Na, dann lass uns mal unsere Arbeit tun.«

»Sie muss mit den Beinen gestrampelt haben. Schau dir mal die Schuhe an.« Tom wies auf zwei Schuhe, keine Winterschuhe, die weit entfernt am Boden lagen, nicht bei dem umgefallenen Holzklotz direkt unter ihr, wie man es vermutet hätte. »Das hatte sich die Dame wohl angenehmer vorgestellt, oder sie hat es sich auf den letzten Drücker doch noch anders überlegt.«

»Tom, bitte.« Charlotte wandte sich um und rief in Richtung Spurensicherung: »Sind bereits alle notwendigen Fotos gemacht?«

Ein junger Mann im weißen Overall der Kriminaltechnik nickte ihr mit einer Kamera winkend zu.

»Dann hol sie bitte jemand herunter.« Und zu Tom gewandt: »Weiß man schon, wer sie ist?«

Tom rief einen Streifenpolizisten herbei, der mit einem Notizblock in der Hand begann, die bereits bekannten Fakten aufzuzählen. »Silvia Weber, sechsunddreißig Jahre, alleinstehend, wohnhaft in der Nordstadt. Anwältin in einer großen Kanzlei. Mehr haben wir noch nicht herausgefunden.«

»Wer hat sie gefunden?« Charlotte strich sich über die linke Wade, die noch immer schmerzte.

»Der Mann dort drüben.« Er zeigte zum Einsatzwagen, in dem ein älterer Herr mit einem Dackel auf dem Schoß saß. »Er war mit seinem Hund auf dem Morgenspaziergang. Er hat uns dann von der Telefonzelle dort hinten aus angerufen und uns hergeführt. Wir haben die Personalien und seine Aussage aufgenommen.«

Charlotte bedankte sich bei dem Streifenbeamten, sagte ihm, dass er den Dackelbesitzer gehen lassen könne und zog Tom wieder zu der Leiche, die inzwischen in einem geöffneten Leichensack am Boden lag.

»Und, was meinst du?« fragte Charlotte. »Sieht eindeutig aus, oder?«

»Ich bin mir da nicht so sicher. Mein Gefühl sagt Selbstmord, aber die Schuhe.« Tom rieb sich den Nacken.

Der Amtsarzt platzte in die Unterhaltung. »Es hat lange gedauert.«

Charlotte sah Tom an und zog die linke Augenbraue steil nach oben.

Der Arzt bemerkte die fragenden Gesichter und fügte die Erklärung an. »Das Sterben der armen Frau. Kein Genickbruch. Sie ist langsam erstickt. Die Schlinge war so geknotet, dass sie sich nicht zuziehen konnte, sondern lediglich das Eigengewicht der Frau ihre Luftröhre zudrückte. Der Todeskampf muss fünfzehn bis zwanzig Minuten gedauert haben.«

Charlotte fuhr sich über den Hals. Eine schreckliche Vorstellung, so qualvoll zu sterben. Sie wusste, wie es sich anfühlte, keine Luft mehr zu bekommen, weil der Hals eingeschnürt wurde. Wie lange es dauerte, bis der geschundene Körper gnädigerweise die Bewusstlosigkeit herbeiführt. Sie war damals nur knapp dem Tod entkommen. Noch heute quälten sie Alpträume, in denen sie erst die Hände und dann die Schlinge um ihren Hals spüren konnte.

Sie holte tief Luft und blickte starr auf die vor ihr liegende Leiche. Bilder stiegen in ihr auf, wie die Frau hierher gekommen war, um ihrem Leben ein Ende zu setzen. Warum wohl? Was brachte einen Menschen soweit, keinen Lebenswillen mehr zu haben? Wie verzweifelt musste die Frau sein, sich hier den dicken Holzklotz herüberzuziehen. Die Schleifspur war deutlich zu sehen. Dann das Seil über den Ast zu werfen und am Stamm zu verknoten. Charlotte schloss die Augen und konnte die Frau sehen, wie sie langsam, mit traurigem Gesicht, auf den Holzklotz stieg, sich letztendlich die Schlinge um den Hals legte und sich ihrem selbst gewählten Schicksal ergebend den Holzklotz mit den Fußspitzen nach hinten weg schob. Charlotte sah, wie sich das Seil in das Fleisch schnitt, wie die Frau verzweifelt versuchte, mit ihrem Körper zu rucken, um die Schlinge zuziehen zu lassen, oder den erlösenden Genickbruch zu erleiden. Hatte sie hierbei die Schuhe verloren, oder erst in ihrem Todeskampf, bei dem sich Krämpfe einstellen, wenn die Körperfunktionen langsam aussetzen? Sie konnte das Röcheln hören, das aus der Kehle gedrungen sein musste. Es wurde unerträglich laut. Charlotte riss beide Hände an ihren Kopf und hielt sich die Ohren zu.

»Charlotte, was ist los?« Tom packte sie an der Schulter.

Sie öffnete die Augen und schüttelte den Kopf, um die Bilder wieder los zu werden.

»Warum müssen wir immer alle Einzelheiten genau erfahren?«

»Weil wir von der Kripo sind und alles wissen müssen.« Tom strich ihr sanft über den Arm.

»Bei meinem ersten Einsatz sagte man mir, ich würde mich daran gewöhnen. Ich werde mich nie an den Anblick einer Leiche gewöhnen.«

Tom wandte sich wieder an den Amtsarzt.

»Verdacht auf Fremdeinwirkung?«

»Nein. Keinerlei Hinweise. Eher ungeplante Kurzschlusshandlung. Der Bericht folgt natürlich schriftlich.«

Charlotte blickte sich um. Die Schuhe waren bereits eingesammelt, den Leichensack hatte Tom gerade geschlossen und die Bestatter kamen mit dem Zinksarg, um die Leiche abzutransportieren.

»Sechsunddreißig Jahre und alleinstehend. Fällt dir was

auf?« Tom zwinkerte Charlotte mit spitzbübischem Grinsen zu.

Sie boxte ihn in die Seite. »Was soll denn das heißen? Ich bin zwar Single, aber glücklich. Und du bist schließlich auch Single.«

Tom hielt sich leidend die getroffene Seite. »Aber noch nicht so alt. Und außerdem ein Mann.« Die Stichelei von Tom munterte sie auf. Er wusste immer, wann es nötig war, sie wieder auf andere Gedanken zu bringen. Dankbar lies sie sich auf diese Plänkeleien ein.

Sie stemmte die Hände in die Hüften und trat nach ihm, verfehlte ihn aber, da er mit einem Satz zur Seite gesprungen war und ihr eine Nase drehte.

»Na warte. Wirst schon sehen, was du davon hast. Dann geht die alte Frau jetzt eben nach Hause, duschen. Und du, Jungspund, kannst ja schon einmal deinen jugendlichen Elan versprühen und mit dem Bericht anfangen. Ich komme dann nach.«

Tom sah sie schmollend an. Es gehörte zu ihrem gemeinsamen Spiel. Ein Spiel, das ihnen beiden half, den Belastungen ihrer Arbeit Stand halten zu können. Sie hatten schnell herausgefunden, dass sie sich gegenseitig durch Sticheleien, Sarkasmus und makabren Witz stützen konnten.

Auf dem Weg zum Parkplatz schwebten kleine Schneeflocken vom blauen Himmel herab und blieben auf den Dächern der Autos liegen. »Schau' mal, Charlotte, es schneit.« In diesem Moment erinnerte Tom sie an einen kleinen Jungen, wie er so dastand, mit ausgebreiteten Armen, um die Schneeflocken aufzufangen.

»Nein, das ist kein Schnee. Das ist Industrieschnee«, brummte Charlotte.

»Was soll denn das sein?« Tom ließ die Arme sinken.

»Kommt in letzter Zeit ständig in den Nachrichten. Sogenannter Industrieschnee. Das scheint diesen Winter sowieso das neue Unwort zu sein.«

Tom sah Charlotte ungläubig an, während sie mit ihrer Erklärung fortfuhr. »Früher sagte man, der Nebel bilde Raureif, indem er an jedem Gegenstand gefriert, der von ihm umhüllt wird. Und manchmal gefriere der Nebel bereits in der Luft und lasse es so schneien, obwohl keine Schneewolken vorhanden sind.« Tom sah kurz zum Himmel und nickte. »Die Umweltwissenschaftler haben aber herausgefunden, dass es die kleinen Partikel der Luftverschmutzung sind, die den Nebel kristallisieren lassen, und daher fällt sogenannter Industrieschnee vom Himmel.« Tom tat ihr fast leid. Mit hängenden Schultern hörte er ihr weiter zu. Die ganze Freude in seinem Gesicht war wie weggeblasen.

»Klugscheißer. Was du immer alles weißt.« Mit der Schuhspitze zog er eine Linie durch den Industrieschnee. »Schade. Früher hatte man schönere Erklärungen dafür, auch wenn es damals schon Dreck war, der vom Himmel fiel.«

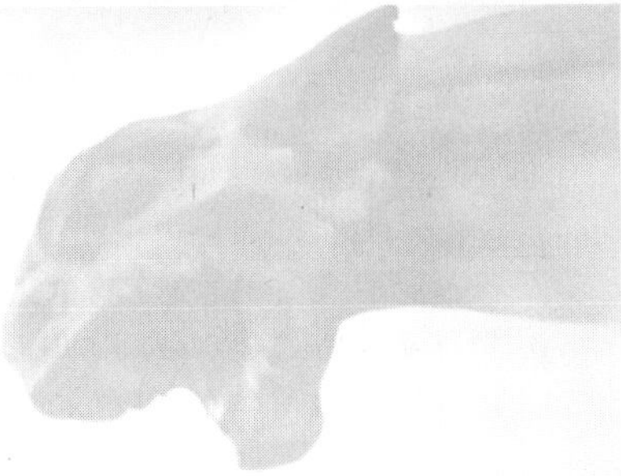

2. KAPITEL

Das zerfledderte Buch, das zwischenzeitlich noch mehr Knicke und jetzt auch einen Riss im Einband bekommen hatte, lag wieder aufgeschlagen zwischen der Tasse lauwarmen Kaffees und einer Scheibe Brot, die so dick mit Marmelade bestrichen war, dass sie seitlich auf den Tisch tropfte. Der Mann störte sich nicht daran. Heck, so hatten sie ihn früher in der Schule gerufen, würde es nachher mit den Krümeln und der vertropften Kaffeesahne wegwischen, wieder unter den Tisch befördern.

Irgendwann sollte er diesen ganzen Dreck entfernen. Es widerte ihn an, doch er hatte keine Zeit. Er musste schließlich zum Ende kommen. Er musste endlich sein Ziel erreichen, auf das er seit Wochen hinarbeitete, das ihn nicht mehr losließ und um das sich jeder Gedanke drehte. Und er wusste, er würde es schaffen. Er konnte es fühlen. Doch er hatte nicht mehr viel Zeit, denn sein sechswöchiger Urlaub, um den er so hart hatte kämpfen müssen, war bereits zu zwei Dritteln vorbei. Und dann müsste er wieder ein ganzes Jahr warten. Und das durfte nicht sein. Er war zu Höherem bestimmt, nicht zum Arbeiten.

Angestellter Finanzbuchhalter war er, in einem großen Steuerbüro in der Oststadt. Dort im Büro vermisste ihn sowieso niemand, dessen war er sich sicher. Seine fest zugeteilten Klienten hatte er bereits im November abgabefertig gemacht, und im Januar wäre er wieder da, wenn sein Vorhaben misslingen sollte. Mit ein paar Überstunden waren dann auch die Jahresanfangsbestände schnell abgearbeitet. Doch es würde nicht misslingen. Es durfte nicht misslingen. In den vier Jahren, die er dort bereits tätig war, hatte er noch keinen Tag gefehlt. Die Überstunden, die er ständig absolvierte, rechnete er nicht ab, wie seine Kollegen es taten. Einem zufällig mitgehörten Gespräch einiger Mitarbeiter hatte er entnommen, dass er unter ihnen als Sonderling galt. Das war ihm gerade Recht. Nicht einmal zu den Betriebsfesten ging er. Was sollte er da auch? Er brauchte Gleichgesinnte, und die fand er nicht im Büro. Doch wo fand man diese? Wo sollte er suchen?

Fräulein Meier, die Küchenhilfe aus der Kantine gegenüber im Technologiepark, hätte so jemand werden können. Hier war er oft zum Essen gegangen, nur um das Fräulein Meier zu sehen.

Das Fräulein Meier, das hatte ihm gut gefallen, doch das war lange her. Wie hatte er sich lächerlich gemacht. Bei dem Gedanken an sie ballten sich seine Hände zu Fäusten. Er hatte damals all seinen Mut zusammen genommen, einen bunten Strauß Sommerblumen gekauft und nach Feierabend auf sie vor dem Gebäude gewartet. Als sie endlich herausgekommen war, hatte er ihr die Blumen ungeschickt in die Hand gedrückt und sie gefragt, ob sie am Wochenende mit ihm ausgehen wolle. Doch sie hatte ihm die Blumen wieder zurückgegeben und lachend gesagt: »Da haben Sie sich wohl in der Dame geirrt. Ich wüsste nicht, warum ich mit so einem Typen wie Ihnen ausgehen sollte.«

Er hatte nichts erwidert, nur sprachlos dagestanden, und hatte ihr noch nachgesehen, als sie bereits mit ihrem Wagen das Gelände verlassen hatte.

Die Bisswunde an seinem linken Daumen war bereits verkrustet, doch das Fäusteballen hatte eine kleine Stelle aufspringen lassen, so dass ein winziger Tropfen Blut hervorquoll. Eine tiefrote Kugel, gleich einem dunklen Rubin, bildete sich. Er besah sie von allen Seiten, leckte sie dann langsam mit seiner Zunge ab und sagte lächelnd: »Fräulein Meier, Sie werden mir als erste die Ehre geben, wenn es soweit ist.«

Die Kirchenglocken hinter dem Haus begann zu läuten. Eigentlich war es mehr ein Dröhnen als ein Läuten, denn das Geläut der beeindruckenden Bernharduskirche mit ihrem mächtigen Glockenturm war sehr laut. Besonders in der

Dachgeschosswohnung des Mietshauses, das nicht einmal hundert Meter Luftlinie entfernt stand. Hier vibrierten sogar die Fensterscheiben bei jedem Glockenschlag. Heck zählte die Schläge, die glücklicherweise lediglich dem Zwölfstunden-Rhythmus folgten. Drei, vier. Höchste Zeit für ihn, aufzubrechen.

Heck betrat das Schlafzimmer. Er brauchte seinen Mantel. Wie es hier aussah! In den Grundzügen erkannte er zwar noch sein Schlafzimmer, das ihm so gut gefallen hatte, doch die Berge von Schmutzwäsche, die überall verstreut herum lagen, mussten wieder weg. Die altrosafarbene Tagesdecke hing in einem dicken Knäuel über den Gitterstäben seines schwarzen Metallbettes, das jetzt eher grau war. Er musste es dringend abstauben. Lediglich die Fußspuren zum und vom Bett gaben den Blick auf das rötlich glänzende Hartholz des Fußbodens frei. Neben dem Bett standen rechts und links dunkle Holztische im Kolonialstil mit Einschubkörben als Nachttische, auf denen jeweils eine kleine goldfarbene Lampe stand. Außer Staubflusen lagen hier lediglich eine Lesebrille und noch eine ebenso zerfledderte Ausgabe des Buches aus der Küche. Dringend musste hier aufgeräumt und sauber gemacht werden. Später, jetzt musste er los. Heck öffnete den schwarzbraunen Kleiderschrank und holte einen für diese Jahreszeit viel zu dünnen Mantel aus der linken Hälfte. Der Mantel musste sein. Er würde ihm das nötige Erscheinungsbild geben und ihm den Weg zu seinem Ziel ebnen. Der Mantel war ein Stück seiner künftigen Persönlichkeit. Der Blick in das Schrankinnere ließ ihn kurz innehalten. Hier sah es noch genau so aus, wie es sollte. Hier hingen noch fünf verschiedene Hemden perfekt gebügelt und korrekt zugeknöpft in einer Reihe von etwa dreißig Holzkleiderbügeln. Alle Haken nach hinten gerichtet. In dem Fach darüber lagen akkurat auf gleiche Maße zusammengelegte T-Shirts. Bald würde es wieder überall so aussehen.

Heck nahm den Mantel vom Bügel, zog ihn im Hinausgehen über und schlüpfte im Flur in ein Paar dicke Wanderschuhe. Kalte Füße konnte er nicht leiden, auch wenn es sonderbar aussah in Verbindung mit dem dünnen Mantel. Er nahm die braunen Fellhandschuhe von der Kommode, steckte seine Schlüssel ein und verließ die Wohnung. Auf der Treppe pfiff er den Triumphmarsch aus Aida.

Heute war es soweit. Er wusste es. Er konnte es fühlen.

Charlotte zog ihren Bademantel über. Die heiße Dusche hatte gut getan. Warum nur hatte diese Anwältin so kurz vor Weihnachten ihrem Leben ein Ende setzen wollen? Ob sie noch einen Abschiedsbrief finden würden? Ihr Gefühl hatte am Fundort deutlich für einen Selbstmord gesprochen, doch Tom hatte sie wegen der Schuhe doch etwas verunsichert. Und die Schlinge, die sich nicht zuzog. Charlotte entschied abzuwarten, ob sich eventuell noch weitere Hinweise ergeben würden. Sie mussten nachher noch in die Kanzlei von dieser Frau Weber und in deren Wohnung.

Das schrille Klingeln des Telefons riss sie aus ihren Erwägungen.

»Charlotte Krüger«, meldete sie sich.

»Hallo, Tante Charlotte. Hier ist Leni. Ich soll dich daran erinnern, dass wir auf den Weihnachtsmarkt wollen.«

Lächelnd blickte Charlotte auf das Foto vor ihr an der Wand, das ein Mädchen zeigte, mit blonden Locken, Zahnlücke und einer Schultüte, an der ein Tigerkopf mit Schnurrhaaren befestigt war. Leni war ihr Patenkind.

»Ja, Liebes, ich hab es nicht vergessen. Sag der Mami, ich bin gegen fünf Uhr bei euch, ja? Leni, ich freue mich.«

»Ich mich auch. Darf ich dann auch Karussell fahren?«

Diese Frage hatte Charlotte eigentlich bereits zu Anfang des Gespräches erwartet: »Aber sicher doch, mein Schatz. Ich werde deine Mami schon dazu überreden. Bis später, meine Süße.«

Leni kicherte und legte auf. Charlotte konnte Lenis grinsendes, verschmitztes Gesicht vor sich sehen. Dieses Mädchen war wirklich ein Goldschatz. Sie war im Spätsommer eingeschult worden. Wie doch die Zeit verging. Es war doch noch gar nicht so lange her, dass sie Leni über das Taufbecken gehalten hatte und ihr das Weihwasser aus den Augen wischen musste, weil dieser Pfarrer nicht im Stande gewesen war, das Wasser lediglich über die Stirn zu träufeln, nein er hatte die halbe Kanne über das Kind gegossen. Was hatte sie sich zusammenreißen müssen, um diesem Pfarrer nicht das Weihwasser zu entreißen, damit er ihr geliebtes Patenkind nicht ertränkte. Was brauchte sie eigene Kinder, wenn sie doch Leni jederzeit um sich haben konnte.

Tom saß an seinem Schreibtisch und tippte den Bericht zu dem Fall Weber, als Charlotte das gemeinsame Büro betrat. Berichte schreiben war sein Part.

Charlottes Gesicht erhellte sich schlagartig und sie leckte sich die Lippen, als sie die Tasse Kaffee und die frischen Croissants auf ihrem Platz erblickte. Tom kannte ihre Essgewohnheiten zur Genüge. »Tom, du bist ein Schatz. Frühstück. Endlich. Zuhause hätte ich nach dem Duschen fast Shirleys Katzenfutter gegessen, so einen Hunger habe ich.« Sie warf ihre Jacke über die Stuhllehne, ließ sich auf den Sitz fallen und biss herzhaft in das erste Croissant. Tom tippte an seinem Bericht weiter und lächelte bei jedem Rascheln, das ihm sagte, dass sich Charlotte das nächste Croissant einverleibte. Nach dem dritten Rascheln hob er den Kopf und sah zu ihr hinüber, wie sie genussvoll den Rest in ihrem Mund verschwinden ließ. Bei diesem Essverhalten müsste sie doch aussehen wie ein Fass. Stattdessen war sie klein, zierlich und top in Form.

»Sag mal. Liegt es am Laufen, dass du so essen kannst?«

Charlotte schluckte den Rest Kaffee hinunter.

»Nein, das solltest du doch langsam wissen. Ich bin einfach so.« Sie nahm die leere Tüte und sah traurig hinein.

»Nicht traurig sein. Du bekommst nachher dein Mittagessen, ein halbes Schwein. Und zum Abendessen vielleicht was Leichtes, einen Lachs?« Tom lachte laut und schüttelte den Kopf. »Lass uns gehen. Wir haben noch einiges vor.«

Zuerst fuhren sie in die Kanzlei, in der die Tote gearbeitet hatte. Die Befragung der Anwälte verlief kurz und bündig. Niemand hatte privaten Kontakt mit Frau Weber, die freundlich und kompetent gewesen war. Vom privaten Umfeld war nichts bekannt. Charlotte nahm Tom zur Seite und flüsterte ihm zu: »Die sind alle aalglatt. Zu glatt, wenn du mich fragst.«

»Das sind Anwälte. Die müssen so sein«, zischte Tom zurück.

Die Sekretärin, Frau Bach, war an der Reihe.

»Ach, das ist ja so schrecklich. Das arme Ding. Das musste ja so kommen.«

Charlotte und Tom horchten auf. »Was musste so kommen?«

»Na, das mit der Weber. Das konnte nicht gut gehen.« Sie senkte die Stimme und beugte sich zu den beiden über den Tisch. »Die hatte doch was mit dem Chef. Aber das wissen Sie nicht von mir. Schauen Sie mal in ihrem PC nach. Zu Hause. Da finden Sie bestimmt private E-Mails.«

»Woher wissen Sie das?« Charlotte stand auf. Sie konnte besser denken, wenn sie in Bewegung war.

»Ich bin die Sekretärin hier, Mädchen für Alles. Und da habe ich Zugriff auf …« Frau Bach stockte und sackte in sich zusammen. Sie rieb sich die Hände und sah Tom von unten herauf an. Kleinlaut sagte sie: »Ich rede zu viel. Bitte, verraten Sie mich nicht. Aber sie tut mir so leid.« Frau Bach begann zu schluchzen. Charlotte konnte nicht sagen, ob aus Mitleid und Trauer oder aber aus der Peinlichkeit heraus, alles ausgeplaudert zu haben.

»Beruhigen Sie sich, Frau Bach. Wir werden nichts verraten. Vielen Dank erst einmal.«

In der Privatwohnung fanden sie dann tatsächlich massenweise private E-Mails. Vom Chef der Kanzlei, Herrn Adam. Über einen Zeitraum von mehreren Monaten kamen anfangs heiße Liebesschwüre, dann die Zusicherung einer Scheidung, das Versprechen die Beziehung endlich offiziell zu machen. »Sieh mal, Tom. Ab hier wendete sich das Blatt. Er wollte nicht mehr. Er habe sich mit seiner Frau versöhnt. Wie es scheint, wollte er die Beziehung beenden. So ein Schwein.« Charlotte schlug mit der Hand auf die Schreibtischplatte und ließ Tom zusammenfahren.

»Wenn er sich doch wieder mit seiner Frau versöhnt hat.« Mit schräg gelegtem Kopf und Hundeaugenblick sah Tom Charlotte von der Seite an.

Charlotte schnaubte. »Männer.«

»Na, na. Ich bin auch ein Mann.«

»Ja, eben drum«, antwortete Charlotte lachend. Sie lasen gemeinsam weiter.

»Ja, und hier droht sie ihm bereits, sich umzubringen, falls er sie fallen lassen sollte.«

»Das war vor zwei Tagen.«

Die letzte Nachricht besagte ganz deutlich, dass es kein Zurück mehr geben würde. Er hatte sich klar für seine Frau entschieden und ihr nahegelegt, die Firma in beiderseitigem Einverständnis zu verlassen. Er werde ihr alle Türen öffnen, um in einer adäquaten Kanzlei unterzukommen. Ihre letzte Antwort war gewesen: »Dann bleibt mir nur eines.«

Charlotte sah entsetzt auf die letzten Worte. »Wie kann sie sich nur wegen solch einem Mann das Leben nehmen? Hast du die Fotos von ihr gesehen? So eine schöne Frau, sie hatte das Leben noch vor sich.« Sie stampfte mit dem Fuß auf. »Frauen, wie sie. Meist weich und verletzlich. Die Männer merken gar nicht, was sie mit ihren Versprechen alles anrichten. Und diesem Adam scheint es nicht einmal etwas auszumachen. Hast du sein Gesicht gesehen, als wir ihn befragten? Keine Regung, als kenne er sie kaum. Dieses kaltschnäuzige ...«

Tom nahm Charlottes Arm und zog sie aus der Wohnung. Sie brauchte frische Luft. Hier draußen in der Kälte mit dem nötigen Abstand käme sie wieder zur Ruhe. Tom sah sie eindringlich an. »Muss ich etwas wissen?«, fragte er sacht.

Charlotte sah ihn erstaunt an. »Was? Wieso?«

»Weil du so heftig reagiert hast. Lug und Betrug haben wir doch tagtäglich. Hast du was mit einem Verheirateten?«

Charlotte schüttelte heftig den Kopf und zog die Nase kraus. »Spinnst du? Mich widern solche Typen einfach nur an. Nein, ich habe mit gar niemandem etwas.«

»Na dann. Für den Notfall hast du ja meine Telefonnummer.«

»Nicht einmal im Notfall. Das weißt du.« Sie lachte und Tom lachte mit. Ja, er wusste es und fand es gut so.

Sie entschieden sich gemeinsam dagegen, noch einmal zurück in die Kanzlei zu fahren, um Herrn Adam zur Rede zu stellen. Charlotte würde der Staatsanwältin alle Fakten unterbreiten und ihr die weiteren Schritte überlassen. Es würde ein klarer Fall von Selbsttötung werden. Eine Aktennotiz würde darauf hinweisen, dass das beendete Verhältnis zwischen Frau Weber und Herrn Adam Auslöser für den Suizid war. Die Akte würde mit dem Stempel »abgeschlossen« ins Archiv wandern.

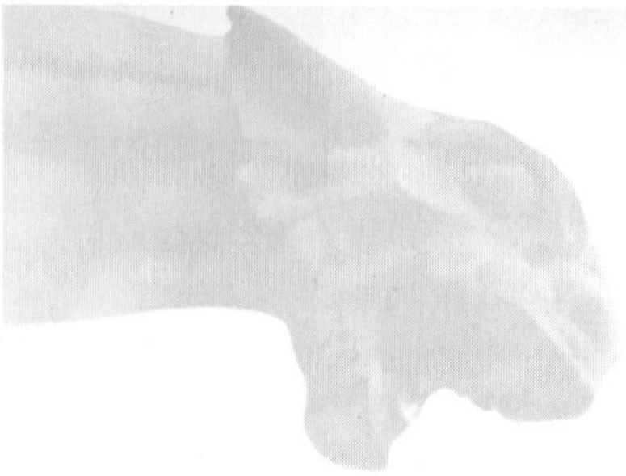

3. KAPITEL

Heck lief, fast rennend, den Adenauer-Ring entlang, bis er endlich die Lärchenallee erreichte und rechts einbog. Andächtig blieb er stehen und betrachtete das neugotische Bauwerk aus Buntsandstein, wie es auf dem riesigen Sockel erhöht inmitten des breiten Weges stand. Wie oft war er schon hier gewesen? Wie oft hatte er sich alles bis ins kleinste Detail ausgemalt?

Heck begann auf den Fußspitzen zu wippen. Die Vorfreude durchzog seinen Körper, und er lachte. Er lachte, weil er wusste, dass es heute geschehen würde. Er würde heute mit dem Gefühl des Sieges nach Hause gehen. Heute würde sich sein Leben grundlegend verändern, wie er es sich schon so lange wünschte.

Das Mausoleum. Heck hatte alles darüber gelesen, was die Büchereien und das Internet hergaben. Er wusste von der Fürstenfamilie, die hier in Sarkophagen aufgebahrt lag, kannte ihre Geschichte auswendig. Er kannte die Öffnungstermine für die Führungen, die lediglich ein, höchstens zweimal im Jahr stattfanden. Heck war immer bei den ersten Besuchern. Er kannte sogar die Namen der Dame und des Herrn, die abwechselnd den einstündigen Rundgang durch die Gruft leiteten. Seiner Bitte, ihn zu mehreren Führungen an einem Tag zuzulassen, kamen sie mit der Begründung, dass auch die anderen Leute ein Recht auf den Besuch hätten, nie nach. Auch eine Privatführung hatten sie abgelehnt. Ab dem zweiten Besuch interessierte er sich schon nicht mehr für die Geschichte oder die fein ausgeführten Steinmetzarbeiten. Auch die Sarkophage, die in der Gruft mittig aufgebahrt standen, konnten ihn nicht anlocken. Er besah sich zum Erstaunen der Besucher und der jeweiligen Führer lediglich die Gemäuer. Er stand für die Dauer des Rundganges stets abseits von der Gruppe, was den Führern mehr als wunderlich vorkommen musste. Doch ihrer Aufforderung, sich anzuschließen, wollte er partout nicht nachkommen. Er suchte etwas ganz anderes. Doch das konnte er niemandem erzählen.

Aus dem Buch wusste er es. In der kleinen Buchhandlung bei ihm um die Ecke, gleich gegenüber der Kirche, hatte er es gekauft. Der Verkäufer hatte ihn damals beim Stöbern darauf aufmerksam gemacht. Das wäre gewiss das Richtige für ihn, da ihn das Mausoleum doch so interessiere. Ein kleiner Roman einer Durlacher Schriftstellerin. Eher aus Langeweile hatte Heck das Buch gekauft. Was konnte das schon sein, von einer Durlacher Schriftstellerin. Zuhause hatte er lustlos darin herumgeblättert, bis sein Blick auf das eine besondere Wort gefallen war. Ohne Pause hatte er daraufhin das Buch von vorne bis hinten gelesen. Und als er am Ende angekommen war, hatte er noch einmal am Anfang begonnen. Er war sicher, hier seine eigene Lebensgeschichte zu lesen. Sein Leben, sein zukünftiges Leben. Zwar etwas abgeändert, doch er wusste, dass es genau so kommen würde.

Und genau deshalb war er hier. Hier an diesem Ort, an dem alles beginnen sollte.

Langsam und voller Ehrfurcht ging er auf die Grabkapelle zu, die durch den Nebel und die einsetzende Dämmerung ein unheimliches Aussehen angenommen hatte. Der Nebel stimmte mit den Beschreibungen des Buches überein. Lediglich die Jahreszeit konnte nicht stimmen, aber das würde der ganzen Sache keinen Abbruch tun. Niemand sonst war unterwegs und das kam ihm sehr gelegen. Niemand sollte ihn bei seinem Vorhaben stören.

Er schritt die Stufen zu dem mächtigen Holztor empor, betätigte zweimal den eisernen Klopfer und horchte. Kein Laut war zu hören. Er klopfte noch einmal und spickte durch das Schlüsselloch ins Innere. Hatte er da etwas vorüberhuschen sehen? Er atmete tief ein und aus. Die Atemluft blieb in einer Wolke vor seinem Gesicht stehen. Kein Windhauch war zu spüren.

Seine Hände wurden feucht und er zog die Handschuhe aus, die er in seiner Manteltasche verstaute. Langsam stieg er die Stufen wieder hinunter. Sein Herz begann heftig zu schlagen. Seine Erregung konnte er auch an seinem Atem sehen, der nun in kleinen Wölkchen vor ihm hertanzte. Er ging um das Gebäude herum und fand schnell, was er suchte. Die Löcher im Boden. Sie waren handtellergroß und kreisrund. Etwa alle fünf Meter war solch eine Öffnung in die dicken Bodenplatten eingelassen. Sie dienten zur Entlüftung der Gruft. Von früheren Besuchen wusste er, dass es an manchen Stellen bis zu drei Meter in die Tiefe ging. Und er war oft hier gewesen. Sehr oft. In den letzten vier Wochen sogar täglich.

Vorsichtig blickte er sich nach allen Seiten um, schob den linken Ärmel seines Mantels und des Hemdes darunter bis über den Ellbogen hinauf und kniete sich vor das ihn dunkel anstarrende Loch. Er schaute hinein, konnte aber nicht das Geringste erkennen. Das war gut so. Das musste so sein. Langsam streckte er seine Hand aus und führte sie noch langsamer durch das Loch in die dunkle Tiefe. Gänsehaut überkam ihn und breitete sich vom Nacken über die Schultern, die Arme hinab aus. Ein feuchtwarmer Windhauch strich ihm um seine Fingerspitzen. »Ja, ich bin bereit«, flüsterte er und schloss die Augen. Er wartete. Die Kälte um ihn herum spürte er nicht.

Plötzlich streifte etwas, da unten im feuchtwarmen Dunkel, seine Hand. Er erschauerte und stieß ein Stöhnen aus. Sein Blick wanderte an der Mauer entlang nach oben und blieb an dem Wasserspeier, dem Gargoyle, haften, der mit weit geöffnetem Maul und wutverzerrtem Gesicht zu ihm herunter starrte. Eine plötzliche zweite Berührung war so heftig, dass Heck erschrocken zusammenzuckte und seine Hand gegen etwas Hartes geschlagen wurde. Und dann, dann endlich war da der ersehnte Schmerz, gefolgt von einem wohligen Schauer, fast einem Orgasmus gleich. Ein tiefer kehliger Ton entfuhr ihm, während er seine Hand wieder ans Tageslicht beförderte, um sie andächtig zu betrachten. Die alte Wunde an seinem Daumen war gänzlich aufgeplatzt. Die Wundränder waren seitlich ausgefranst und kleine Blutstropfen bildeten sich an einigen Stellen, die sich zu verschiedenen kleinen Rinnsalen vereinten und schließlich in einem roten Band sein Handgelenk umschlangen.

Ein Strahlen legte sich über sein Gesicht. Der Anblick seiner Hand löste bei ihm solche Glücksgefühle aus, dass er wie ein kleines Kind zu hüpfen begann. Er drehte sich im Kreis und rief immer wieder: »Endlich haben sie mich aufgenommen.«

Nach einer letzten Drehung, bei der sein Mantel wie ein weiter Damenrock in die Höhe flatterte, verbeugte er sich tief vor dem Loch im Boden. »Ich danke euch. Ich werde euch gewiss nicht enttäuschen.«

Eine Frau, die mit ihrem Fahrrad an ihm vorbeifuhr, betrachtete ihn kopfschüttelnd. Er schenkte ihr keine Beachtung.

In seinen Ohren brauste es, eine wohlige Wärme durchfuhr seinen Körper und er konnte sein Blut spüren, wie es in seinen Adern pulsierte.

Endlich hatte er sein Ziel erreicht, auf das er seit Jahren, und vor allem im letzten Monat, so hart hingearbeitet hatte. Nun war es tatsächlich eingetreten, er gehörte unwiderruflich dazu.

Heck zuckte zusammen und sah sich um, drehte sich nach allen Seiten. Hatte ihn jemand gesehen? An den ausgestreckten Armen konnte er keine Veränderung erkennen. Konnte man es ihm ansehen? Das hatte er nicht bedacht. Er befühlte mit beiden Händen sein Gesicht. Es fühlte sich warm an. In dem

Buch waren keinerlei Hinweise auf die Äußerlichkeiten gegeben worden, auch keine Angaben zu möglichen optischen Veränderungen.

Er schlug den Kragen seines Mantels so weit wie möglich nach oben und hielt ihn vor dem Gesicht zusammen, so dass lediglich seine Augen sichtbar waren, und eilte nach Hause. Er war glücklich.

Durch die Weihnachtsbeleuchtung sah die Jägerstraße ganz anders aus als sonst. Hier war fast jeder Hauseingang mit Lichterketten geschmückt. Die meisten Fenster waren hell erleuchtet und ließen ein warmes Licht auf die Straße fallen.

Charlotte war zu Fuß gekommen. Sie hatte es nicht weit. Sie wohnte nur ein paar Straßen weiter, oben beim Durlacher Freibad, das jetzt im Winter fast gespenstisch aussah. Beim Joggen an der Pfinz oder beim Spazierengehen konnte Charlotte durch den Zaun das verlassene Gelände und das abgelassene, leere Schwimmbecken sehen. Jedes Mal beschleunigte sie ihren Schritt, denn es wirkte bedrohlich. Der perfekte Ort für ein Verbrechen, kam ihr dabei immer wieder in den Sinn. Es wäre nicht das erste Schwimmbad, das als Tatort diente.

Bereits an der Eingangstür des kleinen alten Häuschens der Reimers stieg ihr der Duft von Weihnachten in die Nase. Es roch verlockend nach frisch gebackenen Plätzchen. Gisela, ihre beste Freundin, hatte bestimmt wieder den halben Tag in der Küche zugebracht, um ein Sortiment an Gebäck zu kreieren, das seinesgleichen suchte. Charlotte hatte ihren Finger noch nicht wieder vom Klingelknopf genommen, da wurde bereits die Tür aufgerissen. »Endlich, Tante Charlotte. Ich warte schon so lange.« Leni sprang an ihr hoch, verhakte die kleinen Hände hinter Charlottes Hals und drückte ihr schokoladenverschmiertes Gesichtchen in den guten Kaschmirschal.

»Leni, du bist zu schwer«, ertönte es aus der langen, schmalen Diele. Gisela kam lachend mit umgebundener Schürze auf die beiden zu. »Ich werde dich vor dieser kleinen Klette retten. Komm rein. Und du, Leni, gehst erst mal ins Bad, deine Hände und dein Gesicht waschen.« Gisela packte Leni unter den Armen und stellte sie auf den Boden. Charlotte atmete erleichtert auf und nahm Gisela fest in die Arme. »Na du, und wie geht es dir im Weihnachtsstress?« fragte Charlotte, während sie nach oben in die Küche gingen.

»Aber mit Seife«, rief Gisela laut in Richtung Badezimmer und hob den Daumen als Antwort auf Charlottes Frage. In der Küche roch es noch unverschämter als bereits unten vor der Eingangstür. Wie Charlotte bereits erwartet hatte, standen da Unmengen an Gebäck. Alle Sorten hübsch getrennt in große Nudelgläser mit Schnappdeckel geschichtet. Es waren bestimmt über zwanzig verschiedene Leckereien. Und in der Mitte des runden Holztisches, die ganze Küche war aus Holz, stand ein großer Weihnachtsteller mit allen Keksen, die so auch in den verschiedenen Gläsern zu sehen waren. Charlotte öffnete ihre Jacke, legte den schokoladenverschmierten Schal ab und ließ sich glücklich auf einen der sechs Stühle fallen. »Ach Gisela, du bist eine Wucht. Wie lange stehst du denn hierfür in deiner Küche?« Charlotte zeigte mit einer Schwenkbewegung des Armes auf die ganzen Gläser.

»Ach, du weißt doch, Backen ist meine Leidenschaft. Und in der Weihnachtszeit kann ich ihr endlich ungehemmt nachgehen. Darauf freue ich mich das ganze Jahr. Lang' nur zu. Es ist reichlich da, wie du siehst. Ich mache dir noch schnell einen Kaffee.«

Darauf hatte Charlotte nur gewartet. Wie ausgehungert stürzte sie sich auf den Teller und schob sich nacheinander Vanillekipferl, Kokosmakronen, Katzenzungen, Florentiner,

Marzipankartoffeln, Hildabrötchen und Anisbrot in den Mund. Die nächsten Sorten kannte sie nicht mit Namen, doch das störte sie nicht, und wissen musste sie es auch nicht. Sie waren einfach alle besonders lecker. Lächelnd stand Gisela hinter der Theke und beobachtete sie belustigt.

»Mein Gott, wann hast du denn das letzte Mal etwas gegessen? Du isst ja, als seiest du am Verhungern.« Charlottes Antwort war lediglich ein »Mhhm« zwischen zwei mit Schokolade überzogenen Haselnussmeringen. Von der Tür aus hatte Leni sie beobachtet, setzte sich ihr gegenüber und fragte mit verschränkten Armen ihre Mutter: »Warum darf ich nicht soviel essen?« Charlotte nahm einen Schluck ihres Kaffees und sagte mit ernstem Ton: »Weil ich schon groß bin, meine Zähne freiwillig dreimal am Tag putze und weil ich nicht jeden Tag von diesen wundervollen Leckereien etwas bekomme wie du, mein Schatz.« Und zur Bekräftigung ihrer Worte nickte sie heftig mit dem Kopf. Ungläubig schaute Leni sie an. Sie zog dabei eine Augenbraue nach oben, genau wie Charlotte es immer tat, wenn sie etwas nicht glauben konnte.

»Das sagst du doch nur, damit Mama nicht in Nöte kommt.« Lachend mischte sich nun Gisela ein: »Welche Nöte meinst du, du kleiner Naseweis? Lass' du mal Charlotte soviel essen, wie sie mag. Wenn ihr schlecht wird, muss sie sich um sich selbst kümmern. Das ist nämlich der Grund, weshalb du kleine Maus nicht solche Unmengen verdrücken darfst. Und jetzt lass' uns bitte noch ein paar Minuten alleine, damit wir uns in Ruhe unterhalten können.« Leni stapfte langsam aus der Küche, aber nicht ohne einen Kommentar abzugeben. »Immer muss ich raus, wenn ihr Großen euch unterhalten wollt.«

Gisela schloss die Küchentür und setzte sich zu Charlotte, die noch immer eifrig die kleinen Köstlichkeiten in ihrem Mund verschwinden ließ. »Soll ich nachfüllen?« Charlotte wehrte lachend mit vollem Mund ab. »Nein, nein, ich denke es reicht dann. Sonst wird mir wirklich noch schlecht.«

»Charlotte, ich habe gute Neuigkeiten.« Gisela strahlte über das ganze Gesicht.

»Du bist doch nicht ... noch einmal schwanger?«

»Aber nein, Dummerchen. Wir sind endlich fertig mit den Raten, fünf Jahre früher als gedacht.«

»Aber wie das denn?«

»Ich habe einer vorzeitigen Entlassung bei der Post zugestimmt, eine dicke Abfindung dafür kassiert und damit endlich alle Kredite abgelöst.«

Gisela hatte in Nachtschicht bei der Briefpost gearbeitet. Immer von eins bis fünf Uhr am Morgen. Dann war sie nach Hause geeilt, für Walter und die Kinder Vesper richten, nach dem Frühstück kurz hinlegen, um dann aufzustehen, das Haus in Ordnung zu bringen und das Mittagessen zu kochen, die Kinder zu irgendwelchen Aktivitäten fahren, Einkaufen, Abendessen richten und spätestens um neun Uhr erschöpft im Bett zu liegen. Sechsmal die Woche, tagaus, tagein über Jahre hinweg. Und das alles, weil sie sich finanziell mit der Renovierung des kleinen Häuschens an der Stadtmauer übernommen hatten.

»Das ist ja super.« Charlotte fasste Giselas Hand und drückte sie fest.

»Ja, und das Beste: bereits ab Januar muss ich nicht mehr arbeiten, habe endlich die nötige Zeit für die Kinder und kann unser Haus in vollen Zügen genießen.«

Charlotte sprang von ihrem Stuhl auf, zog Gisela zu sich hoch und tanzte mit ihr durch die Küche. »Das ist ja wunderbar, das schönste Weihnachtsgeschenk für euch alle.«

»Mama, wann gehen wir denn endlich?« Leni klopfte an die Küchentür. Charlotte drückte Gisela einen Kuss auf die Wange und schlich zur Tür. Sie klopfte heftig mit der Faust dagegen und freute sich diebisch, dass Leni draußen vor Schreck einen spitzen Schrei ausstieß.

Gemeinsam waren sie zum Weihnachtsmarkt gegangen, an dessen Anfang gleich das Kinderkarussell stand.

»Leni, es reicht jetzt dann. Das ist die letzte Runde.« Charlotte winkte ihrem Patenkind mit einem Chip zu, der sie zum sechsten Mal im Kreis befördern sollte.

»Trinken wir dann noch einen Glühwein? Auf euer abgezahltes Heim und dein neues Leben? Ich muss dir noch etwas erzählen.«

»Klar doch, aber ich bezahle.« Gisela hakte sich bei Charlotte unter.

»Kommt gar nicht in Frage. Ich will schließlich nicht Schuld sein, wenn du wieder bei der guten alten Post anheuern musst. Nein, nein, lass' mal gut sein. Wir sehen uns so selten, und wenn, dann verschlinge ich ein Vermögen an Naturalien in eurer Küche«, fügte Charlotte lachend hinzu.

Der Durlacher Weihnachtsmarkt war ein kleiner, übersichtlicher Weihnachtsmarkt, mittelalterlich gestaltet mit alter Handwerkskunst, Feuerspuckern und Geschichtenerzählern, einer Saubraterei, an der ein ganzes Schwein am Spieß über offenem Feuer gebraten wurde, und einem Badehaus, in dem man sich tatsächlich in große Badezuber aus Holz in vorgewärmtes Wasser setzen konnte.

Sie steuerten auf einen Glühweinstand mit Namen Kuhstall zu.

Gisela fragte Charlotte, was denn Kuhstall mit Weihnachtsmarkt und Glühwein zu tun habe.

»Dass du das nicht verstehst, war ja klar. Warst du schon einmal Skifahren? Ich meine ohne Kind und Kegel?«

»Ja, früher einmal. Moment das war ... neunzehnhundert ...«

»Vergiss' es«, sagte Charlotte lachend. »Bei Gelegenheit werde ich dir das alles einmal in Ruhe erklären.«

»Du meinst, mir dein ach so glückliches Singleleben erzählen? Na, da bin ich aber mal gespannt.«

Charlotte zuckte zusammen und wurde still. Gisela stellte sich direkt vor ihre Freundin und sah ihr in die Augen. »Was ist los?« Der junge gutaussehende Mann im rot karierten Hemd und Lederhosen stellte grinsend zwei Tassen Glühwein und eine Tasse Kinderpunsch vor sie auf den Tresen. Da die beiden seine Freundlichkeit jedoch ignorierten, wandte er sich einer Gruppe junger Mädchen zu, die lautstark über den Inhalt der Lederhosen spekulierten. Gisela schob Charlotte an einen Stehtisch, der optisch stark an eine Futterkrippe erinnerte, und schickte Leni zu dem Geschichtenerzähler.

»Und jetzt raus mit Sprache. Was ist passiert?«

Es sprudelte nur so aus Charlotte. Endlich konnte sie darüber reden. Seit dem Anruf war sie so aufgewühlt, so zerrissen gewesen. »Stefan hat bei mir angerufen. Er ist wieder in Karlsruhe und arbeitet für unser Dezernat. Gisela, er kommt nachher hierher.« Charlotte lehnte sich an Giselas Schulter. »Ich weiß nicht, was ich tun soll.«

Gisela streichelte ihr den Kopf, hielt ihr den Glühweinbecher hin und sagte: »Dann erzähl mal ganz von vorne. Ich weiß nur ganz wenig über euch beide. Ich habe noch ein bisschen Zeit.«

Und Charlotte erzählte.

»Ich habe Stefan in den USA in Quantico auf einer zweiwöchigen Tagung zum Thema Daktyloskopie kennengelernt. Daktyloskopie nennt man das biometrische Verfahren des daktyloskopischen Identitätsnachweises. Verständlicher ausgedrückt: Fingerabdruckverfahren.«

Gisela zog die Augenbrauen nach oben. »Lass die unwichtigen Sachen weg. Nur Stefan und du.«

»Ja, aber das ist wichtig. Ich war zu der Zeit dort in der FBI-Akademie im Rahmen eines zweijährigen Gaststudiums in Fallanalytik, um mich zum Profiler fortbilden zu lassen.

Der Polizeipräsident persönlich hatte mir das dafür notwendige Empfehlungsschreiben gegeben.« Den Anflug von Stolz konnte Charlotte nicht verbergen. »Einen Abschluss bekam ich allerdings nicht, lediglich eine Lehrgangsbescheinigung. Für einen Abschluss hätte ich mindestens noch einmal zwei Jahre anhängen müssen, wofür mir leider die finanziellen Mittel fehlten. Was sind das für aufregende zwei Wochen gewesen. Wir haben uns Hals über Kopf ineinander verliebt und wollten nie wieder auseinander gehen.« Charlotte wurde traurig. »Doch, wie das Schicksal es so wollte, bekam Stefan eine feste Stellung an der Heidelberger Uniklinik angeboten, mein Studium dauerte noch ein Jahr, und als ich dann wieder nach Deutschland kam, war irgendwie die Luft raus.« Charlotte ließ die Schultern hängen und sah Gisela an, die nickte und sie zum Weiterreden aufforderte.

»Natürlich haben wir versucht, das Ganze wieder aufleben zu lassen. Stefan hat sich wirklich sehr bemüht und auch mehr Rücksicht auf mich genommen, als jeder andere es getan hätte. Aber ich konnte nicht, oder wollte nicht. Den Nervenkrieg in meinem neuen Job konnte ich nicht aus meiner Beziehung zu Stefan heraus halten. Und dann war da noch dein Fall. Der gab ihm und mir den Rest.«

Gisela nahm Charlotte bestürzt in den Arm. »Warum hast du mir das nie erzählt?«

»Ach Gisela. Du kennst mich doch. Ich bin selber groß. Ich glaube, ich sah in ihm nur den Mann, gegen den ich ebenso bestehen musste, wie gegen die ganzen männlichen Kollegen auf meiner Dienststelle. Ich war so gemein zu ihm. Bis Stefan dann den endgültigen Schlussstrich gezogen hat.«

»Und das tut dir heute noch leid, oder?«

»Ich könnte mich heute noch ohrfeigen dafür. Stefan ist ein so toller Mann. Mit ihm hätte ich mir ein Leben vorstellen können, und ich habe ihn vergrault, ich blöde Kuh.«

»Na, dann passt ja der Kuhstall doch.« Gisela zog Charlotte zu sich heran, nahm sie in die Arme und küsste sie auf die Wange. »Es kommt, wie es kommen soll. So oder so. Nur, wenn du noch einmal eine Chance bekommen solltest, tritt sie diesmal nicht mit Füßen. Lass ihn doch einfach erst einmal als guten Freund in dein Leben. Der Rest wird sich zeigen.«

Charlotte fühlte sich leichter, aber nicht besser. Im Laufe der Jahre hatte sie Stefan ab und an auf Seminaren getroffen, aber über ein lapidares »Hallo und wie geht's?« waren sie nicht hinausgekommen, und das nur, weil sie sich nicht traute.

Wie ein Teenager vor der ersten Verabredung zupfte sie ständig an ihrer Kleidung. Ihre Hände waren feucht, trotz der Kälte. Wie sollte sie ihn begrüßen? Sollte sie ihm einfach die Hand geben, oder ihn freundschaftlich küssen? Sie hatte Angst. Angst, wieder alles falsch zu machen. Angst, die Verabredung falsch zu verstehen. Was wollte er eigentlich?

Was wollte sie?

»Hallo Charlotte. Schön, dich zu sehen.« Ein großer, schlanker, gut aussehender Mittvierziger mit dunklem kurzgeschnittenem Haar war von hinten an die beiden herangetreten.

»Hallo Stefan.« Mehr brachte Charlotte nicht heraus.

Er wandte sich an Gisela und Leni, die zu ihrem Kinderpunsch zurückgekehrt war. »Ich darf mich erst einmal den beiden jungen Damen hier vorstellen? Mein Name ist Stefan Engels und du, kleines Fräulein, kannst eigentlich nur die Leni sein. Küss' die Hand.« Mit diesen Worten hob er die Hand der erstaunten Leni und setzte einen angedeuteten Handkuss auf. Leni war begeistert und sah ihn verträumt an. Dann ergriff er die Hand der lächelnden Gisela, küsste sie ebenfalls und fragte verschmitzt: »Sie sind dann wohl Lenis große Schwester, oder?«

»Nein, Sie Charmeur.«

»Darf ich euch noch zu einem Glühwein oder einem Eierpunsch einladen?«

Charlotte sah dem Geschehen wie aus weiter Ferne zu. Wie unbefangen Stefan hier auftrat. Als sei es das normalste der Welt. Und sie stand mit nassen Händen und Herzklopfen da. Ihr Blick fiel auf das Schild Kuhstall und sie nickte.

»Also für mich nicht mehr, danke. Leni und ich müssen dann sowieso nach Hause. Es ist schon spät. Aber Charlotte bleibt gewiss noch gerne hier. Oder?« Gisela kannte Charlotte gut genug, um zu wissen, wann man sie besser alleine ihrem Schicksal überlassen musste. Und dieser Stefan. Sie hatte ihn sich gut aussehend vorgestellt, doch die Wirklichkeit übertraf alles. Und was für einen netten Eindruck er doch machte. Daher konnte es nur gut für die Beiden sein, jetzt nicht gerade eine Mutter mit Kind um sich zu haben. Sie gab Charlotte einen dicken Kuss, reichte Stefan aufmunternd lächelnd die Hand und zog die sehr entrüstete Leni mit sich heimwärts.

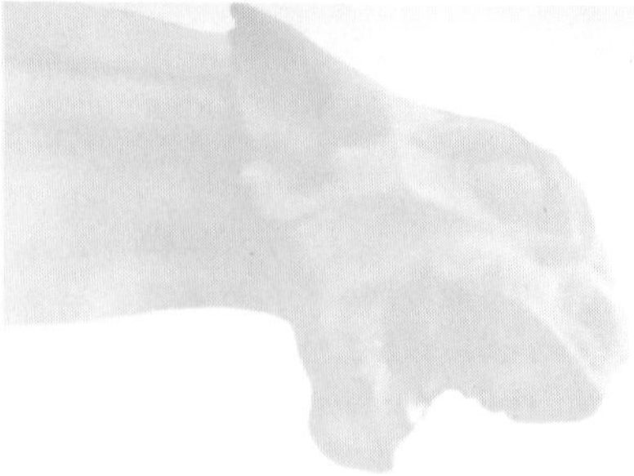

4. KAPITEL

Erschöpft, ausgelaugt fühlte er sich, wie er so zitternd an seinem Tisch saß. An seinem Tisch, der keine Kaffee- und Milchflecken mehr hatte, auf dem kein Krümel in einem Marmeladeklecks haftete, sondern auf dessen glänzend polierter Oberfläche lediglich ein Paar Latexhandschuhe lag. Dazu gesellten sich nebeneinander ein langschneidiges Skalpell in einer durchsichtigen Hartplastikbox, sowie das kleine zerfledderte Buch.

Licht hatte Heck keines angeschaltet. Der Mond, der hoch am Himmel stand, warf sein fahles silbernes Licht auf die dadurch noch sonderbarer wirkenden Gegenstände. Hecks nackte Füße rutschten auf dem Fußboden vor und zurück und erzeugten ein gleichmäßiges Schleifgeräusch. Keine Papiertüte versuchte gerade unter dem Tisch eine Milchdose zu verschlingen. Es war keine mehr da. Selbst der fahle Mondschein konnte die rötlich braunen Cottofliesen nicht entstellen. Sie waren in einem besonderen Sternmuster, von der Mitte der geräumigen Küche ausgehend, angeordnet. Der Herd war geputzt, die Spüle leer und sauber, der Kühlschrank hatte keine Triefspuren von undefinierbaren Flüssigkeiten mehr und die Stühle standen ordentlich um den Tisch herum verteilt.

Heck war völlig fertig, aber glücklich.

Er hatte es vollbracht. Er hatte es wirklich getan, weil er es tun musste. Wie lange hatte er davon geträumt, wie oft hatte er es sich ausgemalt. Und es war besser gewesen, viel besser. Es war ein Gefühl von unendlicher Größe und Macht gewesen, als er ... Die Gedanken an die letzten Stunden ließen seinen Adrenalinspiegel noch einmal in die Höhe schnellen. Es war mehr als gut gewesen.

Plötzlich begann er wieder zu wippen, Tränen traten in seine Augen, sammelten sich und rollten an der Außenseite seiner Wangen herab. Die Anspannung der letzten Wochen fiel mit einem mal in einer gewaltigen Gefühlswelle von ihm ab. Er legte seine Arme auf den Tisch, senkte seinen Kopf in deren

Mitte und begann jämmerlich zu schluchzen. Die Kirchturmuhr schlug zur vollen Stunde, doch er vergaß mitzuzählen.

Der Radiowecker meldete sich mit den sechs Uhr Nachrichten. »Tarifkonflikt bei der Bahn eskaliert. Bundesrat billigt Postmindestlohn. Wegfall der Passkontrollen an der Grenze zu Polen durch Beitritt zum Schengener Abkommen.« Charlotte schaltete genervt das Radio aus und sah sich um. Niemand da. Sie atmete erleichtert auf. Gestern Abend war es spät geworden. Als Stefan und sie am Glühweinstand nichts mehr zu trinken bekamen und auch die anderen Stände bereits ihre Verschläge zugeklappt hatten, waren sie zu ihr nach Hause gegangen. Es war ein schöner Abend gewesen. Zwar etwas feuchtfröhlich, doch ganz entspannt, ohne stille Vorwürfe oder unausgesprochene Fragen, wie sie zu Anfang befürchtet hatte. Und auch kein Aufwärmen alter Geschichten. Sie hatten sich über Gott und die Welt unterhalten, aber nicht über sie beide. Und das war das Entspannende dabei gewesen. Ohne Altlasten, einfach ein schöner Abend zwischen guten Freunden. Keine Anmache, keine knisternde, im Zaum zu haltende Erotik. Es war einfach nur schön. Zumindest das, woran sich Charlotte erinnern konnte. Wann war Stefan gegangen? Sie konnte nachdenken, so lange sie wollte. Sie wusste es nicht mehr, genauso wenig, wie sie in ihr Bett gekommen war. Ein peinliches Gefühl beschlich sie. Was war passiert? Hatte sie vielleicht doch? Sie griff sich an die Stirn. Oh, nein. Das würde wieder zu ihr passen. Wieder alles verbockt.

Ihre Katze Shirley schlich vorsichtig vom Fußende in Richtung Kopfkissen. Mit den Pfoten stapfte sie sich eine für sie passende Kuhle, in die sie sich genüsslich schnurrend hineinfallen ließ. »Ja, ja. Ich weiß. Es ist dein Bett, wenn ich aufgestanden bin. Glaub' mir, ich würde auch gerne noch liegen bleiben.«

Sie löste sich zwei Aspirin auf, ließ einen Kaffee aus der Maschine und setzte sich mit den beiden Fitmachern schlaftrunken auf die Eckbank in der Küche.

Um sieben war Dienstbeginn. Sie raffte sich widerwillig auf, kippte das Aspirin auf einmal hinunter und trank einen Schluck Kaffee, bevor sie kurz im Badezimmer verschwand. Shirley kam in die Küche geschlichen und maunzte. »Na, was so ein Hauch Makeup und ein bisschen Pharmazie doch alles ausmachen, findest du nicht?« Den restlichen Kaffee trank Charlotte im Stehen, während sie Trockenfutter und eine halbe Dose Geflügelpaté auf Shirleys Tellern verteilte.

Dieser verfluchte Nebel. Alle Scheiben rund um ihren alten BMW waren mit einer dicken Eisschicht überzogen. In solchen Situationen vergaß sie gerne die Vorschriften und so kratze sie mit ihrer Parkscheibe ein kleines Sichtloch in die Frontscheibe, den Rest würde hoffentlich die Heizung erledigen. Mit steifen Fingern startete sie den Motor, der nur widerwillig ansprang. Ihm war wohl auch zu kalt. Sie nahm sich vor, gleich heute in der Mittagspause einen richtigen Eiskratzer zu kaufen, sowie künftig Handschuhe anzuziehen. Sie entschied sich für die schnellere Strecke. Nach etwa zehn Minuten Fahrzeit über die Autobahn und die Südtangente bog sie auf den Parkplatz der Kriminalpolizei Karlsruhe in der Hertzstraße ein. Die Frontscheibe war noch immer nicht ganz eisfrei.

»Guten Morgen, Charlotte. Gut siehst du aus. War wohl spät gestern?« Grinsend stellte Tom eine dampfende Tasse Kaffee auf Charlottes Schreibtisch.

»Und ich habe mich so bemüht heute morgen. Ich habe

extra eine halbe Stunde länger im Bad verbracht, nur damit du keine dummen Witze machst.«

»Genau deswegen. So toll siehst du nur aus, wenn du eine durchzechte Nacht zu verbergen hast. Ich kenne dich lange genug.«

Tom arbeitete seit sieben Jahren mit Charlotte zusammen. Sie waren nach einigen Anfangsschwierigkeiten auf Grund von Kompetenzfragen inzwischen ein eingespieltes Team. »Rede keinen Unsinn. Ich habe nicht die Nacht durchgezecht. Ich war eigentlich ganz zurückhaltend mit Gisela und Leni auf dem Weihnachtsmarkt.«

»Wer's glaubt.« Tom stützte sein Kinn in beide Hände und sah sie grinsend an. Sie wusste, er würde keine Ruhe geben, bevor sie nicht mehr erzählen würde.

»Doch ... nur dann habe ich einen Freund getroffen und irgendwie sind wir dann bei mir versackt.« Sie rieb sich die Stirn. »Und wann und wie ich dann ins Bett gekommen bin, kann ich dir nicht einmal sagen. Da aber die Wirkung der zwei Aspirin von vorhin bereits wieder nachlässt, kann es nicht allzu früh gewesen sein.« Sie sah Tom über den Schreibtisch hinweg an und rieb sich den Nacken. In Toms Gesicht las sie Staunen und Neugier.

Sie war eigentlich Toms Vorgesetzte, da sie einen Dienstrang höher auf der Leiter stand. Doch sie hatten sich darauf geeinigt, gleichberechtigt arbeite es sich besser. Nur in Sachen Staatsanwältin Gruber überließ er ihr komplett das Feld und berief sich auf seinen Untergebenenstatus.

Da Charlotte keine Anstalten mehr machte, weiteres aus der vergangenen Nacht zu erzählen, und er fürs Erste genug gehört hatte, sagte er mit bedauerndem Tonfall: »Komm, das wird dich aufmuntern.« Grinsend legte er ihr eine Akte vor die Nase und sagte: »Die Gruber erwartet deinen Abschlussbericht heute Vormittag. Das ist der Weber-Fall.«

»Du spinnst wohl. Den solltest du doch bis gestern fertig haben. Mensch, Tom, das hatten wir so abgemacht. Was hast du denn den ganzen Tag gestern gemacht? Mein Gott, wenn ich einmal früher nach Hause gehe.« Sie schlug mit der Hand auf den Tisch.

»Gemach, gemach. Wer wird denn gleich in die Luft gehen? Greife lieber zu ... diesem Ordner«, sagte er lachend und legte ihr einen Schnellhefter auf den Tisch. »Ich bin doch nicht lebensmüde und werde es mir mit meiner Chefin verscheißen. Da, alles fertig, wie befohlen. Dafür musst du nur deinen Vinzenz darunter setzen und ab zu der netten Dame.« Er drückte ihr einen Kuss auf die Wange, nahm seine Jacke vom Haken und verschwand mit den Worten: »Bis später, du Motzkopf, ich muss noch etwas besorgen.«

Charlotte schlug den Ordner auf und war, wie immer, hoch erfreut über die Ausführlichkeit seines Berichtes. Das musste sie ihm lassen. In Sachen Schreibkram konnte ihm wirklich niemand das Wasser reichen. Sie unterzeichnete die mehrfachen Ausfertigungen und klappte den Deckel wieder zu.

Staatsanwältin Gruber. Die war auch so ein Fall für sich. Am besten packte man sie mit Samthandschuhen an. 55 Jahre alt, alleinstehend, ein Karriereverlauf vom Feinsten, mehr als genau in ihrer Arbeit und schwer von den Notwendigkeiten einzelner Beschlüsse zu überzeugen, wenn es nicht ihrer Logik entsprach. Mit Intuition oder ähnlichem Kram, wie sie es nannte, brauchte man ihr gar nicht erst zu kommen. Für sie zählten ausschließlich Fakten, egal was das Gesamtbild drum herum besagte. Hatte man solche Fakten, dann zögerte sie nicht lange und besorgte jeden Beschluss, der nötig war. Gäbe es Fakten, die gegen den Oberstaatsanwalt sprächen, sie würde ihn umgehend in Untersuchungshaft stecken lassen. Und das wiederum gefiel Charlotte.

Gespannt lauschte Tom, wie es in der Höhle der Löwin gewesen war. »Mit ein paar Keksen wäre es ein netter Plausch geworden. Aber Spaß beiseite. Sie war sehr zufrieden mit unserer Arbeit und weißt du, was sie gesagt hat?« Charlotte lehnte sich mit keckem Blick über den Schreibtisch und genoss den Anblick ihres vor Neugier schier platzenden Kollegen.

»Nein, wie sollte ich? Hatte sie an dem Bericht was auszusetzen?« Tom trommelte mit dem Kugelschreiber auf die Tischplatte.

»Ganz im Gegenteil. Sie hat wörtlich zu mir gesagt, pass auf! Also Frau Krüger, wir arbeiten jetzt schon mehrere Jahre zusammen. Ich muss es Ihnen jetzt einfach mal sagen. Ihr Herr Berger ...« Charlotte machte eine kurze Pause. Tom trommelte nicht mehr mit dem Kuli auf seinen Schreibtisch, er hämmerte, dass Charlotte schon befürchtete, er breche ihn in der Mitte durch.

»Mensch, sag schon! Was hat sie gesagt?« Charlotte rückte sich auf ihrem Stuhl zurecht und nahm eine kerzengerade Sitzhaltung an, zog den Mund spitz und sagte im Tonfall Frau Grubers: »Ihr Herr Berger, dem kann in Sachen Schreibarbeit niemand das Wasser reichen. Sie können froh sein, solch einen Kollegen zu haben.«

Tom riss die Augen weit auf. »Das hat sie wirklich gesagt? Aber woher weiß sie ...?« Er strich sich peinlich berührt über den Adamsapfel und schluckte hörbar.

»Das habe ich sie auch gefragt, worauf sie nur lächelnd antwortete: ich kenn' doch meine Pappenheimer.«

Charlottes Telefon läutete.

»Charlotte Krüger ... Wo? ... Ja ... Wir kommen.«

Tom blickte sie fragend an.

»Selbstmord in der Humboldtstraße.«

»Schon wieder einer.« Tom schüttelte langsam den Kopf.

Auf Charlottes Wunsch fuhren sie mit Toms Wagen. Er fuhr

einen japanischen Geländewagen mit allem erdenklichen Schnickschnack wie Sitzheizung und Klimaanlage. Aber der absolute Hit waren die beiden Displays an der Rückseite der vorderen Kopfstützen, über die seine Mitfahrer während der Fahrt DVDs anschauen konnten. Die Frage, welche Mitfahrer während der Fahrt bei ihm DVDs anschauten, wollte er aber schelmisch grinsend nicht beantworten. Sie hatte es schon oft gesehen, aber fassen konnte sie es noch immer nicht.

Charlotte mochte Tom unheimlich gerne. Er war gut aussehend, stets ansprechend gekleidet und trug, sehr dezent aufgetragen, immer gut riechende Rasierwasser. Sie fühlte sich wohl in seiner Nähe. Was sein Privatleben betraf, erzählte er, je nach Lust und Laune, meist aber in Singlemanier, welch Wahnsinns-Frauen sich ihm wieder einmal zu Füßen gelegt hatten, und so weiter, und so weiter. Wie viel Tatsache und wie viel Wunschdenken dabei war, konnte und wollte Charlotte nicht beurteilen. Was Ernstes jedenfalls war selten dabei.

Sie parkten vor einem gepflegten Altbau, betraten das alte, ordentliche Treppenhaus und stiegen die Steinstufen bis in den dritten Stock nach oben.

Schon wieder ein Selbstmord. Schrecklich. Es musste an der Jahreszeit liegen. Statistisch gesehen gab es zwischen November und Januar die höchste Selbstmordrate. Charlotte fand Selbstmorde nach all den Jahren noch immer sehr beklemmend. Sie kamen gleich nach Todesfällen von Kindern.

Die Wohnungstür stand offen und davor stand ein Streifenbeamter, der sich die Dienstmarken der Beiden kurz ansah und sie dann mit den Worten »Nach hinten rechts« weiterwinkte. Sie betraten die Wohnung. Tom ging geradewegs nach hinten rechts durch. Charlotte verharrte einen Moment und ließ die fremde Umgebung auf sich einwirken. Ihr Magen rebellierte, fühlte sich an als wäre er aus Stein. Hunger war das nicht.

Typisch Altbau, mit drei Meter hohen Decken. Der Flur war ordentlich. An der Garderobe hingen zwei Jacken und ein Regenschirm. Am Spiegel daneben hing eine Ansichtskarte aus Venezuela. Charlotte hatte bereits ihre Latexhandschuhe übergezogen, nahm die Karte und las auf der Rückseite, während Tom hinten rechts um die Ecke bog. *Bald sind wir wieder vereint. Ich vermisse Dich so. In übergroßer Liebe, Dein Armin.* Der Poststempel war von Anfang Dezember. Der genaue Wochentag war unleserlich verschmiert. Sie steckte die Karte wieder zurück und ging weiter durch den Flur. Links warf sie einen Blick in eine kleine Küche mit Esstheke. Eine Mineralwasserflasche und ein Glas standen auf dem Tisch sowie ein benutzter Teller mit einem Buttermesser. Ansonsten war die Küche aufgeräumt und sauber. Die nächste Tür führte in ein Arbeitszimmer. Sie war angelehnt. Charlotte stieß vorsichtig mit dem Fuß dagegen, was die Tür weit aufschwingen ließ. Ein riesiger Schreibtisch aus Metall und Glas nahm den Großteil des Zimmers ein. Telefon und Computer mit Flachbildschirm sowie Drucker und Faxgerät waren exakt platziert. Der Drehstuhl fiel in die Kategorie Chefsessel. Als Hochlehner und mit feinem schwarzem Leder überzogen protzte er mit dem Tisch um die Wette. An der Wand stand ein Bücherregal, in dem sich neben ein paar Romanen viele Börsenkataloge befanden. Ein Foto stand auf dem kirschbaumfarbenen Highboard. Es zeigte eine junge hübsche Brünette und einen dunkelhaarigen jungen Mann in verliebter Umarmung.

»Charlotte, kommst du mal?«

Sie folgte Toms Ruf und betrat das Badezimmer, das von Menschen überfüllt war. Tom stand zwischen drei Männern. Ihr Blick fiel auf den Spiegel über dem Waschbecken. Mit Lippenstift stand in derben Druckbuchstaben: *es ist besser so!* Ein großes Ausrufezeichen zog sich über die gesamte rechte Spiegelhälfte. Charlotte hob die linke Augenbraue und wandte sich in Richtung Badewanne. Ein Frauenkörper lag leblos in rosa gefärbtem Wasser. Der linke Arm hing über den Badewannenrand hinaus und hatte eine große Blutlache gebildet. Das Handgelenk zeigte eine tiefe, klaffende, Schnittwunde. Am Boden, inmitten der Blutlache, lag ein kleines Küchenmesser. Charlotte rieb sich die Stirn und beobachtete einen Mann in weißer Sterilkleidung, der vor der Wanne kniete. Er drehte den Kopf und grinste Charlotte an. »So schnell sieht man sich wieder.« Stefan. Charlotte spürte einen Stich in der Brust. Wie sollte sie reagieren? Die letzte Nacht war ihr mehr als peinlich. Stefan erhob sich und ging lächelnd auf Charlotte zu. Ganz gelassen, als sei nichts weiter gewesen. Als sei es das Normalste der Welt, dass sie morgens von nichts mehr wusste. Wie peinlich.

Mit dienstlichen Gesprächen konnte man die Situation vielleicht noch retten, oder zumindest verschieben.

»Was haben wir? Klarer Selbstmord, oder?« Flüsternd fügte Charlotte hinzu: »Wann bist du eigentlich gegangen? Ich habe da irgendwie ... einen Filmriss. Wir haben doch nicht ...?« Stefan beugte sich direkt an ihr Ohr: »Mhhm ...« Sie blickte ihn entsetzt an. »Nein!« entfuhr es ihr etwas zu laut.

Tom drehte sich zu ihr um. »Was? Kein Selbstmord?«

»Ähem, ich weiß nicht. Oder Stefan?«

»Dem ersten Eindruck nach gibt es keinen Hinweis auf Fremdverschulden. Tod durch Blutverlust in Folge der Schnittverletzungen an beiden Handgelenken. Keine weiteren Verletzungen, keine Kampfspuren. Der Schriftzug auf dem Spiegel ist zwar ungewöhnlich, doch wer kann schon in solch arme kranke Seelen schauen, das ist euer Part.«

Tom blätterte in seinem Notizblock. »Bei der Frau handelt es sich um Sabrina Meier. 26 Jahre, Angestellte in der Kantine des Technologieparks.« Charlotte beugte sich vor und sah in das Gesicht der Toten. Es war die Frau auf dem Foto im Arbeitszimmer.

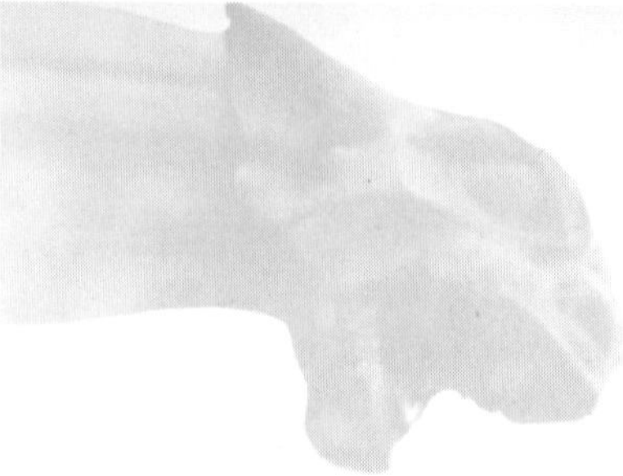

5. KAPITEL

Mit einem feuchten Tuch wischte er den Küchentisch ab und rieb ihn mit einem Geschirrtuch trocken. Er blickte sich zufrieden um, schaltete das Küchenlicht aus und ging in sein Schlafzimmer. Er zog seine Kleider aus, legte sie fein säuberlich zusammen und platzierte sie auf dem kleinen Hocker neben der Tür. Die Tagesdecke hängte er zusammengefaltet über das Fußende, schaltete die Nachttischlampe ein und legte sich ins Bett. Es war früher Nachmittag. Er setzte seine Lesebrille auf und schlug sein Buch etwa in der Mitte auf. Er lächelte. »Den Anfang habe ich hinter mir. Den brauche ich jetzt nicht mehr. Ich sollte bei Gelegenheit im Internet nachsehen, ob diese Autorin inzwischen noch mehr geschrieben hat. Die würde ich zu gerne kennenlernen. Aber alles zu seiner Zeit.« Er begann zu lesen.

»Ihr Freund, Armin Lehmann, hat die Hausmeisterin, Frau Senkel, gebeten, nach ihr zu sehen, nachdem er sie telefonisch nicht erreicht hatte. Sie waren für heute Morgen am Flughafen in Frankfurt verabredet gewesen. Sie hätte ihn dort abholen sollen, ist aber nicht erschienen. Er ist jetzt mit der Bahn auf dem Weg hierher. Er weiß noch nicht, dass sie ...« Tom wies mit dem Kinn in Richtung Badewanne.

»Und die Kollegen von der Streife?« fragte Charlotte mit ernstem Gesicht.

»Sie wurden von der Hausmeisterin informiert, nachdem sie Sabrina Meier hier entdeckt hatte. Sie hat die Schlüssel für alle Wohnungen hier im Haus. Sie haben sie gebeten sich für uns zur Verfügung zu halten, aber bitte in ihrer Wohnung im Erdgeschoss zu warten. Sie hat sich dazu nur schwer überreden lassen, sagen die Kollegen.« Tom hielt ihr fragend sein Notizbuch unter die Nase. »Soll ich sie befragen?«

»Ja, mach' das, aber sei rücksichtsvoll. Man findet nicht täglich seine verblutete Nachbarin.« Charlotte blickte Tom nach, wie er das Badezimmer verließ und wandte sich wieder Stefan zu, der seine Utensilien zusammenpackte.

»Ich bin hier vorerst fertig mit der Dame. Todeszeitpunkt zwischen 20 und 20.30 Uhr. Armes Ding, was sie so geplagt hat, werden wir wohl nie erfahren. Und das so kurz vor Weihnachten.« Stefan schüttelte den Kopf und klappte seinen Untersuchungskoffer zu.

»Irgendwas gefällt mir hier nicht.« Charlotte ließ ihren Blick durch das Badezimmer schweifen.

»Was meinst du?« fragte Stefan und sah sie eindringlich an.

»Ich weiß es nicht, aber das Ganze hier. Hört sich vielleicht albern an, aber wenn ich an einen Tatort komme, habe ich stets ein besonderes Gefühl im Bauch. Ich kann es nicht erklären. Bei einem Unfall ist es eine Art Trauer, bei Mord ist es Wut und bei Selbstmord ist es eine Art Hilflosigkeit. Als ich diese Wohnung betrat war ich wütend.« Charlotte fuhr in kreisenden Bewegungen über ihren Bauch.

»Diese Gefühle kenne ich und albern finde ich sie auch nicht. Wenn es nach mir geht, untersuche ich sie gerne.«

»Ich weiß, Stefan. Aber Staatsanwältin Gruber wird mit diesen Fakten wohl kaum einer Obduktion zustimmen. Es ist optisch ein klarer Fall von Selbsttötung, auch wenn ich wütend bin. Und trotzdem. Unsere Bürokratie ist zum ...« Sie steckte sich den Zeigefinger in den geöffneten Mund und machte ein Würggeräusch.

»Wie Recht du hast. Meine Statistiken beweisen eigentlich die Notwendigkeit häufigerer Obduktionen, doch es wird überall gespart. Ich bin ja schon froh, dass ich in solchen Fällen die Leichenschau vornehmen darf und nicht, wie bei natürlichen Todesfällen zum Beispiel, der Zahnarzt um die Ecke.« Das natürlich sang er regelrecht und zog es in die Länge. »Das ist doch wenigstens schon ein Fortschritt. Ist noch gar nicht so lange üblich.« Stefan stellte sich dicht an Charlotte. Sie spürte seine Wärme und genoss den Duft seines Rasierwassers.

»Ja, ich weiß. Und wie viele Morde dabei als natürlicher Todesfall durchgehen. Aber vielleicht trügt mich ja mein Gefühl wirklich. Was soll's, ich kann es sowieso nicht ändern.«

Sie verließen das Badezimmer. In der Diele hielt Charlotte Stefan am Arm fest und sah ihm tief in die Augen. »Jetzt mal Tacheles. Was war heute Nacht?«

Stefan grinste sie breit an. »Nichts war. Rein gar nichts.« Zur Bekräftigung seiner Worte hob er die Schultern. »Du bist irgendwann mitten im Gespräch auf dem Sofa eingeschlafen und hast dich nicht mehr wecken lassen. Und da ich dich nicht so liegen lassen wollte, habe ich dich ins Schlafzimmer getragen, besser gesagt geschleift, ausgezogen und zugedeckt.«

»Du hast mich ausgezogen?« Charlotte versuchte entrüstet auszusehen.

»Oh ja.« Stefans Blick wurde träumerisch. »Du bist noch immer wunderschön.« Charlotte stumpte ihn in die Seite.

»Erst machst du mich betrunken, dann ziehst du mich aus und schaust mich an. Du ... Du Lustmolch.« Sie küsste ihn auf die Wange.

»Wann sehen wir uns wieder?« fragte er. »Du ... Du ... mir fällt nichts Passendes ein.« Er lachte, küsste sie ebenfalls auf die Wange und verließ die Wohnung. »Lustmolch!« rief ihm Charlotte hinterher. In diesem Moment kam Tom zurück von seiner Befragung. »Meinst du etwa mich? Ich schwöre dir, ich habe Frau Senkel nicht angerührt. Die ist doch schon weit über siebzig. So nötig habe ich es jetzt auch wieder nicht.«

»Wer weiß?« Charlotte grinste und zwinkerte ihm zu. »Was hat die Gute denn zu erzählen?«

Tom blätterte wieder in seinem Notizblock und begann mit der Aussage der Hausmeisterin. »Eine ruhige, freundliche Mieterin. Bis vor vier Wochen regelmäßig Herrenbesuch.

Immer der Gleiche. Armin Lehmann soll er heißen.« Charlotte nickte. »Seither keine Besuche mehr. Und gestern war Frau Senkel den ganzen Nachmittag bis spät abends bei ihrer Schwester zu Besuch. Die restlichen Mieter sagen Ähnliches. Gehört hat keiner was. Aber sie sagen alle das Gleiche: Sie habe gar keinen lebensmüden Eindruck gemacht.«

»Das passt zu meinem Gefühl. Aber die Fakten.« Das Wort Fakten betonte sie besonders hart. Ein lautes Geschrei drang vom Treppenhaus herein. »Was ist denn da los?« Charlotte ging zur Tür und stieß mit einem wild gestikulierenden jungen Mann zusammen. Sie erkannte in ihm den Mann auf dem Foto. »Sind Sie Armin Lehmann?«

»Lassen Sie mich durch. Was ist hier los? Sabrina! Sabrina!«

Charlotte fasste ihn vorsichtig bei der Schulter. »Mein Name ist Charlotte Krüger. Ich muss Ihnen leider mitteilen, dass Sabrina Meier ...«

»Was, was ist mit Sabrina«, unterbrach er sie schroff und schaute über Charlottes Schulter in die Wohnung. »Sabrina!«

»Sabrina Meier ist tot. Sie hat sich die Pulsadern aufgeschnitten. Es tut mir leid.«

Armin Lehmann stieß Charlotte brüsk zur Seite und rannte durch den Flur. Wie ein gehetztes Tier blickte er nach rechts und links, bis er endlich an der Badezimmertür abrupt stehen blieb. »Oh mein Gott! Sabrina!« Er sank zu Boden und begann zu weinen, während er immer und immer wieder ihren Namen rief.

Charlotte hasste diesen Teil ihrer Arbeit. Sie fühlte sich so schuldig. Sie war diejenige, die Lebensträume durch eine Todesnachricht zum Einsturz brachte. Sie war diejenige, die selbst bodenständige Männer zum Weinen brachte. Und sie war diejenige, die diese fassungslose Wut der Hinterbliebenen zu spüren bekam.

»Was haben Sie gemacht? Wer hat ihr das angetan?« Armin Lehmann schrie Charlotte lautstark an, die ihm langsam gefolgt war.

Tom kam ihr zu Hilfe. »Wir sind von der Mordkommission. Wir sind hier, weil uns die Kollegen der Streife gerufen haben.«

»Mordkommission? Also doch Mord. Wer war das? Sabrina hätte sich nie, gar nie umgebracht. Wir wollten heiraten.« Seine Stimme überschlug sich.

Charlotte stutzte. »Wann wollten Sie heiraten?«

Viel ruhiger und auch viel leiser antwortete er: »Zwischen Weihnachten und Neujahr. Am 29. Dezember, der Tag an dem wir uns kennengelernt haben.«

Charlotte wäre es lieber gewesen, Lehmann hätte weiter geschrien. Diese unsägliche Trauer und Verzweiflung in seiner Stimme versetzte Charlotte Stiche in die Magengegend. Ihr wurde übel. In solchen Momenten hasste sie ihren Job.

Sie wechselte mit Tom einen verunsicherten Blick.

»Herr Lehmann, wir haben einen Psychologen für diese Fälle. Er ist schon auf dem Weg hierher.«

»Ich will keinen Psychologen. Ich will meine Sabrina!« Er sackte wieder heulend in sich zusammen.

»Ah, Doktor Pankratz. Hierher, bitte.« Tom flüsterte dem Polizeipsychologen einige Einzelheiten ins Ohr, tätschelte ihm die Schulter und gab Charlotte ein Zeichen zu gehen.

Schweigend saßen sie im Wagen. Der Leichenwagen fuhr vor und Charlotte sah Tom trotzig an. »Ich werde morgen zur Gruber gehen. Ich sage dir, da stimmt was nicht. Besorge mir bitte die Fotos von den Kollegen und los, lass' uns fahren, ich muss hier weg. Und du hast Schreibarbeit vor dir, aber bitte so, dass die Gruber stutzig werden muss.« Tom lächelte ihr nickend zu.

Charlottes Armbanduhr zeigte acht Uhr, als sie tatsächlich beherzt an die Tür klopfte, an der ein großes Namensschild aus glänzendem Messing hing: Staatsanwältin Dr. U. Gruber. Das U. stand für Ulrike. »Herein!« Ulrike Gruber saß hinter ihrem Schreibtisch und blickte von einem Schriftstück auf. Die schmale Lesebrille saß ganz vorne an der schmalen Nasenspitze. Sie war eine resolut wirkende Dame, Mitte fünfzig, hatte leicht gewelltes, dunkelblondes Haar, das fest am Hinterkopf zu einem Knoten gebunden war und ihr dadurch einen strengen Eindruck verlieh. Das jugendliche Gesicht passte eigentlich nicht zu ihrem gesamten »altbackenen« Erscheinungsbild.

»Ah, Frau Krüger, was führt Sie zu mir?« Freundlich winkte sie Charlotte näher.

»Frau Doktor Gruber, wir wurden gestern zu einem Tötungsdelikt gerufen.«

»Ich weiß nicht, was Sie meinen? Ich weiß nur von dem Suizid Meier.«

»Ja, genau den meine ich.« Charlotte rieb die Handflächen aneinander.

»Ist doch wohl ein klarer Fall. Ich habe eben den Bericht gelesen.« Frau Gruber begann zu schmunzeln. »Ihren Bericht, Frau Krüger. Abschiedsschreiben, Tatwaffe, Leiche, keinerlei Auffälligkeiten, keine Kampfspuren, nichts, was auf Fremdeinwirkung schließen lässt, oder? Frau Krüger?« Sie blickte sie fragend, aber bestimmend an, was Charlotte deutete als »Pass auf, was du sagst. Ich kenne die Fakten, und die reichen mir.« Charlotte legte die Fotos vor Frau Gruber auf den Schreibtisch und breitete sie aus. Sie rieb sich die feuchten Hände an ihrer Jeans ab. »Frau Doktor Gruber, ich weiß, die Fakten sprechen für sich. Doch mein Gefühl sagt mir ...« weiter kam sie nicht.

»Frau Krüger!« Frau Grubers Ton war warnend. »Ich brauche Ihnen wohl nicht zu sagen, dass Gefühle in unserem Beruf keinerlei Rolle spielen. Was erwarten Sie von mir? Dass ich eine Obduktion befürworte, die uns bestätigt, dass die Dame verstorben ist, weil sie sich die Pulsadern mit einem scharfen Küchenmesser geöffnet hat? Frau Krüger«, sie zog die Lippen zu einem schmalen Strich, »Ich werde beim besten Willen nichts in dieser Richtung veranlassen und mich bei meiner Obrigkeit der Lächerlichkeit preisgeben, nur aus einem Gefühl heraus. Ich betrachte dieses Gespräch als beendet.« Sie wandte ihren Blick wieder dem Schriftstück auf dem Tisch zu. Charlotte drehte sich um und öffnete die Tür. »Und Frau Krüger, überlegen Sie künftig bitte ausführlicher, bevor Sie diesen Raum betreten. Guten Tag.«

Zerknirscht kehrte Charlotte in ihr Büro zurück. Tom wedelte mit dem deutschlandweit bekannten Boulevard-Blatt. »Hier lies!« Sie riss ihm zornig die Zeitung aus der Hand und überflog den kurzen Artikel auf der vorletzten Seite.

Suspekter Selbstmord kurz vor Traumhochzeit
26jährige Schönheit schneidet sich kurz vor ihrer Hochzeit die Pulsadern auf. Der zukünftige Ehemann erleidet einen Nervenzusammenbruch und wird in die Klinik eingewiesen. Es gab keinerlei Hinweise auf Tötungslust. Staatsanwaltschaft gibt trotzdem Leiche ohne weitere Untersuchungen zur Beerdigung frei.

»Das ist das erste Mal, dass ich diesem Schmierblatt Recht geben muss.« Charlotte warf die Zeitung auf den Tisch. »Nur, wie die immer so schnell an die Informationen kommen? Ich habe keinen von der Presse dort gesehen, du etwa?«

Tom zuckte zusammen. »Ich? Nein!«

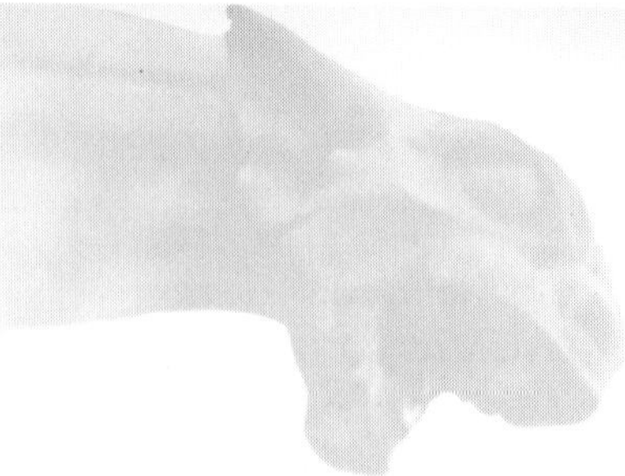

6. KAPITEL

Im Friseursalon an der Ecke Kaiserstraße und Brunnenstraße ließ sich Heck die Haare komplett entfernen. Er wollte bei seinen künftigen Vorhaben keine Spuren hinterlassen. Wie gebannt sah er der Friseurin im Spiegel dabei zu, wie sie seinen mit Rasierschaum eingeschäumten Kopf mit einem klappbaren Rasiermesser streifenweise von den noch verbliebenen Haarstoppeln befreite. Er wusste sofort, genau so eines musste er haben. Zum Einklappen und doch so scharf, wie sein starres Skalpell zu Hause. Dann bräuchte er keine Schutzhülle mehr, sondern konnte es nach Bedarf auf und zuklappen. Ganz einfach. Warum er da nicht bereits früher darauf gekommen war. Was hatte er sich mit dieser starren Plastikhülle herumgeplagt. Er hätte sich beim Schließen fast geschnitten. Dieses Prachtstück da in der Hand der Friseurin dagegen war das einzig Wahre. Das musste er haben.

»Gnädiges Fräulein.« Er legte den Kopf schräg und blickte über den Spiegel in das überraschte Gesicht der Friseurin. »Bitte verzeihen Sie die Frage, aber woher haben Sie dieses wunderschöne Messer?« Er war sich nicht sicher, wie sie auf die Frage reagieren würde. Doch sie erzählte, ohne den Eindruck zu erwecken durch die Frage irgendwie irritiert zu sein, wie sie solche Dinge bei dem Friseurbedarf kaufe, wie eben alle Utensilien im Salon. Sie wurde daraufhin sehr redselig, als hätte sie nur auf ein Zeichen gewartet, endlich sprechen zu dürfen. Was sie noch alles aus ihrem Berufsleben oder Alltag erzählte, registrierte Heck nur als eintöniges Gemurmel. Die Worte verstand er nicht. Sie waren ihm auch nicht wichtig. Heck hatte nur Augen für das Messer, wie es sich an die Kopfhaut schmiegte und mit leisem Schaben den Handbewegungen der Friseurin folgte.

Als sie mit der Rasur fertig war und ihm mit einem Handspiegel seinen blank rasierten Hinterkopf zeigte, sprach er sie mit fester Stimme an: »Liebes Fräulein. Würden Sie mir die Ehre erteilen und mir Ihr Rasiermesser verkaufen? Sie würden mir einen sehr großen Dienst damit erweisen.« Die Friseurin sah ihn mit zusammen gekniffenen Augen an. Sie traute ihren Ohren nicht. Was wollte der? Durch den Standort hier an der Ecke zum Rotlichtbezirk kannte die Friseurin so manche Kuriositäten. Doch so schön schrullig hatte sie noch kein Mann hier um etwas gebeten. Sie überlegte kurz und sah die bittenden Augen des sonderbaren Kunden vor sich im Spiegel. Sie brauchte in nächster Zeit sowieso ein neues Messer und in Reserve hatte sie auch noch eines. Warum also sollte sie ihm das alte Messer nicht verkaufen? Ein Geschäft konnte sie auch noch machen. Sie zuckte mit den Schultern und bot es ihm für dreißig Euro an, wobei sie überlegte, ob das nicht vielleicht zu unverschämt war, für so ein altes Messer.

Doch ihre Bedenken erwiesen sich als unbegründet. Statt der erwarteten entrüsteten Antwort legte dieser seltsame Kunde stillschweigend einen Hunderteuroschein auf die Theke und sagte: »Danke, mein Fräulein, es stimmt so.« Ihr blieb der Mund offen stehen. Fünfzehn Euro für die Rasur und die dreißig für das Messer. »Aber ... hundert.«

»Ich weiß, meine Liebe. Genau deswegen.« Er legte sich seinen schwarzen Mantel über die Schultern, schlang seinen Seidenschal mit einer eleganten Handbewegung einmal um den Hals und antwortete: »Wer gute Dienste tut, soll auch einen guten Lohn dafür haben. Ich wünsche einen schönen Tag.« Er deutete eine Verbeugung an und verließ den Salon. Die Friseurin rief ihm »Frohe Weihnachten« hinterher, blickte ihm mit noch immer offenem Mund nach und hoffte insgeheim, dass dieser großzügige Kunde bald wieder käme. Wobei sie Herr doch übertrieben fand. Er war zu jung für einen Herrn, aber er hatte so etwas an sich, das sie nicht beschreiben konnte. Wie er sprach, wie er sich bewegte, irgendwie etwas Edles, Feines. Ihre sonstige Kundschaft hier hatte nicht einmal annähernd etwas Edles, geschweige denn Feines. Auch seine Sprache war irgendwie fein, wie er sich ausrückte. Nicht der breite

Karlsruher Dialekt, den sie selbst sprach. Wäre er fünfzig Jahre älter, hätte sie gesagt: das könnte der Bruder von Johannes Heesters sein. Sie sah ihm nach, wie er so in seinem langen schwarzen Mantel, dem salopp umgelegten Seidenschal und mit seiner geölten Glatze über die Straße zu schweben schien. Er hatte tatsächlich etwas an sich, das sich schlecht beschreiben ließ. Eine Mischung aus elegant und versnobt traf es vielleicht am ehesten. Wären da nicht seine kleinen, stechenden Augen. Die ließen ihn dann doch eher bedrohlich erscheinen. Aber auch nicht bedrohlicher als die ganzen Zuhälter um die Ecke. Und die waren nicht so höflich, wenn sie zum Haare Schneiden zu ihr kamen. Sie drehte sich um und begann, den Frisierplatz zu säubern.

Aus dem Briefkasten des Nachbarn aus dem ersten Stock nahm Heck die Zeitung und klemmte sie sich unter den Arm. Er würde sie später, gelesen, wieder in den Kasten stecken. Ein Dieb war er schließlich nicht. Er stieg weiter nach oben in seine Wohnung unter dem Dach.

Ganz behutsam und vorsichtig, als handele es sich um einen zerbrechlichen Schatz, legte er das Rasiermesser auf den Küchentisch. Der Mantel, der Schal und die Schuhe wurden ordentlich in der Garderobe verstaut. Er hatte jetzt wieder Ordnung in seinem Leben. In seinem neuen Leben. Andächtig setzte er sich an den Tisch und betrachtete das eingeklappte Messer. Wie es funkelte. Er berührte es sachte mit einer Fingerspitze. Es begann leicht zu schaukeln. Heck beobachtete die Schaukelbewegungen und spürte Freude in sich aufsteigen. Er stieß es noch einmal sachte an. »Genau du hast mir zu meinem Glück gefehlt. Jetzt wird alles ganz einfach sein.« Er nahm das Rasiermesser vom Tisch und klappte die Klinge heraus. Wie leicht das ging, und wie schön die Klinge aussah. Kühl und edel, so zierlich und doch so tödlich. Der kühle

Griff schmiegte sich in seine Handfläche. Heck flüsterte: »Du bist wie für mich gemacht«, und führte das Messer an seine Lippen. Seine Lippen berührten den verchromten Griff. »Wir beide haben eine große Zukunft vor uns.«

Er hob den Mittelteil der Zeitung vor sich in Kopfhöhe, setzte das Rasiermesser oben in der Mitte an und zog die Klinge bis fast ganz unten. Fasziniert betrachtete er die sauberen Schnittränder der sich nach unten rollenden Papierhälften. Bedächtig klappte er die Klinge wieder ein und steckte das Messer in die Hosentasche. Welch Wärme es doch ausstrahlte. Er würde ihm einen Namen geben, aber welchen? »Wir werden es dem Zufall überlassen. Du sollst den Namen unserer ersten gemeinsamen Begegnung erhalten.«

Mit der Hand auf der Hosentasche, in der er sein Messer fühlte, überflog Heck den vorderen Teil der Zeitung, legte diesen rücklings auf den Tisch. Dann legte er mit beiden Händen den durchtrennten Mittelteil darauf und begann den hinteren Teil zu lesen. Sein Blick blieb auf der vorletzten Seite hängen. *Suspekter Selbstmord kurz vor der Traumhochzeit.* Er legte seinen Kopf schräg und las rasch den kurzen Artikel. »Ein Bericht in der Zeitung. Welch erhabenes Gefühl.« Er streichelte sanft über seine Hosentasche. »Ja, mit dir wäre es noch besser gewesen.« Mit beiden Händen hielt er die Zeitung jetzt vor seine Nase und las noch einmal den Bericht. »Fräulein Meier. Ich wusste gar nicht, dass sie heiraten wollte. Dann war es ja tatsächlich besser so.« Er lachte laut.

Durch den Stoff seiner Hosentasche hindurch umfasste er den Messergriff und sagte: »Nachher, Liebes. Nachher darfst du mir zeigen, was du kannst.«

Charlottes Piepser ließ alle in der Runde zusammenzucken. Sie saß gerade am weihnachtlich dekorierten Küchentisch der Reimers beim Essen. Wie jedes Jahr, am zweiten Weihnachtsfeiertag, hatte Gisela eine riesige, mit Hackfleisch gefüllte Gans, selbstgemachte Kartoffelklöße, Rotkraut und eine traumhafte Soße aufgetischt.

Charlotte war bereits am frühen Nachmittag, reichlich bepackt mit Geschenken, stürmisch von Leni begrüßt worden. Sie hatte sie ins Wohnzimmer gezogen und ihr den Christbaum gezeigt, den sie mit ihrer Mutter gemeinsam geschmückt hatte. An der Anhäufung von Sternchen und kleinen farbigen Engelchen konnte man unschwer erkennen, welche Seite Leni geschmückt hatte.

Charlotte warf einen Blick auf die Nummer und runzelte die Stirn.

»Musst du weg?« fragte Walter, Giselas Mann, vorsichtig.

»Ich muss mal telefonieren. Ihr wisst ja, das ist das Los der Rufbereitschaft.« Schweren Herzens ließ sie ihren noch halb vollen Teller zurück und ging in den Flur, um zu telefonieren. Das Freizeichen ertönte. Sie sah die ausgepackten Geschenke unter dem Baum verteilt. Wie hatte Leni sich gefreut, als aus dem kunstvoll verpackten Paket von Charlotte die heiß ersehnte Barbiekutsche zum Vorschein kam. Sogar Linus, der Stammhalter der Familie, war ihr trotz seiner siebzehn Jahre um den Hals gefallen, als er die Eintrittskarte seiner Lieblingsband »Die Toten Hosen« auspackte. Nur bei Mona, der großen Tochter, hatte Charlotte nicht so recht gewusst, worüber sie sich freuen würde. Mona war bereits neunzehn und studierte an der Karlsruher Universität Architektur, wohnte aber auch noch zu Hause. Charlotte hatte es einfach mit einem Buch über amerikanische Architektur versucht und einen Glückstreffer gelandet.

»Berger!«

»Na endlich. Erst anpiepsen und dann nicht an den Apparat gehen. Ich hoffe, es ist wichtig. Ich habe hier noch einer Gans den Garaus zu machen.« Charlotte lehnte sich an einen der beiden gemauerten Pfeiler, die das großzügige Wohnzimmer mittig abstützten und es dadurch in zwei Bereiche aufteilten. Eine Art Arbeitszimmer auf der einen Seite und eine Art Wohnzimmer mit Couch und Fernsehgerät auf der anderen Seite.

»Leider musst du die Gans am Leben lassen. Wir haben hier wieder einen Suizid.«

»Wo?« Charlotte schnaubte und straffte ihre Schultern.

»Im Hardtwald, ganz in der Nähe des Stadions. Wieder eine junge Frau. Doktor Engels habe ich schon informiert. Er ist mit seinen Leuten bereits vor Ort. Ich habe extra erst alle anderen informiert, um für dich Zeit zu schinden. Ich weiß doch, dass du bei Gisela und ihrer Familie sitzt und am Essen bist, deiner Lieblingsbeschäftigung.« Tom lachte am anderen Ende. »Eine Gruppe Spaziergänger hat sie gefunden. Waren wohl auf dem Verdauungsspaziergang. Die haben es richtig gemacht und bereits am Mittag die Gans verspeist.«

»Blödmann.« murrte Charlotte ins Telefon und sah den Hörer dabei an, als könne Tom sie dadurch sehen. »Hol' mich ab. Aber fahr langsam, dann kann ich noch fertig essen.«

»Jawohl, Chef! Bis gleich.«

Charlotte kehrte in die Küche zurück und blickte traurig in die Runde. »Ich muss leider weg. Der Dienst ruft. Es tut mir so leid.« Sie ließ sich schlapp auf ihren Stuhl fallen und betrachtete die dampfenden Knödel in der Mitte des Tisches.

»Ein Mord?« fragte Linus sehr interessiert.

»Pssst. Ihr wisst, dass sie nichts sagen darf. Kannst du noch fertig essen?« fragte Gisela und sah sie mitleidig an.

»Tom holt mich gleich ab. Sobald er klingelt, muss ich gehen. Für den Nachtisch wird es leider nicht mehr reichen.« Sie schob sich eine volle Gabel mit Rotkraut in den Mund.

»Das ist nicht so schlimm, Tante Charlotte«, wandte Leni ein. »Den kann ich für dich essen.« Charlotte küsste ihr Patenkind auf die Wange und sagte: »Wenn deine Mama nichts dagegen hat, darfst du das, mein Schatz.«

Seufzend und mit traurigem Blick auf den halben Kloß mit Soße, der von ihrem Essen noch übrig war, verabschiedete sich Charlotte.

Den Wagen stellten sie am Adenauerring ab und gingen ein paar Schritte auf die helle Lichtquelle in dem Waldstück neben dem Fußball-Stadion zu. Es war kein dichter Wald. Eher ein typischer Stadtwald. Ordentlich gelichtet, keine allzu alten Bäume und kaum Dickicht. Da es sich ausschließlich um Laubbäume handelte, lagen hier Unmengen an halb verrottetem Laub, das feucht und glitschig war. Rot-weißes Absperrband umringte eine etwa zehn auf zehn Meter große Fläche mit Scheinwerfern auf hohen Stativen in allen vier Ecken. Die vierfache Beleuchtung ließ die Schatten bizarr verkreuzt über den Waldboden huschen. Sie erkannte Stefan, wie er in seinem weißen Schutzoverall inmitten eines Laubhaufens neben einem zierlichen Frauenkörper kniete. Und wieder ließ sein Anblick ihr Herz höher schlagen. Mein Gott, sie war doch erwachsen. Aber schön fand sie es trotzdem, solche Gefühle in sich aufsteigen zu spüren. Sie ging gebückt, dicht gefolgt von Tom, unter dem Sperrband durch. Ihr Magen zog sich schon wieder zusammen. Vom Essen konnte es nicht kommen. Und von Stefans Anblick auch nicht. Ein Gefühl von Unruhe und undefinierbarem Ärger überfiel sie und ließ sie aufmerksam werden. Sie kannte das Gefühl. Es war so, wie sie es Stefan beschrieben hatte. Ihre Intuition hatte sie bisher noch nie getäuscht. Sie zeigte sich in Trauer, Ärger oder Hilflosigkeit. Außer Stefan hatte bisher niemand ihren Gefühlen an Tatorten Glauben geschenkt, geschweige denn nachvollziehen können.

»Hallo Stefan.« Sie hätte sich einen schöneren Ort für ein Wiedersehen vorstellen können. Stefan nickte Tom kurz zu und sagte dann an Charlotte gewandt: »Hallo meine Liebe. Frohe Weihnachten.« Er breitete die Arme vor sich aus und deutete auf die Leiche, als lege er ihr hier sein Weihnachtsgeschenk zu Füßen.

»Ja, frohe Weihnachten auch!« antwortete sie und wusste dass der Sarkasmus in ihrer Stimme nicht zu überhören war.

»Was hast du für uns?«

»Ihre Papiere sagen: Marlene Schmidt, 21 Jahre alt. Pulsadern übertief geöffnet. Wollte wohl auf Nummer sicher gehen. Die Schnitte gehen durch die Sehnen bis in die Knochen. Saubere Schnittführung. Ein sogenanntes Ausbeinmesser lag rechts von ihr im Laub. Keine ersichtlichen Kampfspuren. Die Schleifspuren um die Arme und Beine herum stammen wahrscheinlich von den Muskelzuckungen während des Sterbens.« Charlotte sah ihn an und hob die Schultern. »Es ist ein Trugschluss, zu glauben, Verbluten sei ein schöner Tod. Der Körper wehrt sich ab einer gewissen Menge Blutverlust mit Krämpfen, die sehr schmerzhaft sein müssen. Es dauert dann aber tatsächlich nicht mehr lange, bis das Bewusstsein schwindet. Den Rest bekommt derjenige dann wahrscheinlich nicht mehr mit.«

Muskelkrämpfe und Zuckungen. Wie bei Frau Weber. Toms Handy klingelte und er ging einige Schritte zur Seite, um ungestört sprechen zu können. Aus seinem Tonfall, der fast säuselnd klang und ganz und gar nicht typisch für Tom war, schloss Charlotte, dass es sich um eine weibliche Anruferin handeln musste.

»Sonst irgendwelche Auffälligkeiten? Ein Abschiedsbrief oder Ähnliches?« fragte sie den noch immer am Boden knienden Stefan.

»Auffälligkeiten? Neben der perfekten Joggingausrüstung wären hier noch ihre Sachen, die sie in einer Bauchtasche bei sich hatte.« Stefan hielt ihr eine Sammlung verschiedener Plastikbeutel entgegen und wandte sich wieder der Toten zu. Ein Schlüsselbund, ein Handy, ein Geldbeutel und eine Packung Taschentücher. Charlotte nahm den Geldbeutel heraus und öffnete ihn. Vierzig Euro und Münzgeld, ein noch gültiges Studententicket für die Karlsruher Straßenbahn, diverse Bank- und Kundenkarten, verschiedene Kassenzettel, sowie der Personalausweis, Führerschein, Studentenausweis und das Terminkärtchen eines Zahnarztes für Anfang nächsten Monat. Charlotte schloss die Augen und sah Marlene Schmidt durch den Wald laufen. Eine Verschnaufpause. Sie sah sie die Bauchtasche öffnen. Sie schlug die Augen auf. Hier passte etwas nicht.

Fast genervt fragte sie: »Und was meinst du dazu, Stefan?« Sie winkelte die Arme an und drehte die Handflächen nach oben, während sie mit dem Oberkörper eine Art Verbeugung machte. Sie hatte das Gefühl, ihm alles aus der Nase ziehen zu müssen. Fielen nur ihr die Unstimmigkeiten auf?

»Also wenn gemächliches Joggen mit einem Ausbeinmesser in der Bauchtasche und Pulsadernöffnen in der Atempause nicht auffällig genug sind, hätte ich da nur noch den Hinweis, dass sie bereits seit drei Tagen hier liegt. Todeszeit kann ich leider nicht genau sagen. Schätzungsweise früher Abend, kann aber auch erst nachts gewesen sein. Genaueres könnte ich nach einer Obduktion sagen. Aber die Todeszeit zählt wohl eher zu den Unauffälligkeiten. Eine Vermisstenmeldung lag laut den Kollegen nicht vor.«

Charlotte holte tief Luft. »Das ist traurig, über Weihnachten nicht vermisst zu werden, oder?«

»Hast du mich denn vermisst?« Schön, dass er das fragte. Stefan sah sie mit einem Blick an, der an ihrem Innersten zu kratzen schien. Sie fühlte sich so leicht.

»Oh, und wie. Vor allem während meiner Kaffeepausen mit Tom im Büro und dem Christstollen, den uns Gisela gebracht hat.« Sarkasmus und Ironie waren ihre Mittel, Gefühle abzublocken. Irgendwie musste sie aus den rosa Wolken zurück auf die Erde kommen. Sie war doch kein Teenager mehr, den die Schmetterlinge im Bauch verrückt machten. Aber warum eigentlich nicht?

»Lügnerin. Du hättest doch eh kein Stückchen abgegeben. Ich kenn dich doch. Selber essen macht satt.« Was für ein schöner Mann er doch war. Ihr wurde heiß und kalt.

»Ich musste schließlich schon Tom ein Stück abgeben«, antwortete sie lachend und hätte ihn am liebsten auf der Stelle geküsst.

»Habe ich was verpasst? Ihr habt doch gerade von mir gesprochen.« Tom war zu den beiden herangetreten. »Die Spaziergänger haben sie bereits gehen lassen. Alle Personalien natürlich aufgenommen«, sagte Tom, der sich nach seinem Telefonat mit den Streifenbeamten unterhalten hatte. »Familie hatte die Arme scheinbar nicht. Sie studierte an der Uni Biologie, bereits im sechsten Semester. Muss eine Musterschülerin gewesen sein.«

»Es braucht eben nicht jeder vierzehn Jahre für das Abi«, warf Charlotte ein.

»Na, na. Der Geist ist wie guter Rotwein, er braucht eben Zeit zum Reifen.« Tom legte seine Hand unter sein Kinn und kokettierte lächelnd.

»Jetzt wieder den nötigen Ernst, bitte. Ist dir, Tom, irgendetwas Ungewöhnliches hier aufgefallen? Oder klarer Fall?« Charlotte deutete auf die Leiche.

»Also wenn du schon so fragst.« Tom blickte wissend zu Stefan. »Wenn ich mich umbringen wollte, würde ich bestimmt nicht vorher joggen gehen. Meinst du das?«

»Du bist ein Goldschatz, Tom. Gib mir fünf.« Sie schlug ihre Handfläche klatschend in seine, drehte sich einmal um sich selbst und sagte freudestrahlend: »Vielleicht hängen die beiden, Meier und Schmidt, ja irgendwie zusammen. Die Fälle lassen zumindest Ähnlichkeiten vermuten. Jetzt muss die Gruber zustimmen. Und die Leiche der Meier muss sie auch zurückhalten.«

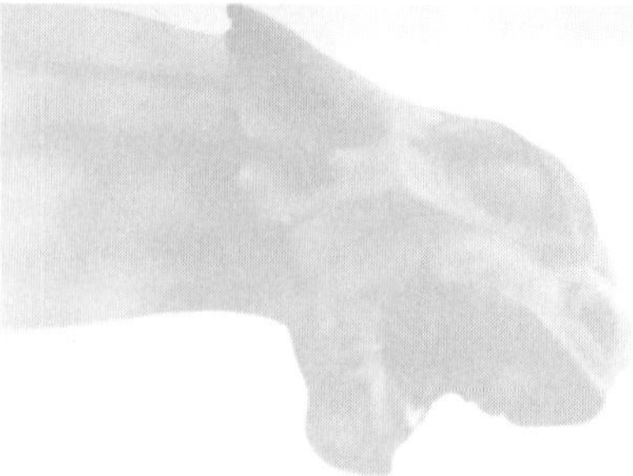

7. KAPITEL

»Marlene, du bist wunderbar. Komm' lass' dich von mir verwöhnen.« Vor Heck auf dem Tisch lagen ausgebreitet ein Gästehandtuch aus Frottee und daneben eine Rührschüssel aus Plastik, so eine dieser amerikanischen Schüsseln, die es nur auf Partys zu kaufen gibt, die aber in jedem Haushalt zu finden sind, obwohl eigentlich niemand mehr zu solchen Partys geht. Heck hatte sie von einer ehemaligen Nachbarin ausgeliehen und vergessen, sie zurück zu bringen. In der Schüssel befand sich lauwarme Seifenlauge, auf der sich feiner Schaum ausgebreitet hatte. Vorsichtig und ganz langsam klappte er die Klinge aus und lies das blutverkrustete Rasiermesser in die Schüssel gleiten. »Das Bad wird dir gut tun. Ich habe dir extra Glycerin mit ins Wasser gegeben. Damit deine Klinge schön scharf und deine Gelenke geschmeidig bleiben. Nach dem Abtrocknen werde ich dich von oben bis unten mit dem feinsten Waffenöl einreiben. Ich war extra in einem Waffengeschäft und habe mich erkundigt.« Er schubste den sich langsam rosa färbenden Schaum an.

Mit einem weißen Seidentaschentuch begann er das Messer vorsichtig abzuwaschen. Als er es gänzlich gereinigt und von allen Blut- und Hautresten befreit hatte, nahm er es tropfend heraus, drapierte es mit beiden Händen, einem Baby gleich, auf das Gästetuch und zuckte zusammen. Er hatte sich leicht an der Klinge geschnitten, aber nur oberflächlich in die Haut. Es blutete nicht.

»Du bist mir doch nicht böse, dass ich dich mit Handschuhen angefasst habe, oder? Aber Liebes, das hat wirklich nichts mit dir zu tun. Ich muss das tun, wegen der Spuren. Sie dürfen uns doch nicht auf die Schliche kommen. Es muss doch alles ganz normal aussehen, du Dummerchen.« Er begann das Messer mit dem Waffenöl einzureiben. Für ihn war es kein Gegenstand, für ihn war es Marlene.

»Guten Tag, Frau Krüger. Schöne Weihnachten gehabt?« Lächelnd bat Frau Gruber Charlotte, sich zu setzen. »Ach, Sie hatten ja Dienst. Entschuldigung.«

Charlotte setzte sich umständlich und völlig verkrampft auf den Stuhl am Schreibtisch der Staatsanwältin. »Macht nichts, Frau Gruber. Warum ich hier bin ...«

»Ich kann es mir denken.« Unterbrach sie Frau Gruber. »Ich sage aber auch diesmal nein. Nein zu einer Eröffnung der Leiche.«

Charlotte beugte sich nach vorne und verteilte die Fotos des letzten Fundortes auf der Tischplatte. »Aber Frau Gruber, sehen Sie sich doch bitte ...«

»Frau Krüger!« Die Staatsanwältin richtete sich in ihrem Stuhl zu ihrer vollen Größe auf. »Ich habe mir sehr wohl die Sachlage angesehen. Und ich weiß auch, worauf Sie hinauswollen. Ich bin schließlich auch nicht auf der Nudelsuppe hierher geschwommen. Dass eine junge Frau joggen geht, um sich dann irgendwann in den Wald zu legen und sich die Pulsadern aufzuschneiden, ja, das finde sogar ich äußerst sonderbar. Doch sonderbar alleine reicht leider nicht für eine Obduktion.« Sie nahm einen mitleidigen Gesichtsausdruck an. »Sie wissen genau, wie zwingend und hart die Vorschriften sind, welche Kosten eine rechtsmedizinische Untersuchung mit sich bringt, die ich mit zu verantworten habe. Vor allem, wenn der Gerichtsmediziner nicht weiß, wonach er suchen soll.«

Charlotte wurde in ihrem Stuhl immer kleiner. Bei jedem Wort der Staatsanwältin sackte sie mehr und mehr in sich zusammen. Vor allem, weil sie wusste, dass Frau Gruber Recht hatte, mit dem was sie sagte. »Aber könnten wir nicht ...« versuchte sie es noch einmal zaghaft.

»Nein, wir könnten nicht. Das ist mein letztes Wort als Staatsanwältin«, antwortete sie forsch, stand auf und ging um den Tisch herum. Charlotte duckte sich instinktiv. Doch Frau Gruber legte Charlotte sanft die Hand auf die Schulter und sagte leise: »Mein Kind, hören Sie mir jetzt bitte genau zu.« Charlotte hob den Kopf und sah in ein paar weiche und warme, dunkelgrüne Augen. Diese ausdrucksstarken und doch zugleich warmherzigen Augen waren Charlotte noch nie aufgefallen.

»Sie sind doch mit Herrn Doktor Engels befreundet, oder liege ich da falsch? Zumindest kennen Sie sich gut.« Charlotte nickte mit dem Kopf. Sie saß auf ihrem Stuhl und fühlte sich wie ein kleines Schulmädchen beim Direktor. »Und Herr Doktor Engels hat vielleicht ein paar freie Minuten, wenn Sie ihn darum bitten, um ein paar Untersuchungen vorzunehmen, die den äußeren Zustand und eine Flüssigkeitsanalyse beinhalteten. In welcher Halle die Leiche die nächsten 48 Stunden verbringt, muss ich ja nicht wissen. Aber ...« Sie hob den Zeigefinger. »Aber sie darf auf keinen Fall geöffnet werden. Haben Sie das verstanden?«

Hatte Charlotte sich verhört? Sie zog die Stirn in Falten, dass die Augenbrauen fast zusammenstießen und saß bewegungslos da. Frau Gruber ging wieder zurück zu ihrem Stuhl und setzte sich. Sie nahm ihre Lesebrille, blickte wieder streng über deren Rand und sagte: »Sonst noch was? Und bitte Frau Krüger, kommen Sie wirklich erst wieder, wenn Sie Fakten haben. Guten Tag.«

Charlotte zuckte zusammen und fuhr von ihrem Stuhl auf. Endlich hatte sie begriffen, was diese Frau soeben zu ihr gesagt hatte und was es bedeutete. »Vielen, vielen Dank, Frau Gruber. Ich werde Sie bestimmt nicht enttäuschen.« Frau Gruber sah regungslos in ihre Akte.

Aufgeregt und zittrig vor Freude rief Charlotte sofort bei Stefan an und erzählte ihm von der Unterredung mit Frau Gruber. »Na, dann mal los. Ich werde Marlene Schmidt in der Leichenhalle abholen lassen. Deine Frau Gruber ist wohl doch nicht so stur und uneinsichtig, wie du dachtest.«

»Da hast du wohl Recht. Sie war heute einfach wunderbar. Ich kann es noch immer nicht fassen. Solch ein Angebot von ihr. Weißt du, welches Risiko sie damit eingeht? Ist schon beachtlich.«

»Das Risiko ist nicht ganz so hoch, da die Tote keine Verwandten hat. Sonst hätte sie das Angebot wahrscheinlich nicht gemacht. Aber trotzdem, Hut ab! Ich werde dich dann spätestens morgen Abend anrufen.«

Tom erwartete sie bereits im Büro. In kurzen Worten erzählte Charlotte ihm von der Unterredung mit Frau Gruber und mit Stefan, worauf Tom anerkennend nickte. »Die Gruber. Die ist ja richtig menschlich. Was hast du denn mit der gemacht? Gegen die Vorschriften! Alle Achtung.« Zur Bekräftigung seiner Worte streckte er den Daumen nach oben.

Auf Toms Tisch lag die neueste Ausgabe des Boulevardblattes. »Und, was Interessantes drin?« fragte Charlotte eher beiläufig.

»Das Übliche halt. Ich lese ja nur den Sportteil. Der Rest hält eigentlich nur die Deckblätter zusammen, wie ich so gerne sage.«

»Ja, ja. Nur den Sportteil. Das sagen doch alle, die dieses Teil kaufen. Dass ich nicht lache. Sie hätte bei weitem nicht diese Auflagenzahl, wenn sie nur aus Sport bestünde.« Charlotte verzog schielend die Augen und ließ die Zunge schräg aus dem Mundwinkel hängen. Sie liebte solche Fratzen, wenn ihr die passenden Worte fehlten. Sie selbst blätterte ja manchmal auch ganz gerne in diesem Revolverblatt, aber kaufen? Niemals. Sie fand es schon mehr als verrückt und weit hergeholt, was diese Zeitung alles zu schreiben wusste. Was angeblich so alles in der Welt geschah. Aber auch wenn mehr als die Hälfte der jeweiligen Beiträge frei erfunden zu sein schien, ein Fünkchen Wahrheit hatten sie doch irgendwie alle.

Charlotte dachte an die Parallele zu dem Film »Men in Black«, in dem Agent K. am ersten Tag seines neu angeworbenen Kollegen in einem Zeitungsladen die ganze Palette an vorhandenen Boulevardblättchen kauft, um die neuesten Nachrichten über die auf der Erde lebenden Außerirdischen zu erfahren. Und genau solche Informationen erhielt man auch, wenn man diese Zeitung las. Sie schaute verträumt zu Tom hinüber. Wenn Tom da drüben aussehen würde wie Will Smith in MIB, ja dann ... Sie musste lächeln. Nein, sie stand mehr auf ihren Leichendoktor, der auch atemberaubend aussah. Wieder eine Parallele zum Film. Nur getauschte Geschlechter.

»Bis später dann Charlotte, und danke. Es wird bestimmt nicht so spät«, sagte Gisela. Charlotte hatte sich bereit erklärt, den Babysitter für ihre Freundin zu spielen.

»Lasst euch ruhig Zeit, ich habe genug Beschäftigung mit den übriggebliebenen Weihnachtskeksen ... und vielleicht kommt Stefan nachher noch mit Arbeit vorbei, er wollte sich heute bei mir melden. Ist doch in Ordnung, oder?« Gisela zwinkerte ihr zu. »Ja, ja ... die jungen Babysitter heutzutage.« Sie lachte, nahm sie in den Arm und drückte sie. »Viel Spaß beim Arbeiten.«

»Was du wieder denkst. Los verschwindet, damit ich endlich sturmfreie Bude habe. Er steht schon an der Ecke und wartet nur, dass er endlich hereinkommen kann, um mir dann hemmungslos die Kleider vom Leib zu reißen.«

Walter gab ihr einen Kuss auf die Wange und sagte: »Du bist eben doch ein Schatz, wenn auch ein verwegener.« Im Hinausgehen grinsten beide über das ganze Gesicht.

Gisela und Walter wollten einen gemütlichen Abend in der Durlacher Weinstube verbringen.

Charlotte ging nach oben in die Küche, und zog den prall gefüllten Teller Kekse zu sich heran, den ihr Gisela liebevoll hingerichtet hatte, natürlich nicht ohne zu bemerken, dass noch ein paar von den kleinen Köstlichkeiten im Regal stünden, falls diese nicht reichen sollten. Charlotte hatte entrüstet gefragt, ob sie denn ein Vielfraß sei, worauf Gisela nur breit grinsend mit einem Schulterzucken geantwortet hatte.

»Tante Charlotte.« Leni war doch noch nicht eingeschlafen, wie Walter behauptet hatte, und rief aus ihrem Zimmer herüber. Hätte Charlotte auch gewundert, wenn diese kleine Maus eingeschlafen wäre, ohne Tante Charlotte zu begrüßen.

»Ja, Liebes. Was ist denn?« rief sie zurück.

»Ich kann nicht einschlafen.«

»Doch, bestimmt. Bleib einfach liegen und mach' die Augen zu.«

»Sagst du mir gute Nacht? Dann geht es bestimmt besser.«

Charlotte lachte. »Also gut. Aber dann wird geschlafen. Es ist schon spät.« Charlotte ging in Lenis Zimmer und trat an ihr Bett. Beinahe wäre sie auf das Legoschiff getreten. Sie strich Leni die blonden Locken aus dem Gesicht und gab ihr einen Kuss auf die Stirn. »Schlaf' gut, mein Schatz, und träum' was Schönes.«

»Gute Nacht Tante Charlotte.«

Zurück in der Küche, widmete sie sich wieder dem Keksteller und probierte eine Pfeffernuss. Gisela hatte die Gabe, alle Plätzchen in so einer Größe zu formen, dass sie genau auf einmal in Charlottes Mund passten. Gisela hatte einmal zu ihr gesagt: »Charlotte, die mache ich nur wegen dir so klein. Bei der Masse, die du verdrückst, hätte ich sonst überall so viele Krümel liegen, dass kein Staubsauger der Welt solch einer Menge Herr werden würde.« Wie sie das wohl gemeint hatte?

»Tante Charlotte?«

»Ja, Liebes?«

»Ich muss Pipi.«

Jetzt fingen die Ausreden an, um nicht schlafen zu müssen. »Dann komm' raus.« Leni trippelte barfuss durch den Gang und blieb in der Küchentür stehen. »Was machst du?« fragte sie scheinheilig.

»Kekse essen und darauf warten, dass du einschläfst.«

»Kann ich auch Kekse essen?«

»Nein, kannst du nicht. Du hast die Zähne schon geputzt und da gibt es keine Kekse mehr. Du weißt doch, dass sonst die Kariesmännchen kommen und dir große Löcher in deine kleinen neuen Zähnchen bohren. Und das Klo ist übrigens da drüben.« Charlotte zeigte mit der Hand in Richtung Badezimmer.

»Ich weiß, wo unser Klo ist.« Leni machte keine Anstalten, zu gehen.

»Ja, dann mach' mal hin, kleine Maus. Du musst doch Pipi.« Leni drehte sich um und trippelte ins Bad.

»Es kommt nichts.«

Charlotte schaute leicht genervt zur Decke. »Dann geh' wieder ins Bett.«

»Kommst du noch mal gute Nacht sagen?«

»Ja, ich komme.« Charlotte trat wieder an Lenis Bett. Leni lag da und strahlte sie an. »Du, kleine Maus, du. Wenn ich da was merke. Du sollst jetzt schlafen. Gute Nacht.« Energisch schaltete Charlotte das Licht wieder aus und schloss die Tür.

Charlotte dachte an die beiden toten Frauen. Wenn sie sich nun doch irrte und Stefan keine Spuren fand, die auf Fremdeinwirkung hinwiesen. Was dann? Sie dachte an Armin Lehmann, den Verlobten von Sabrina Meier. Er war außer sich gewesen, als Frau Gruber den Fall als eindeutigen Selbstmord deklarierte und für abgeschlossen befand. Er hatte Tom am Telefon angeschrien, ob denn die Welt nur voller blinder Idioten sei. Sie hätten noch am Vortag miteinander telefoniert und den Ablauf der Hochzeit besprochen. Und dieser seltsame Schriftzug am Spiegel. Ganz untypisch für seine Sabrina.

Aber Charlotte konnte den Fall drehen und wenden wie sie wollte. Die Fakten sprachen alle für einen Selbstmord. Sie hatten ja selbst den Lippenstift, mit dem der Satz: *es ist besser so!* geschrieben war, auf Fingerabdrücke hin untersucht und nur die von Sabrina darauf gefunden. Ebenso am Messer und an der Eingangstür. Es gab keinerlei Hinweise auf ein gewaltsames Eindringen, kein Verwischen von Spuren. Und überhaupt: wie sollte sie umgebracht worden sein? Keiner hält still, wenn ihm die Pulsadern aufgeschnitten werden.

»Tante Charlotte?«

»Ja, Liebes«, antwortete Charlotte gar nicht mehr so freundlich. Es war nach neun, und das kleine Ding da drüben wollte partout nicht einschlafen. Sie stand auf und ging erneut zu Leni hinüber. »Ich kann nicht einschlafen. Singst du mir was vor?«

»Ha, ich kann nicht singen«, antwortete Charlotte und stellte sich mit verschränkten Armen vor das Bett.

»Das macht nichts, Papa kann auch nicht singen und tut es trotzdem für mich.«

»Was singt er denn so?« Leni überlegte kurz und sagte dann: «La Le Lu.« Sich ihrem Schicksal ergebend, ließ Charlotte die Arme sinken, setzte sich auf den Bettrand und begann das wunderschöne Schlaflied zu singen. Hoffentlich hörte sie niemand. Die Töne konnte sie nicht halten, dafür war sie textsicher. »Aber jetzt wird geschlafen.« Leni setzte sich in ihrem Bett auf, nahm Charlotte in den Arm und sagte: »Ich hab' dich lieb.« Charlotte war sprachlos. Sprachlos vor Rührung. Das hatte Leni noch nie zu ihr gesagt. Sie flüsterte: »Ich hab dich auch lieb, meine Süße. Schlaf jetzt.«

Charlotte musste tief einatmen, um die aufsteigenden Tränen im Bann zu halten. Sie, die starke, harte Charlotte musste weinen, weil ein sechsjähriges Kind zu ihr sagte: »Ich hab' dich lieb.« Sie schüttelte den Kopf. Gefühle. Gefühle hielt man besser zurück. Mit diesem Motto war sie bisher gut gefahren, auch wenn Gisela ständig versuchte, es ihr auszureden. Sie sagte bei jeder Gelegenheit: »Charlotte, du musst deine Gefühle zulassen. Nur so kannst du die Höhen und Tiefen des Lebens genießen.« Auf Charlottes Frage: »Und wie soll ich die Tiefen genießen? Ich habe täglich mit Untiefen zu tun. Darauf kann ich gerne verzichten.« antwortete sie: »Du brauchst die Tiefen, um die Höhen zu erkennen und sie schätzen zu können. Sonst wäre ja alles gleich. Und wenn alles gleich ist, wird alles zur Normalität. Und wenn alles normal ist, ist auch alles langweilig.« Charlotte wusste, dass Gisela Recht hatte. Und heute Abend hatte sie es zum ersten Mal ganz heftig gespürt.

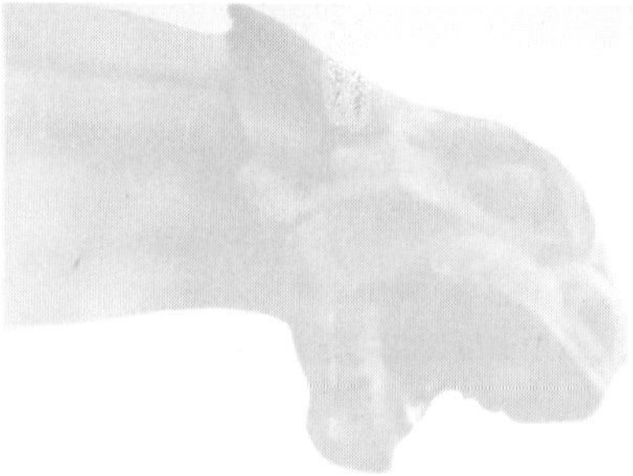

8. KAPITEL

»Komm Marlene, wir gehen schlafen. Wir haben morgen viel vor. Ich muss für dich noch ein Schleifband kaufen.« Heck trug seine Marlene auf einem Gästehandtuch auf beiden Händen ins Schlafzimmer und legte sie behutsam auf das Kopfkissen, in eine kleine Mulde vor dem Wegrutschen geschützt. Sie war eine Gefährtin, wie er sie sich immer gewünscht hatte. Eine Gefährtin, die zu ihm hielt, die ihn verstand und die gleichen Vorlieben hatte: Macht. Macht über Leben und Tod. »Aber sicher doch. Ich besorge nur das Beste. Und anderes Öl kaufe ich auch für dich. Es gibt da spezielles Öl für solch edle Geschöpfe wie dich. Ich habe im Internet extra nach Pflegemitteln für dich gesucht. Und die werde ich morgen früh besorgen, damit wir dich morgen Abend nach unserer gemeinsamen Unternehmung wieder ganz ausgiebig baden und einölen können. Ja, Marlene. Ich finde es auch wunderschön.« Er zog sich aus, legte seine Kleider wieder akkurat beiseite und legte sich vorsichtig neben sie. Er drehte den Kopf in ihre Richtung und strich zärtlich über ihren glänzenden Griff. »Soll ich dir vorlesen? Mein Lieblingsbuch. Es handelt von uns.« Er griff nach seiner zerfledderten Ausgabe und begann laut zu lesen.

Leni hatte seit zehn Minuten nicht mehr gerufen. Sie war endlich eingeschlafen. Charlotte stopfte wieder Hildabrötchen und Bärentatzen in sich hinein und spülte mit Cola nach. Was war sie doch froh, nicht dick zu werden. Viele beneideten sie darum, worauf sie zu sagen pflegte: »Soviel zu essen ist harte Arbeit.«

Ihr Handy, das sie auf lautlos gestellt hatte, vibrierte neben dem halb geleerten Keksteller. Sie erkannte Stefans Nummer und meldete sich: »Guten Abend Stefan, ich habe deinen Anruf eigentlich schon viel früher erwartet.«

»Gut' Ding will Weile haben. Ich habe gute und schlechte Nachrichten für dich. Kann ich bei dir vorbei kommen?«

»Ich bin bei Gisela babysitten. Du kannst aber gerne hierher kommen. Ich habe sie bereits vorgewarnt, dass du eventuell noch auftauchst.« Stefan erklärte sich einverstanden und ließ sich den Weg und die beste Parkmöglichkeit erklären.

Eilig drapierte Charlotte die Kekse neu, wischte den Tisch ab und stellte ihr Colaglas in die Spülmaschine. Stefan musste nicht unbedingt sehen, wie viel sie bereits gegessen hatte. Warum eigentlich nicht? Er kannte ihre Essgewohnheiten, die damals schon so ausschweifend gewesen waren. Und trotzdem. Sie wollte einen guten Eindruck machen und diesmal alles besser machen.

Sie stellte sich ans Fenster, um Stefans Ankunft zu sehen. Sie hatte ihm strengstens untersagt zu klingeln, um Leni nicht wieder aufzuwecken. Sonst hätten sie gewiss keine Ruhe zum Arbeiten. Oder zum Unterhalten, oder zum ... Charlotte rieb sich die feucht werdenden Hände. Sie wurde schon wieder nervös. Er kam doch nur wegen der Arbeit. Oder kam er wegen ihr?

Sie hatte keine Zeit mehr, weiter über die Gründe und ihre heimlichen Wünsche zu sinnieren. Stefans Wagen bog in den von Charlotte vorgeschlagenen Parklatz. Sie öffnete ihm die Tür und wurde überschwänglich in die Arme genommen.

»Du bist die Größte.«

»Komm' erst mal rein, du ... was warst du noch gleich? Ach ja: du Lustmolch. Hat Gisela doch Recht gehabt mit ihrer Vorahnung.« Lachend schob sie Stefan den Flur entlang und die Treppe nach oben. Wie gut er sich anfühlte.

»Sei leise. Sonst wacht Leni wieder auf. Und jetzt erzähl', was hast du herausgefunden?« Sie musste sofort auf das Berufliche kommen, um die aufkeimende Unsicherheit zu überdecken. Er sollte nicht denken, dass die Arbeit nur ein Vorwand gewesen sein könnte.

»Bekomme ich auch was zu trinken? Ein Glas Rotwein vielleicht? Das habe ich mir redlich verdient.«

Nach nur Arbeit hörte sich das aber nicht an.

»Ob du das verdient hast, wird sich erst noch rausstellen. Hier hast du schon mal zwei Gläser. Den Korkenzieher muss ich erst noch suchen.« Sie zog diverse Schubladen auf und öffnete einige Schranktüren.

»Schau' mal in der Schublade neben der Spüle«, sagte Stefan, als sei es seine Küche. Charlotte zog ungläubig die genannte Schublade auf und fand neben allerlei Koch- und Backutensilien tatsächlich auch den gesuchten Korkenzieher. »Warst du schon mal hier? Woher weißt du das?« Das konnte er doch gar nicht wissen.

»Und du hast eine Lehrgangsbescheinigung für Profiler? Das ist Psychologie, meine Liebe. Die logische Anordnung einer Küche. Wenn er hier nicht gewesen wäre, hätte er im Wohnzimmer in der Schrankwand in der rechten Schublade gelegen.« Stefan sah sie an und versuchte ein ernstes Gesicht zu machen.

»Du lügst doch. Im Wohnzimmer steht gar keine Schrankwand. So und jetzt?«

»Eben drum lag er hier in dieser Schublade.« Stefan begann zu lachen. »Mein Gott, Charlotte. Es war einfach Zufall. Zufrieden?«

Dass sie darauf reingefallen war. »Ja, jetzt geht es mir gleich wieder besser. Kann doch nicht angehen, dass du mehr weißt als ich. Und jetzt spann mich nicht weiter auf die Folter.«

Er setzte sich auf seinem Stuhl, Charlotte direkt gegenüber, zurecht, nahm einen Keks und zerkaute ihn genussvoll, während sie mit dem Korken kämpfte.

»Brauchst du Hilfe von einem Erwachsenen?« frotzelte Stefan.

»Ich ... schaff' ... das.« Sie zog mit aller Kraft.

»Dein Gesicht ist ja bereits puterrot.« Der Korken bewegte sich keinen Millimeter. Sie ließ die Luft ruckartig durch die locker geschlossenen Lippen strömen, was ein peinliches Geräusch erzeugte. »Was war denn das? War das etwa ein ...« Stefan war ein Meister der Sticheleien. Doch Charlotte stand ihm in diesem Punkt in nichts nach. Sie liebte diese Wortspielereien und antwortete: »Warum, riechst du was?« Sie gab auf und reichte ihm die Flasche hinüber. »Bitte schön. Sei mein starker Held.«

Stefan packte die Flasche und zog den Korken mit einem »Plopp« heraus. Er lächelte ihr triumphierend zu, während er beiden einschenkte. Charlotte konnte ihm ansehen, wie er den Erfolg genoss. Er nahm einen Schluck, ließ ihn im Mund hin und herkreisen und nickte wohlgefällig. Charlotte trommelte fordernd mit den Fingern.

»Bist du nur zum Weintrinken hergekommen?«

»Nein, eigentlich wollte ich dich verführen«, sagte er lachend, während er sich bückte und eine rote Eckspannermappe aus seiner Aktentasche zog. »Aber wenn du so auf Arbeit bestehst.« War das nun eine seiner Wortspielereien, oder meinte er es tatsächlich ernst? Sie hätte nichts dagegen. Aber den Anfang würde sie nicht machen. Niemals.

Er löste die Gummihalter und legte die lose Blattsammlung vor Charlotte. Sie nahm ein Blatt nach dem anderen, legte sie beiseite und schüttelte den Kopf. »Und das heißt jetzt im Klartext?«

Stefan deutete auf die einzelnen Blätter und sagte: »Das sind die Blut-, Haut-, Schleimhaut-, Haar- und Hautfettanalysen, sowie die Untersuchungsergebnisse der äußeren Leichenschau. Ich durfte sie ja nicht aufschneiden.«

Charlotte wurde lauter. »Und zu welchem Ergebnis bist du gekommen? Lass' dir doch nicht alles aus der Nase ziehen.«

»Psst.« Er hob den Finger an den Mund. »Leni schläft.« Sie

deutete mit ihren Händen an, ihn zu würgen, und bleckte die Zähne.

»Also der auffälligste Punkt war die äußere Leichenschau. Die Schnittverletzungen können unmöglich nur von dem Ausbeinmesser stammen. Es muss ein Messer mit einer viel feineren Klinge gewesen sein.« Charlotte fuhr dazwischen: »Was? Das ist nicht dein Ernst, oder?«

»Doch, ich hatte dir doch schon im Wald gesagt, dass die Schnitte ungewöhnlich tief und lang angesetzt waren. Die Schnitte in den Unterarmknochen, kurz vor dem Gelenk, weisen jeweils einen sauberen Schnitt auf. Nachträglich wurde aber mit diesem Ausbeinmesser noch mehrmals geschnitten. Und diese Schnitte weichen eindeutig von den ersten ab.« Er nahm sich eine Kokosmakrone. »Scharfe Gegenstände hinterlassen eindeutig zuordenbare Schnittmuster. Ähnlich dem Abrieb einer Pistolenkugel vom Lauf.«

Charlotte blickte ihn zweifelnd an. »Und wie sicher ist das?«

»So sicher, dass ich mit absoluter Sicherheit sagen kann, dass es zwei unterschiedliche Schnittwerkzeuge waren. Was das allerdings bedeuten soll, weiß ich auch nicht. Sinn macht es für mich nicht.«

»Es sei denn, das Ausbeinmesser wurde nur zur Ablenkung liegen gelassen. Damit haben wir doch das Faktum Mord.« Stefan nickte. »Und die schlechte Nachricht?« Charlotte schob ihm den Teller zu, von dem er den vorletzten Keks nahm. »Die schlechte Nachricht sind die Ergebnisse der restlichen Untersuchungen. Keine, aber wirklich absolut keine Spuren von Fremdeinwirkung. Die Arme war sogar noch Jungfrau. Sie hatte leichte Talkumspuren an den Oberseiten der Hände, aber das könnte man irgendwelchen praktischen Versuchen in der Uni zuordnen.«

Charlotte rieb sich den Nacken und blätterte nochmals die Seiten durch. »Mensch Stefan. Das ist ja Wahnsinn. Frau Gruber hat sich nicht in mir getäuscht. Und vor allem nicht in dir. Jetzt bekommen wir die Freigabe zur Obduktion. Gleich morgen früh gehen wir zu ihr, ja? Du bist eine Wucht.« Charlotte erhob ihr Glas und prostete Stefan fröhlich zu.

»Dass ich toll bin, sag' ich ja schon die ganze Zeit. Können wir dann endlich zum gemütlichen Teil des Abends übergehen?« Aufreizend hob und senkte Stefan seine Augenbrauen.

Sie nahmen die Gläser und den Rotwein, den leeren Keksteller ließen sie auf dem Tisch zurück. Im Wohnzimmer schaltete Charlotte die Stereoanlage ein. Leise, ruhige Musik breitete sich aus und hinterließ eine friedliche Stimmung. Die Christbaumbeleuchtung brannte und der Deckenfluter in der Ecke hinter dem Sofa verteilte sanftes Licht.

»Komm, setz dich zu mir.« Stefan klopfte mit der Hand neben sich auf das dicke Polster des Sofas. Ein ungutes Gefühl beschlich Charlotte. Sie ahnte, dass hier und jetzt etwas passieren würde, das sie nicht mehr steuern konnte. Stefan hatte so einen weichen, sanften Gesichtausdruck bekommen. Sie kannte diesen Blick von früher. Er wollte reden. Jetzt. Und tatsächlich fragte er leise: »Willst du mir jetzt von deinem ersten Fall erzählen?« Charlotte straffte die Schultern. Mit dieser Frage hatte sie nun wirklich nicht gerechnet. Ihr erster Fall. Genau inmitten der Ermittlungen hatte sie sich damals von Stefan getrennt, oder besser gesagt er von ihr. Warum wollte er genau jetzt darüber reden? Alte Kamellen aufwärmen, Schuld suchen? Oder fühlte er vielleicht doch wie sie? Wollte er nur einen sauberen Anfang schaffen? Vielleicht auch nur ein sauberes Ende. Die Gedanken drehten sich im Kreis. Was war damals geschehen? Warum hatte er sie verlassen? Sie nahm einen großen Schluck Rotwein. Sie hatte ihn ausgeschlossen, nicht an ihrem Leben teilhaben lassen, nichts erzählt. Immer wieder hatte sie ihn von sich gestoßen, bis er aufgegeben hatte. Am Ende stand sie einsam und allein vor dem Trümmerhaufen, der einmal ihr Leben gewesen war.

Charlotte sah Stefan lange an und dachte: warum eigentlich nicht? Was habe ich zu verlieren? Stefan habe ich vor langer Zeit bereits verloren. Ich kann nur noch gewinnen. Vielleicht kann es sogar einen Neuanfang bedeuten.

Sie nahm ihr Glas, prostete ihm zu und sagte: »Das ist aber eine lange Geschichte«.

»Das macht nichts. Ich habe Zeit. Viel Zeit.«

»Es war in meinem ersten Jahr beim Dezernat 1.1; mein erster großer Fall, den ich nur durch Zufall und mit Giselas Hilfe, lösen konnte.« Charlottes Gedanken schweiften wieder zurück zu ihrem ersten großen Einsatz und sie konnte alles wieder genau vor sich sehen. »Ein Serienmörder trieb damals in Karlsruhe sein Unwesen. Windsorkiller wurde er damals genannt, vielleicht erinnerst du dich noch. Den Anfang hast du noch ein bisschen mitbekommen, glaube ich.« Stefan nickte zustimmend, sagte aber nichts.

»Er hat seine Opfer, ausschließlich Frauen mittleren Alters mit dunklen Haaren und ausladender Hüfte, mit einer Krawatte erwürgt.«

»Gisela, oder? Sie war eines seiner Opfer.«

»Ja, fast. Er band ihnen anschließend fein säuberlich die Krawatte zu einem Windsorknoten um den Hals. Meine damaligen Kollegen Manns und Schröder leiteten die SoKo Windsorkiller und hatten mich als Neuling mit in ihr Team geholt. Was war ich damals stolz gewesen. Die beiden nahmen mich zu jedem Tatort mit, übertrugen mir neben den üblichen Routinebefragungen auch die Gespräche mit dem Pathologen ... ja, ich weiß, es heißt Rechtsmediziner ... und der Staatsanwältin.« Charlotte grinste Stefan an, der lächelnd mit dem Kopf nickte.

»Sie ließen mich nach dem dritten Mord sogar eine Fallanalyse mit Täterprofil erstellen, obwohl solche neumodischen Ermittlungsarbeiten gar nicht gerne in der Karlsruher Mordkommission gesehen waren. Doch mit den altherkömmlichen Methoden schien diesem Täter nicht beizukommen. Also versuchte man mit Hilfe der neuesten Erkenntnisse weiter zu kommen. Da kam ich mit meinem Auslandsstudium gerade Recht.« Stefan unterbrach sie: »Ja, mir kamst du damals auch gerade Recht im Seminar. Aber erzähl' bitte weiter. Entschuldige.«

»Durch Zufall, ich war gerade von einer Kneipentour auf dem Heimweg, traf ich eines Nachts in der Durlacher Altstadt auf einen Mann, der eine Frau brutal überfallen hatte, schlug ihn nieder und erkannte in ihm den mutmaßlichen Täter, da er bereits die Krawatte um den Hals der Frau gelegt hatte. Aber die Verhaftung wurde leider durch einen unfähigen Streifenpolizisten vereitelt.« Charlotte überlegte einen Moment. »Wie hieß er doch gleich noch mal? Ach ja, Hauptwachtmeister Dinkel. Ich sage dir: was für ein Trottel.« Charlotte schüttelte den Kopf bei dem Gedanken an ihn.

»Doch die Hauptsache damals war für mich, dass die Frau überlebt hatte, auch wenn der Täter wieder spurlos verschwunden war. Aber durch diesen Vorfall wurde ich von dem Fall abgezogen. Ich hätte den Täter schließlich bereits gehabt, aber meine Unerfahrenheit wäre hier doch zum Tragen gekommen.« Charlotte fuhr etwas lauter fort.

»Wenn ich an den Vortrag der Staatsanwältin denke. Nein, es war nicht unsere Frau Gruber. Die hätte das alles ganz anders geregelt. Allein dieser Dinkel war Schuld gewesen, dass der Killer entkommen konnte, und dieser Herr Dinkel wurde nicht einmal zu einer Anhörung geladen. Und ich? Ich schlitterte gerade noch mal so an einem Disziplinarverfahren vorbei. Das musst du dir mal vorstellen.« Sie trank ihr Glas in einem Zug leer und stellte es laut auf die Glasplatte des Couchtisches. »Der Manns und der Schröder hatten den

Fall wieder alleine übernommen. Und ich besuchte die Frau mehrmals im Krankenhaus und kümmerte mich um deren Familie. Ja, es war Gisela Reimers, meine heutige beste Freundin.« Charlotte trumpfte auf: »Doch ich sollte meine zweite Chance erhalten, auch wenn es wieder nur Zufall war, und ich eigentlich nicht dienstlich unterwegs war. Der Täter hatte sich Zugang zu der Klinik verschafft, war gewaltsam in das Krankenzimmer von Gisela eingedrungen, in dem ich mich gerade zu Besuch aufhielt. Doch er hatte nicht mit unserer Power gerechnet.« Charlottes Gesicht nahm einen triumphierenden Ausdruck an.

Stefan fasste ihre Hand und sah sie mit großen Augen an. »Das ist ja spannender als jeder Krimi. Wie habt ihr ihn denn überwältigt?«

»Er hatte mich zu Boden geschlagen, Gisela lag noch immer geschwächt in ihrem Bett, als er mir mit einer Krawatte die Luft abstellte, bis ich bewusstlos wurde. Das war ein schreckliches Erlebnis, von dem ich manchmal heute noch träume. Dieses Gefühl, keine Luft zu bekommen.« Charlotte sah, wie Stefan gebannt an ihren Lippen hing. »Gisela hatte sich inzwischen aus dem Bett gequält und ihn mit ihrer Bettpfanne niedergeschlagen!« Charlotte lachte laut auf. »Mit ihrer Bettpfanne. Wofür diese schrecklichen Dinger doch alles taugen. Dadurch ließ er auf alle Fälle von mir ab und kroch auf Gisela zu. Ich kam wieder zu mir, sah ihn vor Gisela knien und nach ihr greifen. Und dann ging alles wie von alleine. Ich zog meine Dienstwaffe und erschoss ihn. Ich habe meine Waffe nur einmal abgefeuert.« Ein kalter Schauer überlief Charlotte und ließ sie erzittern. Ihr Blick wurde starr und traurig.

»Das war richtig.« Stefan rutsche näher an Charlotte heran und legte seinen Arm um ihre Schulter.

»Immer wenn ich an diesen Abend in der Paracelsusklinik zurückdenke, bekomme ich Gänsehaut. Hätte Gisela nicht beherzt mit ihrer Bettpfanne auf den Täter eingeschlagen, wäre ich heute nicht mehr am Leben. Und doch frage ich mich, ob es keinen anderen Weg gegeben hätte, anstatt ihn zu erschießen. Schließlich habe ich einen Menschen getötet.« Sie begann zu weinen. Stefan wiegte sie langsam und beruhigend hin und her und sagte leise: »Nein, es gab keinen anderen Weg. Er war der Mörder. Er hatte diesen Weg gewählt, nicht du. Du hattest keine andere Möglichkeit in dieser Situation. Du hättest die Bettpfanne gewiss nicht besser schwingen können als Gisela.« Er lachte und Charlotte lachte unter Tränen mit. »Weißt du«, sagte Charlotte und zog die Nase hoch. »Solch schreckliche Erlebnisse verbinden. Verbinden manchmal fürs Leben.« Sie sah Stefan in die Augen und suchte nach einer Reaktion auf diese Aussage. Ihn hatte sie nicht teilhaben lassen, damals. Inwieweit hätte es sie beide verbunden?

Stefan sah sie liebevoll an. »Erlebnisse prägen. Sie binden manchmal, sie können aber auch entzweien. Egal wie es kommt. Es prägt das eigene Leben und den jeweiligen Charakter. Wir werden im Laufe der Zeit zu dem Menschen geformt, der wir dann letztendlich sind. Ohne diese Erfahrungen, ob positiv oder negativ, wären wir ein ganz langweiliger Klumpen Fleisch. Aber ich weiß, worauf du hinaus willst. Du willst wissen, was ich über unsere Trennung damals denke.« Charlotte nickte langsam und senkte die Augen. Stefan fasste sie vorsichtig am Kinn und hob ihren Kopf, so dass sie ihm in die Agen sehen musste. »Ich denke heute, dass es gut für uns war.«

Verlegen rutsche Charlotte ein Stück zur Seite und räusperte sich. »Aber ich ...«

»Pssst. Lass' es gut sein. Warum alte Wunden aufreißen, nach so langer Zeit. Lass uns von vorne beginnen. Und jetzt erzähl mir weiter von Gisela.« Diese Antwort tat besser, als sie gedacht hatte. Neuanfang hörte sich gut an. Und diesmal würde sie alles anders machen.

Charlotte fuhr ruhig fort: »Gisela und ich sind seit diesem Tag die besten Freundinnen, und ich gehöre zu Giselas Familie. Es war selbstverständlich, dass ich, als zwei Jahre später das dritte Reimerskind, die Leni, zur Welt kam, ihre Patin werden würde. Und darauf bin ich mächtig stolz.« Stefan zog ein Taschentuch aus der Hosentasche und reichte es Charlotte. Sie schnäuzte kräftig. »Weißt du, was Leni vorhin zu mir gesagt hat? Ich hab' dich lieb, hat sie gesagt. Ich hätte weinen können.« Stefan schenkte ihr Wein nach. »Das kann ich gut verstehen.« Um das Gespräch wieder von den Gefühlen abzubringen fragte er: »Und wie ging es mit der schrecklichen Staatsanwältin und deinen Kollegen weiter?«

Dankbar nahm Charlotte die Frage auf, sie war schon wieder den Tränen nahe gewesen. »Frau Gruber hat sie abgelöst, warum, weiß ich nicht. Ob es wirklich an diesem Fall hing, bezweifle ich aber. Schröder ist zwei Jahre später in Pension gegangen, Manns hat sich etwa zur gleichen Zeit nach Mannheim versetzen lassen, und der Dinkel ... das war der Knaller. Der war wegen verschiedener Unzulänglichkeiten, man munkelte Bestechung, doch noch suspendiert worden.«

Charlotte rückte sich zurecht und fühlte sich richtig gut. So leicht und irgendwie befreit. »Danke Stefan.«

»Wofür denn?«

»Fürs Zuhören. Und ... schön, dass es dich gibt. Wieder gibt.« Sie küsste ihn auf die Wange.

Ehe er etwas erwidern konnte, rief Gisela lachend von der Treppe: »Hallo ihr zwei. Hab' ich euch erwischt?« Sie blieb erschrocken stehen, als sie in die verweinten Augen von Charlotte sah. »Was ist passiert?« Stefan antwortete beruhigend: »Nichts Schlimmes. Charlotte hat mir eure Geschichte erzählt und gemerkt, wie schön und wichtig es ist, Freunde zu haben.«

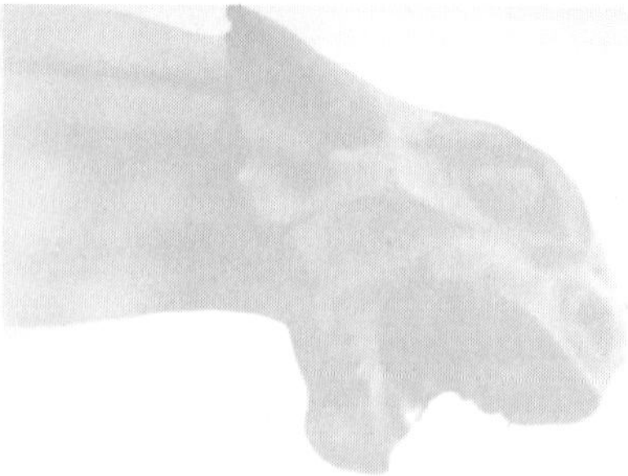

9. KAPITEL

In dem kleinen Ladengeschäft in der Kreutzstraße, in dem man so ziemlich jedes Arbeitsmaterial für Friseure erstehen konnte, hatte Heck den Streichriemen zum Schärfen der Klinge mit zugehöriger Paste, das Klingenöl sowie ein ledernes Etui für Rasiermesser gekauft. Der Preis spielte dabei keine Rolle. Für seine Marlene war ihm nichts zu teuer.

Zu Hause angekommen, rief er bereits an der Tür: »Marlene, ich habe dir was mitgebracht. Wenn wir später wieder zurück kommen, werden wir es gleich ausprobieren. Möchtest du es jetzt schon sehen?« Er breitete seine Geschenke auf dem Tisch aus und hob seine geliebte Marlene hoch. »Schau', alles nur für dich.« Er zog sie zurück an seine Brust und sah sie liebevoll an. »Aber erst später. Ich muss hier noch einiges in Ordnung bringen und dann, meine Liebe, haben wir noch eine Verabredung.«

Im Badezimmer stand ein großes rötlichbraun verschmiertes Einmachglas mit etwa einem Liter Fassungsvermögen in der Duschwanne. Der ebenso verkrustete Schnappdeckel, die Halterung, sowie die schmutzige Gummidichtung lagen lose daneben. Er nahm den Duschkopf und drehte den Heißwasserhahn auf. Die auftreffenden Wasserstrahlen lösten die Verschmutzung, so dass eine rötliche Pfütze um das Glas herum entstand. Sie färbte sich langsam dunkler und versank blutrot im Abfluss. Mit geschlossenen Augen und einem verzückten Aufstöhnen der Vorfreude sog er den aufsteigenden Geruch ein.

Am Morgen hatte Charlotte als erstes mit Frau Gruber gesprochen, die ihr lächelnd die notwendigen Papiere für die Obduktion von Marlene Schmidt überreicht hatte. »Hier, Frau Krüger. Machen Sie und ihr Doktor Engels was draus«, hatte sie gesagt. »Sabrina Meier soll in vier Tagen beerdigt werden.

Ich möchte ungern um eine Exhumierung gebeten werden. Sie haben Glück, wegen der Feiertage, sonst wäre sie bereits beerdigt.«

Tom war gleich nach ihrem Bericht in das Studentenwohnheim gefahren, um die vielleicht über die Feiertage hier verbliebenen Kommilitonen von Marlene Schmidt zu befragen.

Charlotte fuhr direkt zu Stefan. Der Geruch des Formaldehyds, der überall dominierend in der Luft hing, stach ihr bereits am Eingang zur Sektionshalle in die Nase. Stefan saß an seinem Schreibtisch, der in einem kleinen Büro, durch eine Glasscheibe von dem Sezierraum getrennt, so ausgerichtet war, dass er den gesamten Raum überblicken konnte. Als Charlotte die große Stahltür geöffnet hatte, sah er auf und winkte sie lächelnd zu sich ins Büro.

Charlotte war schon oft hier gewesen. Sie hatte durch ihren Beruf auch schon viele, sehr viele, Leichen gesehen. Und doch beschlich sie noch immer ein seltsames Gefühl, wenn sie hier an den blank polierten Tischen vorbeiging. Auf dem letzten Tisch lag ein Körper, abgedeckt mit einem grünen Tuch.

Noch während des Eintretens deutete sie mit der Hand auf die abgedeckte Leiche. »Warum habt ihr eigentlich die gleichen grünen Tücher, wie deine Lebendkollegen oben in ihren OPs?«

»Guten Morgen, erst mal.« Er stand auf und begrüßte sie mit einem Kuss auf die Wange. »Und zu deiner Frage: das fällt dir erst jetzt, nach so vielen Jahren auf?«

»Wollte ich schon immer fragen, kam aber irgendwie nie dazu.« Sie wedelte mit den Papieren von Frau Gruber.

»Wenn du mir sagst, warum manchmal grüne Tücher und manchmal weiße, habe ich eine Belohnung für dich.«

»Das ist Erpressung. Und überhaupt, woher willst du wissen, dass ich deine Belohnung überhaupt will?« Er setzte sich wieder in seinen Stuhl und lehnte sich demonstrativ gelangweilt zurück.

»Weil ich dich kenne, mein Lieber. Und? Warum?« Stefan ergab sich gespielt mürrisch und antwortete: »Weil auch hier alles möglichst steril ablaufen muss. Sonst würden wir die Ergebnisse verfälschen.« Diese kurze Antwort reichte Charlotte noch nicht und sie forderte ihn durch ein Winken auf, weiter zu reden. »Und deshalb, Fräulein Naseweis, werden die Obduktionskörper mit sterilen Tüchern abgedeckt, solange die Untersuchungen noch nicht abgeschlossen sind, während die untersuchungstechnisch abgeschlossenen Körper lediglich mit Leinentüchern abgedeckt werden.« Er sah sie ungeduldig an. »Reicht das so?« Als sie nickte, streckte er fordernd die Hand aus und sie gab ihm die Papiere. »Frau Gruber hat angedeutet, dass wir uns beeilen sollen. Die Beerdigung des ersten Opfers, wenn sie denn eines war, ist für den zweiten Januar angesetzt, also bereits in vier Tagen. Wenn möglich, sollten wir vorher stichhaltige Beweise finden, die wir dann hoffentlich auch bei Sabrina Meier suchen und finden können.«

Stefan zog mit einem Lächeln die Brauen hoch: »Wir? Was suchst du denn?«

Charlotte spürte, wie ihr die Röte ins Gesicht stieg. »Sorry, du natürlich.« Doch eine kleine Stichelei musste sie doch anfügen. »Du, mein Wortklauber.« Er lachte. Doch dann wurde er still. Charlotte beobachtete ihn aufmerksam, konnte aber in seinen Gesichtszügen nichts erkennen. Nach einer kurzen Pause sagte Stefan sehr nachdenklich: »Du weißt aber schon, was es bedeutet, wenn wir tatsächlich etwas finden?«

»Was meinst du?«

»Ich meine, dass es dann vermutlich noch mehr Opfer geben wird.«

»Das will ich ja gerade eben verhindern. Und dabei sollst du mir helfen.« Sie stellte sich neben ihn und legte freundschaftlich ihren Arm um seine Schulter. »Ich muss leider weg. Wir reden später weiter. Hast du heute Abend Zeit? Bei dir oder bei mir?«

Stefan schmiegte seinen Kopf an ihren Arm. »Ich komme zu dir, sobald ich hier Schluss mache. Wird so gegen neun heute Abend sein. Pass' auf dich auf, meine Hübsche.« Charlotte verdrehte die Augen, winkte ihm lachend zu und war heilfroh, wieder draußen in der Kälte zu stehen. Diese Leichenhalle, schrecklich. Wie Stefan das nur jeden Tag aushalten konnte?

Zurück im Büro blätterte sie die Akten Meier und Schmidt noch einmal durch. Sie musste etwas übersehen haben. Falls es tatsächlich ein angehender Serientäter war, und dessen war sie sich sicher, mussten Spuren oder Hinweise vorhanden sein. Sabrina Meier. Marlene Schmidt. Gab es irgendwelche Verbindungen zwischen den beiden Frauen? Hatten sie irgendetwas gemeinsam? Es musste etwas geben, nur konnte sie es nicht sehen. Mensch, Charlotte, mach' die Augen auf. Benutze deinen Verstand. Sie raufte sich die Haare. Es war zum Verrücktwerden. Ihr Blick fiel auf Toms Schreibtisch. Da standen noch ein paar Kekse von Gisela. Charlotte ging um ihren Tisch herum, langte nach den Keksen, sah das Boulevardblatt liegen und dachte: »Das wird mich ablenken. Vielleicht hilft es mir, mich zu entspannen, um später mit geklärtem Blick alles nochmals zu überdenken.«

Lustlos blätterte sie in der Zeitung, schob gedankenverloren einen Keks nach dem anderen in den Mund und überflog lediglich ein paar Überschriften, war in Gedanken aber bei den letzten beiden Fundorten. Sie übersah die Schlagzeile:

Mord als Selbstmord getarnt.

Sie sah nur die blutverschmierte Badewanne und den Blätterhaufen. Schreckliche Orte für den Tod. Sie faltete die Zeitung zusammen.

»Hallo Charlotte.« Tom begrüßte sie mit seinem Notizblock winkend. Etwas mürrisch dreinschauend fügte er hinzu: »Hast du etwa meine Zeitung gelesen?«

»Ich habe sie mal durchgeblättert und gehofft, sie würde mich ablenken. Schlimm?« Tom schüttelte besänftigend den Kopf.

»Was hast du herausgefunden? Du hast nicht umsonst deinen Notizblock in der Hand, oder?«

Er schlug seinen Block auf. »Ich war erst im Studentenwohnheim und habe tatsächlich ein paar Freaks gefunden, die hier geblieben waren oder bereits wieder zurück sind. Da gibt es zwei Studienkollegen, die beide von ihr begeistert waren, aber nie zum Schuss kamen. Die Marlene sei eine Wahnsinnsbraut gewesen. Super hübsch, unwahrscheinlich klug, eine Musterschülerin, wie ich bereits vermutet hatte.« Tom stellte sich in Pose, auf ein Lob wartend. Charlotte nickte ihm zu und wedelte mit den Händen, ihn zum Weiterreden auffordernd. »Unheimlich nett, aber total unnahbar. Keine Familie. Waisenkind aus dem Ruhrpott. Die Eltern sind bereits vor Jahren bei einem Verkehrsunfall ums Leben gekommen, und Marlene dadurch in ein Kinderheim. Scheiß Leben. Auf jeden Fall wusste keiner etwas von Freunden oder Bekanntschaften. Auch ihre Zimmergenossin, Kim Rosalis, nicht. Sie brach in Tränen aus, als ich ihr von Marlenes Selbstmord erzählte. Sie konnte es auch nicht glauben, wie alle anderen. Marlene sei so stark und lebensfroh gewesen. Hatte große Ziele, wollte in die Krebsforschung. Und nach dem Messer gefragt, gab sie mir zur Antwort, dass sie ein solches Ding noch nie gesehen habe. Sie hätte gar nicht gewusst, dass es solche Messer überhaupt gibt.« Tom griff sich einen der letzten Kekse und steckte ihn sich in den Mund, was Charlotte mit Unbill beobachtete. Mit vollem Mund und dadurch schwer verständlich, sprach er weiter. »Und Alibis haben sie alle, bis auf eine.« Charlotte winkte ab. »Mach' erst mal den Mund leer. Ich verstehe ja kaum etwas. Das sind im Übrigen meine Kekse.« Mit Kaffee spülte Tom den Rest hinunter. »Ich dachte, sie gehören uns beiden?«

»Jetzt nicht mehr.« Charlotte setzte ein überhebliches Lächeln auf, worauf er lediglich ein Brummen zur Antwort gab.

»Also weiter. Fräulein Rutnik, wohnt auf dem gleichen Gang. Sie war angeblich den ganzen Tag am 23. auf ihrem Zimmer. Lernen. Bei dieser Aussage hat sie aber mehr als verlegen zu Boden gesehen. Wer's glaubt, ich denke da eher an ein nettes Stelldichein mit einem Prof oder so.«

Charlotte streckte den Zeigefinger aus. »Ich hab's schon einmal gesagt. Es sind nicht alle so, wie du.«

»Ich hatte leider keine Professorin, mit der ich ...«

»Ohhh, wie schade.« Sie lachten.

Tom wusste, wie wichtig es war, Charlotte aufzuheitern. Während der Ermittlungen brauchte sie das, wie andere ihren Kaffee oder Zigaretten. Und Charlotte war ihm über die Jahre wichtig geworden. Sie war für ihn mehr als nur eine Kollegin. Zehn Stunden am Tag verbrachten sie meist gemeinsam im Büro oder vor Ort. Manchmal auch mehr, wenn es die Ermittlungen erforderten. Sie hatte ihn zu Fortbildungen gehetzt, ihn gefördert und unterstützt. Sie hatte ihm immer den Rücken gestärkt, egal, was er verbockt hatte. Selbstverständlich konnte sie ihn auch zusammenstauchen, wenn sie es für nötig hielt. Doch nachtragend war sie nicht. Und trotz ihrer Ranghöhe, gab sie ihm nie das Gefühl, seine Vorgesetzte zu sein, obwohl sie das dienstrechtlich war. Sie war für ihn einfach eine tolle Frau.

Gefunkt hatte es zwischen ihnen nie, was er schon des Öfteren bedauert hatte, wenn er sie so mit anderen potentiellen Freunden oder jetzt mit diesem Doktor Engels sah. Er hatte sich schon einige Male gewünscht, an deren Stelle zu sein. Neidisch war er nicht. Nein, so konnte man es nicht nennen.

Er fand diesen Engels sogar ganz nett, und für Charlotte war er gut, also fand er es auch gut. Nur sollte Engels sich in Acht nehmen und Charlotte nicht wehtun. Dann würde er, Tom Berger, zum Racheengel werden.

Ob Charlotte um seine brüderlichen Gefühle zu ihr wusste? Er bezweifelte es. War aber auch nicht wichtig.

»Wie war es denn bei deinem Doktor?« Tom spitze die Lippen zu einem Kussmund.

»Nicht so, wie du wieder denkst. Ich war rein beruflich bei ihm.« Tom nickte ganz langsam und grinste.

»Damit du noch breiter grinsen kannst: er kommt heute Abend zu mir nach Hause.«

»Aha, und dann? Soll ich dir für morgen früh gleich Aspirin bereit stellen?«

Charlotte warf ihren Kugelschreiber nach ihm. »Ich habe selbst genug Aspirin zu Hause, danke. Nein, im Ernst. Er obduziert heute Marlene Schmidt. Und wir hoffen, er findet irgendwelche Hinweise auf Fremdeinwirkung. Die Schnitte alleine reichen nicht für die Verhinderung der Freigabe des Leichnams von Sabrina Meier. Und wie du weißt steht die Beerdigung an. Danach brauchen wir nicht mehr kommen.«

»Na, dann muss er mal etwas schneller machen als sonst, dein Doktor.«

»Also, wenn man dich so reden hört, könnte man meinen, du seiest eifersüchtig.« Sie schaute ihn schräg von unten an.

»Ich doch nicht. Ich stehe auf vollbusige Rothaarige, wie du weißt. Ich verstehe ihn nur nicht.«

»Was verstehst du nicht«? hakte Charlotte nach.

»Ach«, wehrte Tom ab.

»Nichts ach. Tom, jetzt hast du gegackert, jetzt musst du auch legen. Raus damit. Ich werde dich schon nicht fressen.« Sie bleckte die Zähne.

»Ich meine nur …« druckste er. »Ich sehe doch, dass zwischen euch mehr ist. Warum er da nicht mehr unternimmt, um dich von sich zu überzeugen? Ich merke dir doch an, wie gut er dir tut.« Tom lehnte sich über seinen Tisch in ihre Richtung und sagte: »Und nun friss mich.«

Sie sah ihn ernst an. »Sieht man mir das wirklich an? Sollte man eigentlich gar nicht. Und, sag' es niemandem weiter: Ich bin diejenige, die ihn nicht lässt.« Tom war zu ihr an den Tisch getreten, stützte sich auf der Schreibtischplatte auf und sagte: »Du solltest ihn aber lassen. Lass' dir das von einem erfahrenen Lebemann sagen. Er ist gut für dich, nachdem ich dich leider nun mal nicht will.« Er wich zurück, während Charlotte mit der rechten Hand nach ihm schlug. Er warf ihr eine Kusshand zu und setzte sich wieder an seinen Schreibtisch.

Toms Telefon riss sie aus ihrem Geplänkel. »Berger ... Ja ... Nein ... Vielleicht.« Er legte auf und blätterte in seinen Notizen. Charlotte sah ihn fragend an, doch er zuckte nur mit den Schultern. Es musste ein privates Gespräch gewesen sein, wenn er nichts sagte. Charlotte vergaß es sofort wieder.

Punkt einundzwanzig Uhr klingelte Stefan mit einer Flasche Dornfelder im Arm. Sie setzten sich im Wohnzimmer auf die kleine Couch und Shirley legte sich auf Stefans Schoß, noch ehe er richtig saß. »Du bist aber gar nicht aufdringlich.« Er streichelte ihr den Nacken. »Wenigstens eine hier.« Er grinste Charlotte an. Ungeduldig rutschte Charlotte auf ihrem Platz hin und her. »Sag' schon.«

»Prost, auf uns und unseren Fall.« Er hob sein noch leeres Glas. Die Flasche stand noch ungeöffnet auf dem Tisch.

»Wir haben einen Fall? Was hast du herausgefunden?«

Stefan winkte mit seinem Glas direkt vor Charlottes Nase. Ungeschickt öffnete Charlotte die Flasche, goss beide Gläser voll und stellte die Flasche laut zurück auf den Tisch.

»Also gut ... Die Obduktion ergab bisher folgendes: Tod

durch übermäßigen Blutverlust, herbeigeführt durch das Öffnen der Pulsadern.«

»Das weiß ich auch so«, blaffte Charlotte ihn an.

»Die toxikologische Untersuchung ergab keinen Treffer. Ist aber mit meinen alten Geräten auch nicht verwunderlich. Zur Sicherheit habe ich ein paar Proben in Heidelberg in der Uniklinik gelassen. Wir haben dort die neuesten Geräte. Ergebnisse nicht vor einer Woche.«

»Eine Woche?« Charlotte fuhr entsetzt auf.

»Ja, leider. Und noch eine schlechte Nachricht habe ich für dich. Ich war beim Beerdigungsinstitut Trauerweide. Treffender Name, oder? Auf jeden Fall habe ich mich dort als Kommissar Kohler ausgegeben, der noch mal die Leiche von Sabrina Meier anschauen wollte. Und die haben mich tatsächlich reingelassen.«

»Du hast was? Bist du verrückt?« Charlotte schüttelte heftig ihren Kopf.

»Wieso? Ich wollte mir doch nur die Schnittwunde nochmals genauer ansehen. Und jetzt kommt die schlechte Nachricht. Hier gibt es keine Auffälligkeit. Die Schnitte wurden vermutlich tatsächlich mit dem Küchenmesser gesetzt. Kein Vorschneiden oder Ähnliches.« Charlotte sank in sich zusammen und sah ihn traurig an während er fortfuhr: »Ja, leider müssen wir Sabrina Meier einen selbst herbeigeführten Tod bescheinigen. Da beißt die Maus keinen Faden ab.«

»Und bei Marlene Schmidt? Hast du da wenigstens noch etwas?«

»Ja, und nein. Nach der Pneumonektomie, also nach dem Entfernen der Lungenflügel, habe ich in den Hauptbronchien Faserspuren gefunden. Fasern, die von Mullgewebe stammen könnten.«

»Faserspuren in den Hauptbronchien? Das heißt, sie atmete ruckartig durch Mullgewebe ein?«

»Du bist ja richtig schlau. Ja, es könnte auf eine inhalative

Betäubung hinweisen. Auf der Mundschleimhaut waren ebenfalls Faserspuren, die ich aber bei der ersten Untersuchung für irrelevant hielt, da im Mund oft Faserspuren zu finden sind. Zum Beispiel durch heftiges Einatmen beim Schnäuzen in ein Stofftaschentuch. Von den Alveolen, den Lungenbläschen, habe ich ebenfalls Proben ins Labor geschickt. Aber ich habe keine Rückstände irgendeines Narkotikums gefunden. Ist aber auch wieder nicht so ungewöhnlich, da die meisten Inhalationsnarkotika durch die Atemluft wieder ausgeschieden werden und nach mehreren Stunden so gut wie nicht mehr vorhanden sind.«

Charlotte hob die Hand, um ihm anzuzeigen, dass sie eine Zwischenfrage hatte. »Die Fasern in den Bronchien können nicht vom Schnäuzen stammen? Sicher?«

»So ruckartig atmet ein Mensch nur ein, wenn er lange versucht die Luft anzuhalten, was beim Naseputzen jetzt nicht unbedingt der Fall ist, oder?«

»Also, wenn wir davon ausgehen, er narkotisiert seine Opfer und schneidet ihnen dann die Pulsadern auf, könnte, je nach Dosierung, die Narkose so lange anhalten, bis der Blutverlust groß genug ist, die Opfer so gut wie tot sind, aber noch genug atmen, um das Narkosemittel wieder auszustoßen.«

»Wir haben bisher nur ein Opfer. Vergiss das nicht.«

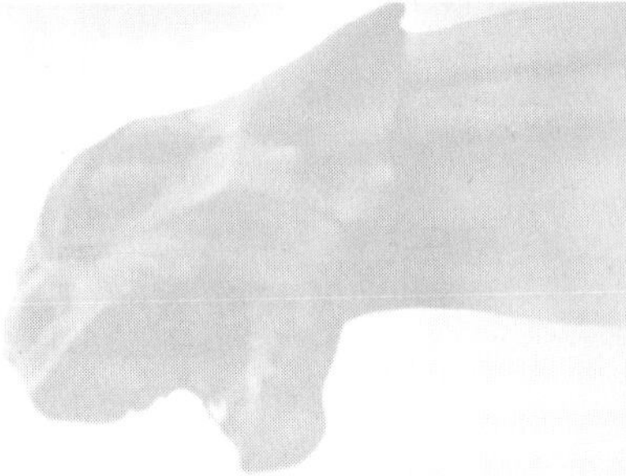

10. KAPITEL

»Hab' Geduld, meine Liebe.« Er streichelte Marlene, die er warm in seiner Hosentasche spürte. »Wir müssen vorsichtig sein. Es wird sich eine Gelegenheit ergeben. Verlass' dich nur auf mich.«

Heck lief jetzt schon seit einer halben Stunde ständig um den Block. Viele Leute waren nicht unterwegs bei dieser Kälte. Die Straßenlaternen strahlten in einem kühlen Licht und ließen es noch kälter erscheinen. Die Luft war trocken, der Himmel sternenklar. Er hatte schon einige Leute gesehen, doch irgendetwas hatte er an allen auszusetzen. Zu groß, zu dick, zu dünn oder zu alt.

In seinen schwarzen Mantel gehüllt, den Seidenschal locker um den Hals gelegt, schwebte er die kleinen Straßen entlang. In der linken Hand trug er eine Stofftasche mit Werbung des Amtes für Abfallwirtschaft. Sein Blick streifte hin und her, ständig auf der Suche nach der richtigen Person. Er hatte es im Gefühl. Er konnte es körperlich spüren.

Und da bog auch schon Ludmilla Seeger auf ihrem Fahrrad um die Ecke. Sie stieß fast mit ihm zusammen und entschuldigte sich höflich. Er flüsterte mit gesenktem Kopf: »Das ist die Richtige«. Ludmilla sah ihn fragend an, stieg von ihrem Fahrrad ab und ging auf den Eingang eines Mehrfamilienhauses zu. Heck folgte ihr. »Wollen Sie auch in das Haus?« fragte sie freundlich. Er räusperte sich und sagte: »Ja, wenn Sie mich schon fragen. Das wäre nett.« Sie schloss die Tür auf und schob ihr Fahrrad in Richtung Kellertreppe. »Darf ich Ihnen helfen, meine Gnädigste?«

»Oh, ja gerne. Ich habe heute schon den ganzen Tag Kreuzschmerzen. Wenn es Ihnen wirklich nichts ausmacht. Unten nehme ich es Ihnen wieder ab, ja?« Er nickte zufrieden. Besser konnte es nicht laufen. Eigentlich hatte er sich keinen Plan zurechtgelegt, wie er es diesmal anstellen sollte, geräuschlos in einem Hauseingang. Das würde schwierig werden. Da kam ihm die Einladung in den Keller sehr gelegen.

Sie übergab ihm das Fahrrad und folgte ihm nichtsahnend. Seine Lederhandschuhe gaben ihm den notwendigen Halt, um das Damenrad locker mit der rechten Hand nach unten zu tragen. Seine Stofftasche in der Linken hielt er fest in der Hand. Er hüpfte fast die Stufen hinab. Es war schwierig für ihn, seine Vorfreude zu zügeln.

Ludmilla bedankte sich sehr freundlich, nahm ihm das Fahrrad wieder ab und schob es den düsteren Gang entlang. Nur eine verstaubte Glühbirne erhellte das am Ende des Ganges gelegene, muffig riechende Kellergewölbe, das reihum voller Holzverschläge war, die als Abstellräume für die Mieter der oben gelegenen Altbauwohnungen dienten.

Sie hörte nicht, dass er ihr folgte.

Sie schloss einen der hinteren Verschläge auf, um ihr Fahrrad darin abzustellen.

Auf den netten Herrn in dem schwarzen Mantel hatte sie nicht mehr geachtet.

Sie hatte nicht bemerkt, dass er direkt hinter ihr stand.

Charlotte hatte Stefan gegen Mitternacht freundlich, aber bestimmt hinaus komplimentiert. Sie war müde. Müde und enttäuscht. Sie war so sicher gewesen, bei Sabrina Meier.

Sie musste an deren Verlobten, Armin Lehmann, denken. Wie gerne hätte sie ihm den Schmerz ein wenig erträglicher gemacht, und ihm gesagt: »Sie hatten Recht. Ihre Sabrina hat Sie geliebt, wollte Sie heiraten und wurde von einem kaltblütigen Mörder aus dem Leben gerissen.«

So musste der arme Mann irgendwie damit fertig werden, dass seine große Liebe nicht mehr da war. Dass sie nicht mehr da sein wollte.

Das Klingeln ihres Handys riss sie aus dem Tiefschlaf. Verwirrt griff sie nach dem Wecker, ließ ihn fallen und suchte tastend nach dem Ursprung des Läutens. Endlich spürte sie das Vibrieren unter ihren Fingern, griff danach und zog es zu sich unter die Decke. »Mh?« Mehr brachte sie nicht heraus. »Charlotte, aufwachen! Ich bin in fünf Minuten bei dir. Wir haben wieder eine Selbstmörderin.«

Schlagartig war Charlotte wach. Ihr Blick suchte den Wecker am Boden. Halb sechs. »OK, Tom. Ich komme runter.« Sie sprang aus dem Bett, riss ihre Kleider vom Boden hoch, huschte ins Bad und putze sich die Zähne, während sie gleichzeitig versuchte, sich anzuziehen. Zweimal schlug sie schmerzhaft mit der Hüfte gegen das Waschbecken bei dem Versuch, mit einer Hand ihre Jeans hochzuziehen. Sie klatschte sich kaltes Wasser ins Gesicht, fuhr sich mit nassen Händen über die zerzausten Haare und sprühte sich Deo unter die Arme. Das T-Shirt warf sie in den Wäschekorb und zog ein frisches aus dem Schrank. Die Thunfischdose für Shirley klatschte sie auf den Teller, und verteilte Creme in ihrem Gesicht. Tom ließ ihr Handy klingeln. Im Auto warf sie sich auf den Beifahrersitz und bändigte ihr noch immer zerzaustes Haar mit einem Gummiband.

»Rekordzeit. Alle Achtung. Und das Ergebnis ist zufriedenstellend.« Tom grinste sie, für ihre Verhältnisse, unverschämt wach, an.

»Red' nicht. Wer, wo, was?«

»Ludmilla Seeger, im Keller in der Rudolfstraße. Pulsadern aufgeschnitten.«

»Wer hat sie gefunden?«

»Die Nachbarin. Wollte ihr Fahrrad aus dem Keller holen, um zur Arbeit zu gehen.«

»Sind schon alle verständigt?«

»Ja, alle, bis auf Frau Gruber. Da habe ich mich dann doch noch nicht getraut.«

»Ist Stefan schon dort?«

»Ich weiß es nicht. Kann er denn so früh aufstehen? Nach gestern, meine ich.« Charlotte ließ ihre linke Hand von unten über seinen Hinterkopf sausen, doch er duckte sich darunter weg, so dass der Schlag ins Leere ging.

»Wenn die Spuren nur annähernde Ähnlichkeiten zu Marlene Schmidt aufweisen, bitte ich Frau Gruber, gleich einer Obduktion zuzustimmen. Du verständigst bitte noch Doktor Pankratz. Du wirst ihn für die Nachbarin brauchen. Warte bitte mit ihrer Vernehmung, bis er da ist. Psychologischer Beistand kann nicht schaden. Die restlichen Befragungen im Haus ...«

»Ich weiß. Führen wir ebenfalls erst später durch, wenn die Leute wach sind.«

Sie lächelte ihn dankbar an.

Vor dem Haus standen zwei Streifenwagen quer vor der Hofeinfahrt. Gleich daneben erkannte sie Stefans Wagen. Charlotte zeigte ihre Dienstmarke und wurde von dem an der Haustür stehenden Polizisten nach unten verwiesen. Tom folgte ihr.

Die Treppe in den Keller war schlecht beleuchtet, und es war eiskalt. Charlotte zog ihre Jacke zu und vergrub ihren Nacken tief in ihrem Kragen. Die Latexhandschuhe, die sie überzog, machten die Kälte auch nicht gerade erträglicher.

Das Gewölbe selbst, am Ende des feuchtkalten Kellerganges, war hell erleuchtet. Charlotte kniff geblendet die Augen zusammen. An der Decke hingen an verschiedenen Stellen Stablampen. In der hinteren Ecke stand ein dreibeiniger Strahler, der in Gesellschaft weiterer Lampen jeden Schatten fressen konnte. Doch so allein warf er abstrakt dahin huschende Szenen an die Wand.

Stefan hockte neben der Leiche. »Bitte dort stehen bleiben«, rief eine junge Frau in weißem Schutzoverall. »Wir sind noch nicht ganz fertig.« Charlotte bewegte sich nicht. Stefan hatte sein gesamtes Team mitgebracht. Insgesamt sieben vermummte Personen wischten hier, saugten da, klebten, sprühten, fotografierten und filmten. Die einzelnen Nummernschildchen am Boden sollten eine spätere Zuordnung verschiedener Spuren gewährleisten.

Stefan drehte sich zu den beiden um, nickte ihnen ernst zu und sagte: »Gebt mir und meinen Leuten noch etwa zehn Minuten.« Und wandte sich wieder der Leiche zu.

Charlotte sah Tom an und fragte leise: »Könntest du für mich zwei Kaffee besorgen? Schräg gegenüber habe ich eine Bäckerei gesehen. Die haben bestimmt schon auf.« Sie zog einen Zehner aus der Hosentasche und reichte ihn Tom. »Kannst dir auch einen mitbringen.« Er sah sie skeptisch an, holte laut Luft und verzog missmutig das Gesicht. Er schien etwas sagen zu wollen, überlegte es sich aber anders und stapfte brummig davon.

Der Beamte an der Eingangstür stand ebenfalls mit eingezogenem Genick da und versuchte sich im Türrahmen vor der schneidenden Kälte zu schützen.

»Guten Morgen, Herr ...« sagte Charlotte und riss ihn aus seinen Gedanken. Überrascht sah er in Charlottes freundliches Gesicht.

»Ich, ähm. Mein Name ist Falk. Tobias Falk.«

»Sie sind also Polizeimeister Tobias Falk. Vom Revier Oststadt? Kein schöner Dienstbeginn. Sie hatten doch um fünf Schichtwechsel, oder?« Falk nickte zurückhaltend.

Tom kam mit drei Bechern dampfendem Kaffee angestapft. Er streckte ihr einen Becher entgegen und blickte sie herausfordernd an. »Hier dein Kaffee. Soll ich IHM den anderen bringen?« Charlotte funkelte ihn zornig an, nahm ihm den zweiten Becher ebenfalls aus der Hand und reichte ihn dem staunenden Falk. Sie sagte: »Geh' bitte schon mal nach oben. Doktor Pankratz wird gleich hier sein.« Tom verfolgte diese

Szene ungläubig und flüsterte: »'Tschuldigung, ich dachte ...« Charlotte nickte ihm milde lächelnd zu und drehte sich wieder zu dem Beamten um, der sich noch immer nicht traute, an dem Kaffee zu nippen. Charlotte musste lachen. »Der ist wirklich für Sie, Herr Falk. Auch wenn ich von der Mordkommission bin, heißt das nicht, dass ich Ihre Arbeit nicht zu schätzen weiß. Im Gegensatz zu, zugegeben, vieler meiner Kollegen. Mein Name ist Charlotte Krüger.« Falk nickte ihr zurückhaltend zu und nahm einen Schluck aus dem Kaffeebecher, ohne den Blick von ihr abzuwenden.

»Sie waren als erster am Fundort?« Der Beamte schien aufzutauen und nickte eifrig.

»Guten Morgen. Wohin?« Doktor Pankratz war um die Ecke gekommen und unterbrach Charlotte, die auf Tobias Falk deutete, der wiederum freudig sagte: »Nach oben. Zweiter Stock, bei Kramer.« Er wandte sich wieder an Charlotte und sagte: »Die Nachbarin, Frau Kramer aus dem zweiten Stock, hat uns ganz aufgelöst angerufen und gesagt: ‚Die Seeger ist tot. Die Seeger liegt mit aufgeschnittenen Pulsadern tot im Keller. Es ist alles voller Blut.' Sie hat nicht den Notruf gewählt, sondern unsere Dienststellennummer. Wie manche Leute im Schock reagieren ist schon seltsam, oder?« Er sah Charlotte fragend an.

»Das ist wohl wahr. Was wissen Sie bisher von der Toten?« Falk zog einen kleinen Block aus der Brusttasche seiner dicken, tannengrünen Winterjacke und las stolz seine Notizen vor: »Ludmilla Seeger, 32 Jahre, verheiratet, keine Kinder. Grundschul...« Charlotte unterbrach ihn: »Verheiratet?« Falk schnaubte enttäuscht. »Das kommt noch. Grundschullehrerin an der Schillerschule. Ihr Mann arbeitet Schicht bei einer Kosmetikfirma in Neureut. Wir haben ihn noch nicht verständigt. Frau Seeger lag tot am Boden. In der rechten Hand hielt sie eine Rasierklinge, mit der sie sich scheinbar die Pulsadern aufgeschnitten hat. Ich habe der Spurensicherung gesagt, dass weder Frau Kramer noch ich die Leiche angefasst hätten. Dass sie tot war, konnte man unschwer an den offen stehenden, starr blickenden, stumpfen Augen erkennen.« Fast traurig sah Falk Charlotte an. »Ich weiß gar nicht, was Sie haben, Falk. Das war doch ein super Bericht. Dankeschön.« Sie streckte ihm lächelnd ihren Kaffeebecher entgegen. Langsam hellte sich sein Gesicht auf, und Charlotte konnte sehen, wie Falk ihr endlich Glauben schenkte. Ihr, der »Kripotussi«.

Sie konnte diese dumme, unnötige Rivalität zwischen Schutzpolizei und Kriminalpolizei überhaupt nicht leiden. Die Einen konnten ohne die Anderen nicht, aber miteinander wollten sie erst Recht nicht. Warum das aber so war, konnte Charlotte nicht verstehen, geschweige denn akzeptieren.

Sie stieß mit ihm an und sagte: »Falk, ich finde Sie gar nicht so übel.« Er räusperte sich. »Ich Sie auch nicht, auch wenn Sie von der Kripo sind und ... danke.« Er schwenkte seinen Kaffeebecher.

Stefan war die Treppe heraufgekommen und trat an die Tür. Wie er so da stand, in seinem weißen Overall, im Lichtstrahl der Straßenlaterne, wirkte er wie ein Gespenst. Ein schönes Gespenst. Er winkte Charlotte zu sich heran und sagte leise, so dass Falk nicht mithören konnte: »Die Schnitte weisen den gleichen Umstand auf wie die von Marlene Schmidt. Zweifelsfrei wieder zwei Schnittwerkzeuge, aber nur eines am Tatort.« Charlotte sah Stefan durchdringend an.

»Du hast Tatort gesagt.«

»Ich weiß. Für mich ist das kein Fundort mehr. Das ist ein Tatort. Das kannst du für Frau Gruber auch gerne schriftlich von mir haben.«

»Na, dann werde ich sie gleich anrufen.« Sie warf einen Blick auf ihre Armbanduhr. Sie zeigte kurz nach Sieben. »Jetzt muss sie wach genug sein«, fügte sie hinzu und wählte auf ihrem Handy die Nummer der Staatsanwältin.

Es dauerte keine zehn Minuten, bis Frau Gruber aufgeregt bei Tobias Falk nach der Kriminalhauptkommissarin Krüger fragte. Charlotte befand sich inzwischen wieder in den Kellerräumen bei Stefan und seinem Team, die gerade ihre Arbeit beendet hatten und am Zusammenpacken waren. »Einen schönen guten Morgen.« Frau Grubers Stimme hallte durch das Gewölbe und ließ so manchen Kriminaltechniker zusammenfahren. »Herr Doktor Engels, schön Sie noch anzutreffen. Frau Krüger.« Sie nickte Charlotte zu. »Die Leiche ist ja noch da. Schön. Herr Doktor Engels, zeigen Sie mir bitte die Schnitte.« Stefan beugte sich zu der inzwischen abgedeckten Leiche, zog das Tuch ein Stück zur Seite, um den rechten Arm freizugeben. Frau Gruber ging in die Hocke, betrachtete die Verletzung, verzog das Gesicht und sagte: »Herr Doktor Engels. Sie sind sicher, dass es sich auch hier um zwei Tatwerkzeuge handelt?« Stefan nickte und sah Charlotte fragend an, die mit ebenso fragendem Gesicht lediglich mit den Schultern zuckte. »Dann habe ich das hier für Sie beide.« Sie zog einen braunen DIN A5 Umschlag aus der Tasche und reichte ihn Stefan. »Die Obduktionspapiere. Wie ich sehe, waren Sie mit Ihrem gesamten KTU-Team vor Ort und ich gehe davon aus, dass ich die entsprechenden Berichte bis heute Nachmittag vorliegen habe.« Dabei sah sie Charlotte an. »Wo ist Ihr Kollege, Herr Berger?« fragte sie schmunzelnd, worauf Charlotte lächelnd antwortete: »Er ist noch bei der Befragung der Anwohner.«

»Frau Krüger, ich muss Ihnen nicht sagen, was dies hier bedeutet? Ein Serienmörder hat uns gerade noch gefehlt. Also, absolutes Stillschweigen der Presse gegenüber. Ausschließlich die Pressestelle und ich geben ausgesuchte Informationen weiter. Und ich wünsche, Sie mit den Berichten zu sehen. Wir haben noch etwas zu besprechen.«

So schnell wie Frau Gruber gekommen war, so schnell verschwand sie auch wieder. Mit einem kurzen, aber freundlichen »Bis dann«, verließ sie den durch die vielen Menschen mittlerweile stickigen Kellerraum.

Verdutzt blickte Charlotte ihr nach.

»Na, dann lass' uns mal an die Arbeit gehen. Ich werde die Leiche gleich mitnehmen. Und was tust du?« fragte Stefan.

»Ich werde ins Büro fahren, mit Tom eine Bestandsaufnahme unserer Fakten aufstellen und hoffen, dass du etwas Brauchbares herausfindest. Und heute Nachmittag werde ich ganz mutig in die Höhle des Löwen marschieren. Was sie wohl von mir will?«

»Das wirst du wohl oder übel selbst herausfinden müssen. Ich melde mich, wenn ich erste Ergebnisse habe.«

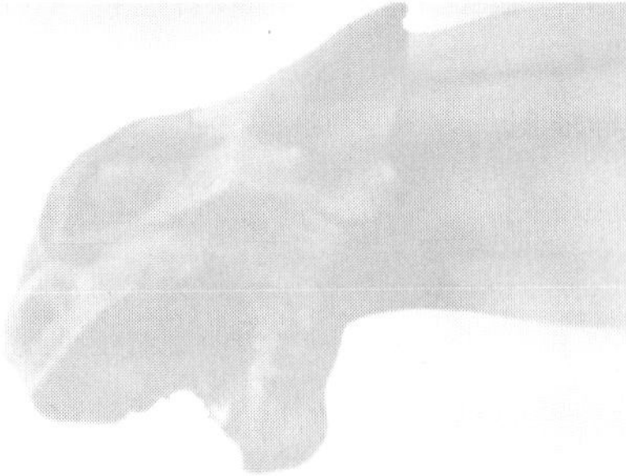

11. KAPITEL

Auf dem Tisch stand das Einmachglas, wieder gefüllt mit dieser undurchsichtigen, schwarzroten Flüssigkeit. Der Schnappverschluss war geöffnet und der Deckel nach hinten geklappt. Von dem verschmierten Deckel war etwas Flüssigkeit auf den Tisch getropft und hatte eine kleine, von den Rändern her langsam eintrocknende Lache hinterlassen. Daneben stand ein Trinkglas, in dem sich dieselbe Flüssigkeit bereits am Glasboden zu einer fast schwarzen, dicklichen Masse abgesetzt hatte.

Mit schlurfenden Schritten trat Heck an den Tisch und nahm das Einmachglas. Er trug es ins Badezimmer und stellte es wieder in die Duschwanne. Vorfreude machte sich breit. Der heiße Duschstrahl mischte sich mit der Flüssigkeit, um dann in einem blutroten Schwall über die Ränder hinab zu laufen und den ersehnten metallischen, eisenähnlichen Geruch zu verbreiten. Er schloss genussvoll die Augen und atmete tief ein. Der Geruch von warmem Blut. Er spürte, wie die Energie in seinen Körper zurückkehrte. Die nötige Energie für sein nächstes Vorhaben.

»Marlene! Kannst du es riechen? Es riecht nach Leben, nach ewigem Leben.«

Im Büro saß Charlotte an ihrem Schreibtisch Tom gegenüber und raschelte mit ihrer Bäckertüte, in der sich verschiedene süße Stückchen befanden und nur darauf warteten, von ihr verspeist zu werden. »Wie hat ihr Mann, Herr Seeger, es aufgenommen?«

Tom verzog mürrisch das Gesicht. Das Treffen mit Herrn Seeger war nicht so verlaufen, wie er es sich gewünscht hatte. Zur Unterstützung hatte er extra den Polizeipsychologen mitgenommen, der ihm allerdings keine große Hilfe war. Tom setzte sich in seinem Stuhl zurecht und begann zu erzählen, wie er zusammen mit Doktor Pankratz direkt von der Rudolfstraße nach Neureut in die Kosmetikfirma gefahren war, in der der Ehemann der ermordeten Ludmilla Seeger arbeitete. Tom ließ Herrn Seeger vom Schichtführer in sein Büro bringen, der ihnen den Raum zur Verfügung gestellt hatte. Herr Seeger war gerade an einer riesigen Abfüllanlage für Shampoo beschäftigt, als er weggerufen wurde. Über die Unterbrechung verärgert, betrat er den kleinen, spärlich möblierten Raum. Lediglich ein kleiner Schreibtisch, zwei Stühle und ein Kleiderspind, sowie ein übergroßer Jahresplaner an der Wand waren vorhanden. Herr Seeger war ein großer, kräftiger Mann mit dunklem Haar und einem Dreitagebart. »Guten Morgen. Herr Seeger?« Tom wartete das Kopfnicken ab. »Bitte setzen Sie sich.« Er wies ihm einen Stuhl zu. »Mein Name ist Tom Berger, Kripo Karlsruhe, und das ist Herr Doktor Pankratz. Ich muss Ihnen leider mitteilen ...« Er stockte. Seeger sah ihn forschend an. »Ihre Frau ...« Seegers Augen verengten sich zu Schlitzen. »Ihre Frau wurde Opfer eines Gewaltverbrechens. Sie wurde ermordet.«

Seeger sprang von seinem Stuhl auf, packte den ebenfalls aufgesprungenen Tom am Kragen und stieß ihn gegen die Wand. »Was sagen Sie da?« schrie er Tom ins Gesicht. Doktor Pankratz stand wie angewurzelt neben der Tür.

»Ihre Frau wurde ermordet. Wir wissen nicht von wem und nicht warum«, krächzte Tom. Seeger lockerte langsam den Griff an Toms Kragen und ließ ihn schließlich los. Sein Arm sank an der Seite herab und er stand bewegungslos da. Tom schob sich an Seeger vorbei und zischte Pankratz zu: »Dankeschön auch. Wofür sind Sie eigentlich hier?«

»Für die Betreuung der Angehörigen«, flüsterte der Psychologe zurück und ging vorsichtig auf Seeger zu.

Tom machte eine Pause und deutete auf Charlottes Bäckertüte. Mit einem Nicken schob sie ihm die Tüte über den Tisch, aus der er sich ein Nusshörchen zog und sofort anfing, es genüsslich zu essen. Charlotte trommelte auf die Tischplatte und forderte ihn auf weiter zu sprechen.

»Auf jeden Fall war eine Befragung nicht möglich. Der Mann war total am Ende und unser Starpsychologe meinte, eventuell heute Nachmittag. Ich wäre dir dankbar, mich künftig nicht mehr bei so etwas mit diesem Trottel alleine zu lassen.« Charlotte nickte verständnisvoll. Und war insgeheim froh, dass sie nicht an Toms Stelle gewesen war. Sie hatte heute ausnahmsweise selbst den Bericht für Frau Gruber verfasst. Sie wollte nicht schon wieder einem Mann mitteilen müssen, dass seine Frau tot sei. Ihr steckte der arme Herr Lehmann noch zu tief in den Knochen. So hart sie auch zu Tätern sein konnte, so weich war sie, wenn es um die Angehörigen ging. Deshalb wechselte sie sich auch gerne mit Tom in solchen Dingen ab.

»Ok, dann gehen wir heute nach meinem Gespräch mit Frau Gruber gemeinsam hin. Einverstanden?« Tom nickte dankbar und aß den Rest seines Nusshörnchens.

»Wegen der Gruber: Kannst du dir vorstellen, was sie mit mir besprechen will?« Charlotte vertilgte inzwischen das letzte süße Teilchen aus der Tüte, knüllte sie zusammen und warf sie in elegantem Bogen in den Papierkorb neben sich.

»Keine Ahnung. Vielleicht will sie dich in das Basketballteam unserer Dienststelle befördern?« Tom grinste, wurde aber gleich wieder ernst. »Vielleicht hat sie ja Angst.«

Mit schrägem Kopf sah Charlotte Tom an. »Angst wovor?«

»Dass es sich tatsächlich um einen Serienmörder handeln könnte. Es sind schließlich bereits zwei Tote, die sehr ähnliche Schnittverletzungen aufweisen, oder?«

»Ja, schon. Aber warum dann Angst?« Charlotte schüttelte ungläubig den Kopf.

»Mein Gott, Charlotte. Zwei Tote innerhalb von sieben Tagen. Wenn er oder sie tatsächlich weiter macht, bedeutet das im ersten Monat des neuen Jahres mindestens vier weitere Opfer. Und wir haben nichts. Gar nichts.« Soweit hatte Charlotte noch gar nicht gedacht. Lediglich ihr Jagdinstinkt hatte eingesetzt, den oder die Fälle zu lösen. Tom hatte Recht. Sie hatten tatsächlich nichts, was auch nur annähernd einer Spur gleich käme. Sie würden die Ergebnisse von Stefan abwarten müssen.

Frau Gruber saß hinter ihrem mahagonifarbenen Schreibtisch und telefonierte, während sie Charlotte ein Zeichen gab, sich zu setzen. Charlotte blickte sich in dem geschmackvoll eingerichteten Büro um. Ein großer Druck von Claude Monet hing hinter Frau Gruber. Charlotte wusste, dass es sich um das Werk *Seerosen* handelte. Das Original hatte sie im *Art Institute of Chicago* gesehen. Ein sehr beruhigendes Gemälde. Auch wenn die Impressionisten nicht gerade zu Charlottes Favoriten unter den alten Malern zählten.

Rechts an der Wand stand ein großer, mit halb verglasten Türen verschlossener Bücherschrank, der im sichtbaren Bereich die ganze Palette Gesetzesbücher, sowie etliche juristische Nachschlagewerke zeigte. Charlotte drehte den Kopf auf die linke Seite. Hier stand ein geschmackvolles, ebenfalls mahagonifarbenes Highboard, auf dem eine Justitia aus Bronze stand. Gehörte wohl in ein juristisches Amtszimmer.

»Ich werde mich persönlich darum kümmern. Auf Wiederhören.« Frau Gruber legte den Hörer auf und sah Charlotte freundlich, aber bestimmt an. »Guten Tag, Frau Krüger. Ah, der Bericht.« Sie beugte sich über den Tisch und zog den Bericht zu sich herüber. »Wann hat denn Herr Berger ihn geschrieben? Er war doch bei dem Ehemann des Opfers, oder nicht?« Charlotte sah auf ihre Füße und antwortete leise: »Ich habe ihn heute geschrieben. Herr Berger hat ihn nur nachgebessert.« Die Staatsanwältin blätterte in den schriftlichen Ausführungen zum Fall Seeger und nickte zufrieden. »Bisher doch ganz respektabel. Aber nun zu meinem Anliegen.« Charlotte spielte mit ihren Fingern.

»Ich will ganz offen mit Ihnen sprechen. Ich soll im Laufe dieses Jahres, genauer gesagt im Frühsommer, Oberstaatsanwältin werden. Der Vorschlag zu meiner Ernennung liegt bereits vor. Was das für mich bedeutet, brauche ich Ihnen wohl nicht zu sagen. Und da wäre dieser Fall von größter Wichtigkeit. Vorausgesetzt, wir könnten ihn schnellstmöglich abschließen. Sie verstehen?« Charlotte nickte ihr heftig zu. »Ich habe mich sehr intensiv mit dem Polizeipräsidenten unterhalten und wir kamen zu dem Schluss, dass Ihnen vorerst fünfzehn Kollegen zur Verfügung gestellt werden, um eine Sonderkommission einzurichten, deren Leitung Sie übernehmen sollen.« Sie nahm ihre Brille von der Nase und drehte sie in den Händen. »Ich traue Ihnen viel zu, Frau Krüger, und ich denke auch, dass wir gemeinsam diesen Fall schnellstmöglich lösen werden.« Charlotte blickte sie ungläubig an und erwiderte etwas stockend: »Selbstverständlich, Frau Gruber. Ich werde mein Bestes geben, und wenn es sein muss, werde ich Tag und Nacht arbeiten.« Damit hatte sie nun nicht gerechnet. Dass früher oder später eine SoKo eingerichtet werden würde war klar gewesen, jedoch nicht dass sie die Leitung bekommen würde. Ein Gefühl von Stolz machte sich in ihr breit und ließ sie in ihrem Stuhl wachsen, was auch Frau Gruber nicht entging, die lächelnd fortfuhr. »Genau deshalb habe ich auch auf Sie gesetzt. Aber ich muss Sie warnen.« Ihr Blick wurde hart und ließ keine Gegenrede zu. »Es werden Köpfe rollen, wenn dieser Fall Probleme bereitet. Und es wird gewiss nicht meiner sein. Haben wir uns verstanden?« Es musste ja einen Haken geben. Wie betäubt nickte Charlotte vor sich hin. Ein sehr unangenehmes Gefühl von Versagensangst überfiel sie. Was, wenn sie keine Spur fanden? Was, wenn sie dem Täter nicht auf die Schliche kamen? »Und noch etwas. Keine Presse. Bisher wurde noch nicht von Mord gesprochen, und so soll es vorerst auch bleiben. Gegen die Spekulationen können wir momentan leider nichts ausrichten, damit müssen wir wie immer leben. Und ... ich erwarte täglich Ihren Bericht. Wann gedenken Sie Ihre Teambesprechungen abzuhalten?«

Charlotte fühlte sich überrumpelt. Sie fuhr sich über den Nacken, schnaubte und sagte: »Ähm, ich denke so gegen acht Uhr morgens?«

»Das ist gut. Ich werde ab und an vorbeikommen und mich so über den Fortgang informieren.« Sie ließ Charlotte kaum Zeit zum Nachdenken. »Und jetzt zu Doktor Engels. Sie halten viel von ihm, nicht?«

Ein Ruck ging durch Charlotte, ihre Schultern spannten sich und sie stellte sich darauf ein, sich für Stefan stark machen zu müssen. Mit kräftiger, vielleicht etwas zu lauter Stimme antwortete sie schnell: »Sehr viel. Wir können von Glück reden, dass er uns jetzt hier in Karlsruhe zur Verfügung steht. Wir haben nur sehr gute Erfahrungen mit ihm gemacht. Er war uns bei manchen heiklen Mordfällen eine große Hilfe. Hätten wir ihn nicht aus Heidelberg angefordert, hätten wir, wie Sie sich bestimmt noch erinnern, zum Beispiel den Fall Oberberg nicht lösen können.«

Der Fall Oberberg. Ein Industrieller war in seinem Haus am Turmberg überfallen worden, der Tresor war leer geräumt worden und die Versicherung hatte den Schaden in Höhe von einer Million Euro bezahlt. Engels hatte anhand der Spuren und der Verletzungen dieses Oberberg aber nachweisen können, dass es ein manipulierter, selbstinszenierter Überfall war, um die Versicherungssumme zu kassieren. Das hatte Schlagzeilen gemacht und Frau Gruber war als eiserne Lady gefeiert worden.

Frau Grubers Blick wurde weich und träumerisch. »Oh, ja. Ich habe Ihre mutige Glanzleistung nicht vergessen. Deshalb bin ich ja auch froh, dass ich gerade Ihnen diesen Fall übertragen konnte. Man hätte auch Caspari oder Mollinger die Leitung übertragen können.«

Charlotte entspannte sich. »Stellen Sie die Leute für die SoKo zusammen oder darf ich sie mir aussuchen?«

»Ich habe vier Leute vorgeschlagen. Sie werden sich morgen früh bei Ihnen melden. Den Rest dürfen Sie vorschlagen. Ich hatte gedacht, Sie bringen mir Ihre Wunschliste und ich lasse sie genehmigen oder schlage Änderungen vor. Nun noch zu morgen.« Charlotte runzelte fragend die Stirn. »Morgen ist Silvester. Neben dem Kriminaldauerdienst muss niemand morgen im Büro sein. Sie können also abends mit Ihrem Piepser feiern gehen. Wir können bis zum zweiten Januar sowieso nicht viel herausfinden. Aber ab dann sollten Ergebnisse kommen. Ich verlasse mich auf Sie. Und jetzt gehen sie zu ihrem Herrn Berger und machen mir die Liste fertig, damit ich die Anforderungen heute noch rausschicken kann.« Charlotte erhob sich. »Danke Frau Gruber. Sie sind ...«

»Was? Nur raus damit.« Sie legte den Kopf schräg und lächelte Charlotte aufmunternd zu.

»Einfach klasse.« Die beiden Frauen sahen sich an und beide wussten, dass es eine gute Zusammenarbeit werden würde. Charlotte wandte sich zum Gehen und öffnete die Tür. »Frau Krüger.« Charlotte drehte sich zu der Staatsanwältin um. »Einen guten Rutsch, wünsche ich Ihnen. Ich werde auf der Bühler Höhe sein, um den Jahreswechsel zu genießen. Falls Sie mich erreichen wollen, habe ich mein Handy dabei.«

Regelrecht rennend kehrte Charlotte ins Büro zurück, wo Tom gerade telefonierte. Er hatte eine große Pinwand aufgestellt und bereits verschiedene Fotos und Notizen daran befestigt. Charlotte hob anerkennend den Daumen. Sie konnte sich eben doch auf ihn verlassen. Er war der Theoretiker, sie die Analytikerin und die Frau fürs Grobe. Eine ideale Ergänzung.

Sie stellte sich vor die Pinwand und besah sich die einzelnen Notizen. Tom hatte zwei Spalten aufgezeichnet, getrennt nach dem Fall Schmidt und dem Fall Seeger. Ganz oben links hing ein kleiner Notizzettel, auf dem der Name Sabrina Meier eingekreist stand. Sie musste schmunzeln. Er wusste doch tatsächlich, dass dieser Fall für sie noch immer nicht abgeschlossen war. Tatortfotos, Eckdaten der Opfer und Stefans bisherige Ergebnisse waren fein säuberlich in Reihen an die Wand gepinnt.

Tom legte auf. »Und? Was war?«

»Erst einmal ein riesengroßes Lob an dich.« Sie wies mit der Hand auf die Pinwand. »Du warst ja in der Zeit schon mächtig fleißig.« Und dann erzählte Charlotte ihm das Gespräch bei Frau Gruber ganz ausführlich. Nicht ohne Stolz fügte sie hinzu, dass ihr die Leitung der SoKo übertragen worden war.

Sie begannen sofort die Liste der Kollegen zusammen zu stellen, die sie gerne in ihrem Team hätten, und waren sich bei den meisten auch gleich einig. Über die anderen wurde diskutiert, letztendlich setzte sich aber Charlotte jeweils durch. Per Fax schickten sie die Liste an Frau Gruber.

»Charlotte, Telefon«, krächzte das Charlottes Handy. Linus hatte beim Gansessen diesen kurzen Text aufgenommen und als Klingelton eingestellt. Er hatte riesigen Spaß dabei und Charlotte fand die Idee so witzig, dass sie es bei dieser Einstellung beließ. Sie fand es besser als »Jingle Bells« oder Ähnliches. »Hallo Liebes, hier ist Gisela. Ich wollte wegen morgen Abend fragen: Kannst du mit deinem Piepser kommen? Ich weiß, du hast Dienst. Wir würden uns so freuen. Vor allem Leni hofft auf dein Kommen.«

»Ich weiß nicht so recht«, druckste Charlotte.

»Bring' ihn doch einfach mit«, gab Gisela lachend zur Antwort. Selbst am Telefon wurde sie von ihrer besten Freundin durchschaut.

»Meinst du? Was soll er denn da denken? Silvester bei Freunden, das ist ja fast ein Heiratsantrag.«

»Na und? Du überlegst doch eh schon die ganze Zeit, wie du ihn in der Silvesternacht küssen sollst, oder? Trau' dich. Ist doch nichts dabei, und es ist auch nichts Verbindliches dran. Wenn er nicht will, wird er es dir schon sagen. Also morgen Abend ab acht Uhr bei uns zu Hause. Bis dann«, flötete Gisela und legte auf. Charlotte sah nachdenklich auf ihren Hörer. »Jetzt spring' endlich über deinen Schatten. Was ist denn schon dabei, einen Freund zu einer gemütlichen Silvesterfamilienfeier einzuladen?« Tom grinste sie breit an.

»Was würdest du denn denken, wenn ich dich fragen würde?«

»Ich würde gar nichts denken. Ich würde versuchen, meine Chance zu nutzen. Aber du fragst mich ja nicht.« Gespielt beleidigt verzog er das Gesicht. »Ich gehe mit meiner Neuen ins Kasino und werde auch versuchen, meine Chance zu nutzen. Los, ruf' ihn an! Jetzt.«

Charlotte atmete tief ein und wieder aus. Er hatte ja Recht. Was war denn schon dabei? Und so ganz unverbindlich sah sie es ja schließlich auch nicht. Sie wählte Stefans Nummer. »Engels«, ertönte es barsch, als er endlich nach dem sechsten Freizeichen abnahm. »Charlotte hier. Ich wollte fragen ...« Sein Ton wurde weich. »Ja? Was wolltest du mich fragen?«

»Ob du Lust hättest, morgen mit zu Gisela zu gehen, um dort Silvester zu feiern.« Eine endlos lang wirkende Pause folgte für Charlotte. »Bist du noch da?« fragte sie deshalb vorsichtig und hatte ein Grummeln in der Magengrube.

»Ja, ich bin noch da. Entschuldige, ich sitze gerade an einer wichtigen Untersuchung. Morgen? Bei Gisela? Aber gerne doch. Ich freue mich.« Die Antwort kam ganz beiläufig, als hätte sie nach seinem Wohlbefinden gefragt. Wie unbekümmert Stefan doch mit der neuen Situation umging. Wenn sie das doch auch nur von sich sagen könnte. Sie musste alles hinterfragen, jedes Wort zweimal umdrehen. »Schön, dann ab acht bei Gisela. Hast du schon was Neues im Fall Seeger?« Sie musste immer versuchen, mit der Arbeit abzulenken.

»Noch nichts Konkretes. Wird bestimmt spät. Ich rufe dich an.«

Als sie aufgelegt hatte nickte Tom ihr aufmunternd zu, während das Faxgerät ratternd die genehmigte Liste der Teammitglieder ausspuckte. »War doch gar nicht so schwer, oder?« Tom zog die Liste aus dem Schacht und winkte Charlotte her. »Baumann, Bremer, Döring, Drösel, Eichstätt, Ebert, Golling, Ingold, Kullmann, Lackner und Ringberg. Sie wurden freigegeben. Schön. Ich denke, das sind die Richtigen für unser Team. Mit denen können wir wenigstens was anfangen«, sagte Tom zufrieden. »Die vier von denen sie gesprochen hat, sind aber nicht aufgeführt. Die werden wir wohl morgen früh in Augenschein nehmen müssen.«

»Wird uns nichts anderes übrig bleiben. Gespannt bin ich ja schon ein bisschen. Aber lass' uns jetzt zu Seeger fahren.«

In der Rudolfstraße öffnete eine junge Frau die Tür und sah die beiden skeptisch abwartend an.

»Guten Tag. Krüger und Berger von der Mordkommission. Wir würden gerne mit Herrn Seeger sprechen. Wer sind Sie, wenn ich fragen darf?« Charlotte fand die Brünette mehr als unangenehm. »Sie kommen sehr ungelegen. Herr Seeger hat sich hingelegt. Er ist völlig durcheinander. Ich bin Karin Seeger, seine Schwester.«

»Karin, wer ist da?« rief eine Männerstimme aus dem Inneren der Wohnung.

Die für ihr Gewicht etwas zu kurz geratene Frau, Charlotte schätzte sie auf Ende zwanzig, antwortete in schroffem Ton: »Die von der Kripo.«

»Lass' sie rein«, kam seine Antwort in müdem Tonfall.

Tom ließ Charlotte den Vortritt. Sie gingen durch eine helle, spärlich eingerichtete Diele, an deren Wänden verteilt Umzugskartons standen, die teilweise geöffnet waren. Vorbei an der offen stehenden Küche, in der ebenfalls geöffnete Kartons standen. Im Wohnzimmer saß Herr Seeger auf einem Sessel. Er war blass und hatte dunkelrote Augenringe. In diesem Sessel wirkte er wie ein kleines Häufchen Elend.

»Bitte setzen Sie sich doch. Ein Kaffee, oder Wasser?« bot er ihnen höflich an. Sie schüttelten beide den Kopf und Charlotte übernahm das Wort: »Herr Seeger, unser herzlichstes Beileid. Aber wir müssen Ihnen ein paar Fragen stellen. Allein.« Sie warf einen Blick in Richtung Karin Seeger, die demonstrativ an der Tür stehengeblieben war. Er nickte seiner Schwester zu, die daraufhin hinausging und dabei unsanft die Tür hinter sich schloss.

»Danke, Herr Seeger. Wir müssen wissen, was Ihre Frau gemacht hat, bevor sie nach Hause kam. Hatte sie irgendwelche Feinde? Hat sie Ihnen in letzter Zeit von ungewöhnlichen Begegnungen erzählt, oder war sonst irgendetwas Auffälliges, das uns weiterhelfen könnte?«

Tränen standen in Seegers Augen. »Ludmilla war eine ganz liebe und gute Frau. Sie ist ... war Grundschullehrerin an der Schillerschule. Deshalb sind wir kurz vor Weihnachten auch hierher gezogen, sie haben bestimmt die Kartons gesehen. Feinde hatte sie bestimmt keine. Mit meiner Ludmilla konnte man keinen Ärger bekommen, sie war die Güte in Person.« Er wischte sich mit dem Ärmel über die Augen. »Sie war gestern Abend im Yoga. Einmal die Woche geht sie dahin, macht sie schon lange. Danach weiß ich nicht. Normalerweise geht sie anschließend sofort nach Hause, manchmal aber auch mit Bekannten aus dem Kurs noch in die *Kippe* oder ins *Vogel,* da ging sie gerne hin. Sie war so lebenslustig, so nett und freundlich zu allen. Wie kann ihr das nur jemand antun? Ich verstehe das nicht.« Er sackte in sich zusammen und begann bitterlich zu weinen. Charlotte sah Tom hilflos an und legte dann ihre

Hand sachte auf Seegers Schulter. Er hob den Kopf und sah sie verzweifelt an. »Bitte versprechen Sie mir dieses Schwein zu finden.« Charlotte nickte langsam und beruhigend. »Ich werde es versuchen. Uns liegt ebenfalls sehr viel daran, den Täter zu finden. Und bitte Herr Seeger, falls Ihnen noch etwas Wichtiges einfällt, melden Sie sich bei mir oder meinem Kollegen. Wir lassen unsere Visitenkarten hier. Eventuell melden wir uns noch mal bei Ihnen. Wir werden Sie jetzt wieder in Ruhe lassen. Danke für Ihre Zeit.«

In der Diele trafen sie wieder auf Karin Seeger, die sie mit einem eisigen Blick zur Tür führte. Charlotte sagte an der Tür: »Frau Seeger, wie standen Sie eigentlich zu Ihrer Schwägerin?«

Kalt und gefühllos antwortete sie: »Wir waren ein Herz und eine Seele. Guten Tag.«

Im Auto sagte Tom: »Ein nettes Früchtchen, diese Karin Seeger. Aber ich glaube kaum, dass sie etwas damit zu tun hat.« Charlotte antwortete: »Ja, ich wollte sie auch nicht zur Schwägerin haben, aber das muss ich ja auch nicht. Setzt du mich bei Stefan in der Klinik ab, bitte?«

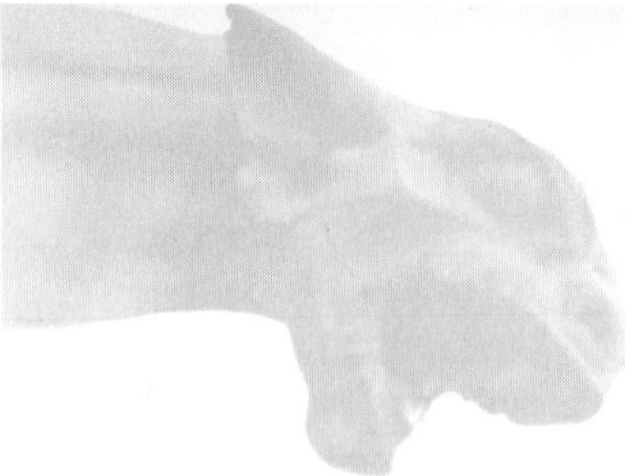

12. KAPITEL

Im Internetcafé in der Gerwigstraße saß Heck in der hintersten Ecke am PC. Er sprach leise mit Marlene, die er warm in seiner Hosentasche spüren konnte, während seine Finger schnell und gewandt über die Tastatur glitten. »Heute werden wir hoffentlich mehr erfahren. Ich bin gleich auf der Homepage der Schriftstellerin, Angelika Stab. Sie hat hier ein Forum und ich werde ihr eine Nachricht zukommen lassen.«

In das Forum schrieb er folgenden Brief:

Allergnädigste Frau Stab,
Es heißt: Ehre, wem Ehre gebührt. Und Ihnen gebührt die größtmögliche Ehre dieser Welt.
In Ihrem Buch, das ihre Lebensgeschichte so treffend beschreibt, und das ich gewiss bereits mehr als hundert Mal gelesen habe, erkenne ich auch mein Leben wieder. Dank ihrer Seiten ist es endlich erfüllt mit Lebensfreude, Lust und Leidenschaft.
Leider haben Sie keine weiteren Bücher über Ihr Leben veröffentlicht. Da wir seelenverwandt zu sein scheinen, darf ich mir gewiss die Frage erlauben, ob Sie mir persönlich weitere Details erzählen würden.
In gespannter Erwartung
Ihr stets ergebener B.

Er drückte auf die Entertaste, um den Eintrag abzuschicken und trank einen Schluck des Orangensaftes, den er sich von der Theke mit an den Platz genommen hatte. Während er auf die Antwort wartete, sah er sich auf der Homepage weiter um. Angelika Stab war eine Schriftstellerin aus Karlsruhe-Durlach, die durch verschiedene lokale Krimis weit über Karlsruhe hinaus bekannt geworden war. Ihr großer Durchbruch gelang ihr mit einem Roman, der eine Mischung aus Fantasie-Thriller und Krimi war. »Von wegen Roman. Das müsste Memoiren heißen. Sie beschreibt schließlich ihr Leben, wenn auch getarnt. Doch ich habe sie durchschaut, nicht wahr, Marlene? Ich kenne ihr Geheimnis. Das Geheimnis des Mausoleums. Ich weiß, was dort unten ist und was nur auf die Richtigen wie mich wartet.« Der Signalton der eingehenden Antwort riss ihn aus seinen Gedanken. »Marlene, sie hat tatsächlich geantwortet. Hör zu:

Lieber B.
Zuerst muss ich Sie leider enttäuschen, doch eine Fortsetzung meines Buches wird es nicht geben. Dieses Thema war für mich lediglich ein Einstieg in die Krimiwelt. Und somit kann ich Ihnen auch keine weiteren Details geben.
Mit freundlichen Grüßen
Angelika Stab

Was soll denn das sein?« rief er und schlug mit der flachen Hand auf den Tisch, so dass die umsitzenden Gäste ihre Köpfe zu ihm umdrehten und ihn verärgert ansahen. Etwas leiser zischte er: »Was meint sie denn, wen sie hier vor sich hat? Irgendeinen beknackten Leser? Wir sind gleich. Sie und ich.«

Und er hackte auf die Tastatur ein und schrieb:

Liebe Angelika Stab
So einfach ist das nicht. Wir sind gleich. Wir sind beide die Auserwählten der Bewohner des Mausoleums. Ich verstehe nicht, warum Sie mir keine weiteren Details geben wollen, da in Ihrem Buch davon gesprochen wird, dass die »Neuen« in ihr neues Leben eingewiesen werden, also alles Notwendige gesagt bekommen. Sie haben aber noch nicht alles gesagt. Bitte helfen Sie mir, ein guter B. zu werden.
Ihr ergebener, aber noch unerfahrener B.

Mit Wucht schlug er auf die Entertaste zum Absenden, was ihm wiederum böse Blicke der Umsitzenden einbrachte, ihn aber keineswegs störte. Heck saß da und nagte unablässig an seinen Fingerspitzen.

Als nach einer Stunde noch keine Antwort eingetroffen war, meldete er sich enttäuscht ab, bezahlte und ging traurig nach Hause. Er würde es morgen nochmals versuchen. Nein, erst übermorgen. Morgen war ja Feiertag. Der erste Januar. Das bedeutete, dass heute Silvester war. Er würde mit Marlene das neue Jahr ganz ruhig und friedlich beginnen. Zu Hause, mit einem schönen Bad, einem gründlichen Schliff und dem unbeschreiblichen Gefühl, das neue Jahr richtig zu beginnen.

»Morgen Charlotte, 'tschuldigung.« Tom war spät dran. »Ich weiß, in einer halben Stunde beginnt unsere erste Teambesprechung. Aber ich war bei Tanja.« Er verdrehte lustvoll die Augen. »Und wie war es bei dir?«

Charlotte war gestern bis spät abends in der Klinik geblieben. Stefan hatte ihr seine Ergebnisse gezeigt und erklärt. Ganz schrecklich war die Tatsache, dass Ludmilla Seeger in der dreizehnten Woche gewesen schwanger war. Ob ihr Mann das gewusst hatte? Sie bezweifelte es. Er hätte es gewiss gesagt.

Ansonsten war fast alles wie bei Marlene Schmidt. Keinerlei Spuren von Gewalt, außer den Schnitten, die lediglich wieder nachträglich mit der Rasierklinge aus ihrer Hand einige Male nachgezogen worden waren, um den Anschein eines Selbstmordes zu erwecken. Und wieder Talkumspuren an den Händen des Opfers, was darauf hinwies, dass der Täter Latexhandschuhe getragen haben könnte, die mit Talkumpuder eingestäubt waren. Und wieder hatte er die Hände des Opfers, aus welchen Gründen auch immer, hochgehalten oder festgehalten. Vielleicht nur, um die Schnitte besser setzen zu können. Ansonsten keine fremden Fingerabdrücke, keine Haare, keine fremden DNA-Spuren, einfach nichts.

Allerdings hatte Stefan mit einem Kollegen telefoniert, weil er bei der ausgetretenen Blutmenge auf Unstimmigkeiten gestoßen war, aber Charlotte seine Vermutung noch nicht mitteilen wollte, ehe er nicht das Ergebnis seines Kollegen vorliegen habe. Der Rückruf würde heute im Laufe des Morgens erfolgen.

»Dann werden wir wohl heute das volle Programm haben. Frau Gruber hat uns eine Einsatzzentrale am Ende des Ganges einrichten lassen. Gehen wir sie mal besichtigen. Und nimm' deine Pinwand mit.«

Tom nahm die Pinwand ab und trug sie hinter Charlotte her. Die Einsatzzentrale war im Konferenzraum eingerichtet worden. Verschiedene Tische mit Telefonen, Faxgeräten, Computern und Druckern standen verteilt in dem großen Raum, in dem schon so manche Betriebsfeier stattgefunden hatte. Ein Overheadprojektor, ein Beamer mit aufgerollter Leinwand, sowie ein alter Diaprojektor standen aufgereiht an der Wand. An der rechten Seite hing eine riesige weiße Kunststofftafel, mit abwaschbaren Stiften in allen Farben. Unter der Fensterreihe standen ein Kühlschrank, der schon immer hier war, und eine große Kaffeemaschine mit entsprechend vielen Tassen. Charlotte nickte staunend und sagte: »Da bleiben fast keine Wünsche mehr offen, oder Tom?«

»Nein, damit kann man arbeiten. Jetzt müssen nur noch die Kollegen stimmen. Was meinst du, wen sie ausgesucht hat?«

Charlotte suchte sich einen Tisch aus und setzte sich zur Probe auf den Stuhl. »Ich gehe mal stark davon aus, dass sie Caspari und Mollinger ins Team berufen hat. Wer die anderen beiden sein könnten ... keine Ahnung.«

So nach und nach trafen alle ein, begrüßten Charlotte und Tom mit Handschlag und setzten sich mit Kaffee an einen der Tische. Charlotte hatte den größten Tisch für sich und Tom ausgesucht. Sie hatten schließlich die Leitung.

Es war kurz vor acht, als Frau Gruber mit zwei Männern und zwei jungen Frauen den Raum betrat. Charlotte erkannte in den beiden Männern Caspari und Mollinger. Die zwei arbeiteten schon lange in der gleichen Abteilung, hatten aber bisher nie mit Tom und ihr zusammen gearbeitet. Vom Hörensagen waren die beiden gut, aber auch sehr von sich eingenommen. Sie nickten überheblich in die Runde, was diesen Eindruck nicht gerade abschwächte. Die beiden Frauen waren hübsch, was den einen oder anderen Kollegen einen leisen Pfiff ausstoßen ließ. Charlotte sah auch Tom große Kinderaugen machen. Sie beobachtete die beiden Frauen. Ist gar nicht schlecht. Es kann nichts schaden, zwei hübsche junge Frauen im Team zu haben. Da huschten die pfaueneitlen Männer eher und übertrumpfen sich gegenseitig. Ein gekonnter Zug von Frau Gruber.

Die Staatsanwältin stellte sich in die Mitte des Raumes, blickte sich um und ergriff das Wort: »Meine Damen, meine Herren. Sie wissen weshalb Sie hier sind. Sie haben alle die Kopien der Akten Schmidt und Seeger erhalten. Für die Dauer der Ermittlungen in diesen beiden Fällen werden Sie zusammen arbeiten und den Mörder so schnell wie möglich dingfest machen. Ich darf Ihnen noch die beiden Damen hier vorstellen. Frau Sarah Jäger und Frau Verona Busch. Beide kommen direkt vom Bundeskriminalamt und absolvieren hier bei uns ihr Praxissemester. Ich erwarte einen entsprechenden Umgang.« Sie sah dabei Caspari und Mollinger scharf an. »Die Leitung hat Frau Krüger, die Ihnen allen gut bekannt sein dürfte. Ihren Weisungen hat jeder hier zu folgen. Und nun wünsche ich allen viel Erfolg. Frau Krüger wird noch einiges zu sagen haben.« Sie nickte Charlotte aufmunternd zu und setzte sich an deren Schreibtisch.

Charlotte sah in die doch sehr gemischte Runde und sagte ruhig: »Ich denke, jeder hier kennt seine Stärken. Und nach diesen Stärken sollten wir die Aufgaben verteilen. Ansonsten erwarte ich lediglich vollen Einsatz von Ihnen. Sollten Probleme auftreten, welcher Art auch immer, bitte ich Sie, sich an mich zu wenden. Jetzt schließe ich mich der Staatsanwältin an und wünsche uns allen viel Erfolg.«

Alle Kollegen klopften zur Anerkennung mit den Knöcheln auf die Tischplatten.

Nachdem sich Frau Gruber verabschiedet hatte, stellte Charlotte den beiden BKA-Praktikantinnen die restlichen Kollegen namentlich vor und ermunterte sie lächelnd, sich ja nicht von diesen »Kripotypen« unterkriegen zu lassen. Die beiden machten den Eindruck siamesischer Zwillinge. Sie gingen im Gleichschritt nebeneinander her, begrüßten die Kollegen mit eher laschem Händedruck und sagten kein Wort.

Charlotte ließ die beiden nicht aus den Augen. Wie die wohl zum BKA gekommen waren? Aber irgendetwas mussten sie haben, sonst wären sie nicht hier. Da war sie sich sicher. Frau Gruber hatte sie nicht umsonst ins Team geholt. Doch was konnte das sein?

Die Begrüßungsrunde war vorbei. Alle hatten ihre Plätze eingenommen und der zweite Kaffeebecher stand vor den meisten auf dem Tisch. »Dann sollten wir jetzt mal anfangen«, rief Charlotte in den Raum. »Wie alle Sonderkommissionen brauchen wir einen Namen. Vorschläge?« Verschiedene Namen wurden gerufen, Tom notierte alle Vorschläge auf der weißen Tafel. Nach etwa zehn Minuten hatten sie sich auf den Namen »SoKo Doppelklinge« geeinigt, der wohl den Tathergang am ehesten traf. Die Details wurden auf die gereinigte Tafel in zwei Spalten eingetragen. Fehlende Informationen wurden mit Fragezeichen ersetzt. »Die Fragezeichen werden in den nächsten Tagen unsere Aufgaben sein. Jeder nimmt sich eines davon und versucht, es so gut wie möglich zu lösen. Wir brauchen mehr Informationen. Diese können wir nur durch gezielte Befragungen im Umfeld erhalten. Auffälligkeiten in der Umgebung, Besonderheiten am Arbeitsplatz. Wir haben keine Verbindung zwischen den beiden Opfern. Wir wissen nicht, wer und warum er, oder sie, die beiden Frauen getötet hat.« Caspari meldete sich zu Wort: »Was ist mit der Meier? Ist die abgehakt?« Charlotte räusperte sich und antwortete: »Der Fall Sabrina Meier muss leider als gelöst angesehen werden. Es handelt sich bei ihr anscheinend tatsächlich um Selbstmord. Und es gibt keine Verbindung zu den beiden anderen Fällen.« Ihr Handy meldete sich wieder mit dem Rufzeichen von Linus, was ihr ein Grinsen ihrer Kollegen bescherte. Charlotte spürte die Wärme in ihrem Gesicht. Sie wurde tatsächlich rot und meldete sich: »Krüger.« Am anderen Ende meldete sich Stefan. »Ich habe gerade den Rückruf meines Kollegen erhalten.«

»Und? Sag' schon.«

»Mein Verdacht hat sich bestätigt. Bei der Leiche von Ludmilla Seeger fehlt etwa ein Liter Blut.«

»Was?«, rief Charlotte so laut, dass sich alle nach ihr umdrehten. »Sag' das noch mal.«

»Es fehlt ungefähr ein Liter Blut. Ich habe den Tatort genauestens untersucht und mir die Aufzeichnungen noch einmal alle genau durchgesehen. Die Obduktion ergab Verbluten als Todesursache. Doch die ausgetretene Blutmenge, die wir am Tatort gefunden haben, reicht bei weitem nicht zum Verbluten aus. Zum Blutspenden kann sie auch nicht gewesen sein, sonst hätte ich wohl Einstichstellen finden müssen.«

»Das ergibt doch keinen Sinn.« Die Kollegen blickten sie still an und versuchten, dem Gespräch Informationen zu entnehmen.

»Welchen Sinn ergibt Mord überhaupt? Die Blutmenge

im menschlichen Körper ist von Größe, Gewicht und Statur abhängig. Beim Verbluten verliert der menschliche Körper nur die Menge Blut, die vom schlagenden Herzen nach außen gedrückt wird. Hört das Herz auf zu schlagen, wird auch kein Blut mehr aus den Wunden austreten. Also kann ich hier ungefähr ausrechnen, wie viel Blut am Tatort hätte sein müssen. Der Bericht ist schon fertig. Ich lasse ihn dir gleich vorbei bringen.«

»Das ist nett. Wir sind hier noch in der ersten Teambesprechung.«

»Das heißt, du kannst nicht so reden. Hm ... ich freue mich auf heute Abend. Du auch?« Er lachte laut, denn er wusste, wie unangenehm es Charlotte sein musste, hier vor so vielen Kollegen zu stehen und etwas Privates ins Telefon sagen zu müssen. Daher nahm er ihre kurze Antwort auch nicht übel als sie lediglich »Ja« sagte, ohne jegliche Regung in der Tonlage.

»Ich bin ja gar nicht so. Bis heute Abend dann. Viel Spaß noch mit den vielen Männern. Aber nur schauen, nicht anfassen.« Er lachte noch einmal und legte dann auf. Charlotte drehte sich zu ihrem Team um, das sie gespannt ansah. Sie ging zur Tafel und begann zu schreiben, während sie sagte: »Wir haben einen neuen Hinweis im Mordfall Seeger. Bei der Leiche, beziehungsweise am Fundort, fehlt etwa ein Liter Blut.« Ein Raunen ging durch den Raum. »Was ist damit geschehen? Hat der Täter es mitgenommen, und wenn ja, warum? Die Blutmenge bei Marlene Schmidt ist leider nicht mehr rekonstruierbar, aber ein Fehlen kann auch hier nicht ausgeschlossen werden.«

»Vielleicht ein Vampir?«, witzelte Caspari von seinem Platz am Fenster, bekam aber nicht die erwarteten Lacher zurück. Lediglich Mollinger lachte laut über diesen schlechten Witz.

»Bitte machen Sie sich entsprechende Gedanken über diese Fragen. Der kleinste Hinweis könnte von Wichtigkeit sein.«

Sie ging zurück an ihren Tisch. »Wir treffen uns morgen, in Anbetracht der Tatsache, dass heute Silvester ist, erst um zehn Uhr. Und bitte, auch wenn ich es normalerweise nicht betonen müsste, absolutes Stillschweigen der Presse gegenüber.«

Als endlich alle gegangen waren, stand Charlotte bedrückt vor der großen Tafel. »Du kannst sie noch so beschwören. Sie wird dir nichts sagen. Wir müssen es selbst herausfinden.« Tom legte seinen Arm um sie. »Das hast du übrigens toll gemacht, vorhin. Ich bin stolz auf dich.«

»Danke, und jetzt geh' du auch, sonst wartet deine …?«

»Tanja.«

»Ja, deine Tanja. Du weißt doch. Frauen soll man nicht so lange warten lassen. Verschwinde schon.«

Tom drückte Charlotte einen Kuss auf die Wange und sagte grinsend: »Einen guten Rutsch. Und dass du mir anständig bleibst.«

»Dito. Ich weiß, wo meine Grenzen sind.« Sie lachten beide und verließen gemeinsam das Büro.

Nach ein bisschen notwendiger Hausarbeit, Schmusezeit mit Shirley und kleineren Einkäufen stellte sich Charlotte erschöpft unter die Dusche und genoss den warmen Wasserstrahl auf ihrer Haut. Sie kam ins Grübeln. Warum fehlte Blut? Was machte ein Täter mit einem Liter Blut? Er musste es irgendwie transportieren. Selbst wenn man von der absurden Vampirtheorie ausging: an Ort und Stelle könnte er es nicht getrunken haben, sonst hätte Stefan DNA-Spuren finden müssen. Also musste er, oder sie, es in ein Behältnis gefüllt haben. Aber wozu? Ritualmord? Da passte der Rest überhaupt nicht dazu. Doch Vampir? Es gibt keine Vampire. Aber vielleicht Irre, die glauben Vampire zu sein. Gab es da vor Jahren nicht so einen Fall in Hamburg? Ein Mann zerrte Passanten in seinen VW-Bus, biss sie in den Hals und trank deren Blut? Ja, der war geisteskrank gewesen, machte aber auch keine Anstalten, zu verhindern, dass er geschnappt würde. Der Täter hier agierte vorsichtig, hinterließ keine Spuren und gab keine Hinweise, wie es für Serientäter sonst üblich war. Er passte in kein bekanntes Schema. Sie versuchte sich einen Liter Blut, abgefüllt in einer Colaflasche, vorzustellen. Unmöglich. Um das Blut in eine Flasche zu füllen, müsste man einen Trichter benutzen. Sie konnte nicht glauben, dass ein Täter so viele Utensilien mit an einen Tatort nehmen würde. Das musste doch auffallen. Das war noch so ein Punkt. Wie konnte er oder sie die Opfer überwältigen, ohne dass es jemand mitbekam? Betäubte er sie wirklich, wie sie vermuteten? Auch bei der Seeger hatte Stefan die gleichen Faserspuren in den Bronchien gefunden wie schon bei der Schmidt. Aber womit betäubte er sie? Laut Stefan konnte es kein Chloroform, Äther oder Ähnliches sein. Er kannte nur ein Inhalationsnarkotikum, das auf der Mundschleimhaut keine Spuren hinterließ. Aber das würden eventuell die Proben aus Heidelberg ergeben. Wenn nur diese Warterei nicht wäre. Diese Untersuchungsergebnisse würden einiges klarstellen, doch bis dahin tappten sie völlig im Dunkeln.

Am Abend zog sie eine schwarze Stoffhose mit weitem Schlag und ein eng anliegendes Spitzentop an. Sie wollte weiblich aussehen. Die Haare ließ sie offen auf ihre Schultern fallen. Da sie Shirley an Silvester mit den Raketen und Böllern nicht allein zu Hause lassen wollte, legte sie ihr das Kreuzband mit Leine an und ging zu Fuß, gefolgt von der freudig umher springenden Shirley, zu den Reimers.

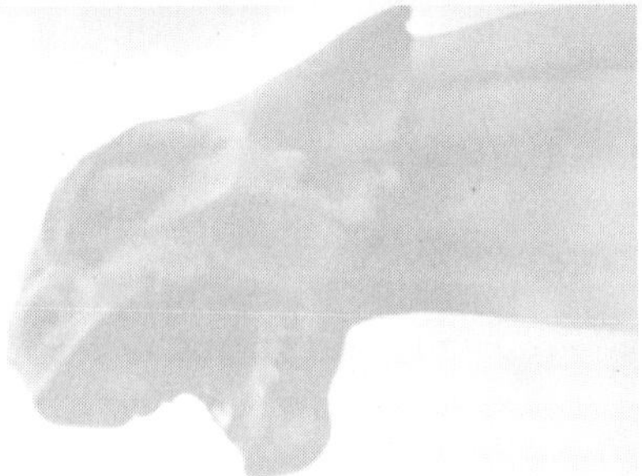

13. KAPITEL

Heck freute sich, dass das Internetcafé auch heute am Feiertag geöffnet hatte, und setzte sich wieder an den hinteren Tisch. Er rief aufgeregt die Seite von Angelika Stab auf und klickte sich ins Forum. Noch immer keine Antwort. Das konnte nur ein Fehler sein. Schnell huschten seine Finger wieder über die Tastatur. Sein Forumeintrag lautete:

> *Guten Tag, Gnädigste*
> *Ich wünsche Ihnen ein Gutes Neues Jahr. Meines wird mehr als gut werden, dank Ihnen. Sie haben vielleicht meinen letzten Forumeintrag noch nicht gelesen, denn ich warte noch immer auf Ihre Antwort. Wie bereits erwähnt, brauche ich weitere Informationen, um mein neues Leben richtig führen zu können. In Ihrem Buch geben Sie ausschließlich kurze Anrisse, aber es werden keine Details genannt. Wer so lebt wie Sie, muss doch einem Neuling Hilfestellung leisten. Sie dürfen mir Ihre Hilfe nicht verwehren, sonst kann ich kein gutes Mitglied Ihrer Sippe werden. Und das ist mein größter Wunsch.*
> *Ihr ergebener B.*

Er musste keine fünf Minuten warten, bis die Antwort auf dem Bildschirm erschien.

> *Lieber B. (wofür immer das auch stehen mag)*
> *Ich glaube Sie haben mich nicht richtig verstanden. Ich hatte Ihnen zuletzt geschrieben, dass es keine Fortsetzung geben wird.*
> *Im Übrigen schreibe ich nur frei erfundene Geschichten, die in keinerlei Zusammenhang mit irgendwelchen Erlebnissen oder gar Erinnerungen stehen.*
> *Da mein Forum ausschließlich zu informativen Zwecken geöffnet ist, und nicht für abartige Ideen, bitte ich*

Sie künftig Abstand zu nehmen von dieser Art Einträgen, die ich ab sofort löschen werde.
Freundlichst
Angelika Stab

Regungslos starrte er auf den Monitor. Er spürte die ganze Farbe aus seinem Gesicht weichen. Kalter Schweiß bildete sich auf seiner Stirn, ihm wurde übel. Er ballte die Hände zu Fäusten, schlug sie mit einem lauten Krachen auf den Tisch und schrie: »Nein!«

»Hey, Sie da«, rief der Kaffeebetreiber von der Theke am Eingang. »Was soll das?«

Doch Heck bemerkte ihn gar nicht, sondern hackte wütend folgende Zeilen ein:

Sie glauben mir nicht, dass ich ein wahrer Auserwählter bin? Sie sollten es wissen. B. steht für Blutfänger. Sie sollten mir helfen, aber ich werde es auch ohne Ihre Hilfe schaffen. Lesen Sie Zeitung? Da finden Sie mich in den letzten Ausgaben. Und halten Sie Ausschau in den nächsten. Es werden noch viele folgen. Das war erst der Anfang.

Ohne Unterschrift schickte er den Eintrag los, meldete sich ab und warf die Internetgebühr abgezählt im Hinausgehen auf die Theke. Der Inhaber schüttelte den Kopf und sammelte die Geldstücke ein.

Außer Atem kam er zu Hause an, nahm seine Marlene und den bereits gerichteten Stoffbeutel. Aus dem Schlafzimmer holte er sich eine Fellmütze, die russische mit den Ohrenklappen, setzte sie auf und verließ eilig das Haus.

Er war außer sich vor Zorn, aber auch verstört. Wie konnte diese Frau seine Identität so negieren? Ihm den Zugang zu ihrem Forum verweigern? Ihm den Blutfängerstatus aberkennen? Er würde es ihr beweisen. Er musste es beweisen. Jetzt, egal ob es an der Zeit war oder nicht. Er musste es jetzt tun. Er konnte den Drang nicht mehr zurückhalten. Für ein Zurückziehen war es bereits zu spät.

Es war erst früher Mittag, doch das spielte für ihn momentan keine Rolle. Er brauchte jetzt sein nächstes Opfer. Er brauchte frisches Blut. Den Geruch, den Geschmack, das Gefühl der Macht und das Gefühl der Unsterblichkeit.

Da! Genau vor ihm bog eine Frau, etwa Vierzig, in eine Hofeinfahrt ein. Die war die Richtige. Er beschleunigte seinen Schritt. Die Frau warf gerade einen Plastikbeutel in die Mülltonne hinter dem Haus. »Guten Tag«, sprach sie ihn freundlich an. »Zu wem wollen Sie denn?«

Er atmete heftig ein und aus und stieß zwischen den Zähnen mehr zischend denn sprechend hervor: »Zu Ihnen.« Sie zuckte erschrocken zusammen und trat einen Schritt zurück. Sie wusste nicht, was sie tun sollte. Sie wollte an ihm vorbei, um ins Haus zu gelangen. Doch er stellte sich ihr in den Weg, während er ein dickes Mulltuch aus seiner Tasche nahm, in das etwas eingewickelt zu sein schien, und es andächtig schüttelte. Sie wollte schreien, es wurde nur ein leises Ächzen, da er ihr schnell das Tuch auf Mund und Nase drückte.

Heck wartete, bis ihre Beine nachgaben und sie zu Boden sank. Ihre Augen waren noch nicht geschlossen.

Sie musste ihm ungläubig zusehen, wie er ein Rasiermesser zog, die Klinge ausklappte und ihr langsam, aber fest, einen tiefen Schnitt in das rechte Handgelenk zog. Ein brennender Schmerz durchfuhr ihren Arm. Der Anblick ließ sie ohnmächtig werden.

»Gerda, was machst du so lange da un... Hey, Sie Arschloch, was machen Sie mit meiner Frau?« Erschrocken ließ Heck die Hand dieser Gerda fallen, packte sein noch leeres

Einmachglas ein und rannte hinaus auf die Straße und um die nächste Ecke. Erst nachdem er sich mehrfach versichert hatte, dass ihm wirklich niemand gefolgt war, ging er in seine Wohnung zurück. Er zitterte vor Zorn. Er hatte es nicht geschafft. Er hatte versagt. Das durfte nicht sein. Er hätte besser aufpassen müssen. Er hätte die Frau in die Einfahrt ziehen müssen, um zu verhindern, dass da ein Mann, der im oberen Stockwerk auf seine Frau wartete, aus dem Fenster schaute und ihn störte.

Aber zum Glück hatte er die Fellmütze getragen. Sie würden ihn nicht wiedererkennen. Und bei der Nächsten würde er geschickter vorgehen. Er durfte nicht mehr im Zorn auf Blutfang gehen. Er musste vorsichtig sein.

Das Team der SoKo Doppelklinge sah müde aus, als es sich um zehn Uhr in ihrer Einsatzzentrale versammelt hatte. Sie hatten wohl alle eine lange Nacht hinter sich. Die Silvesternacht. Etwa die Hälfte hatte frei gehabt, die andere Rufbereitschaft wie Charlotte und Tom.

»Guten Morgen. Gibt es irgendwelche Neuigkeiten?« Allgemeines Kopfschütteln. Charlotte hatte auch nichts anderes erwartet. Gestern konnten aufgrund des besonderen Datums nur sehr wenige Befragungen stattfinden. »Wenigstens haben wir kein neues Opfer. Ich schlage vor, Sie schalten Ihre Piepser ein, gehen nach Hause und ruhen sich aus. Heute können wir sowieso nichts mehr tun. Sollten sich neue Ergebnisse einstellen, werde ich Sie anpiepsen. Ansonsten sehen wir uns morgen um Acht.«

Klopfender Beifall ertönte, gefolgt von allgemeinem, langsamem Stühlerücken. Caspari und Mollinger gingen mit überheblichem Blick an Charlotte vorbei und verließen grußlos den Raum.

»Mach' dir nichts draus. Die sind sauer, weil du die Leitung hast und nicht sie. Mit denen werden wir gewiss noch unsere wahre Freude haben. Pass' also auf.«

Charlotte nickte bedrückt und sagte: »Geh' doch auch noch ein bisschen schlafen. Ich rufe dich, falls etwas sein sollte.«

»Ich bleibe. Tanja war eh zickig gestern. Da kommt mir der Dienst gerade recht. Was ist mit dir? Du könntest doch noch ein bisschen Zeit mit deinem Engels verbringen. Der hat doch bestimmt frei heute, oder?« Er rollte mit den Augen.

»Ich habe die Leitung übernommen, dann muss ich wohl bleiben.« Sehr überzeugend kam das nicht für Tom rüber, da sie aber nichts mehr sagte, ließ er sie in Ruhe und bohrte nicht in etwas, das er nicht einschätzen konnte.

Sie warf ihm einen dankbaren Blick zu und ordnete die Notizen neu. Sie suchte eine Verbindung, oder eine Ähnlichkeit der Opfer. Alter, Größe, Haarfarbe, Wohnort, Arbeitsplatz, Gewohnheiten, Tatort. Es war zum Verrücktwerden. Keine Übereinstimmungen, außer dass es sich um Frauen handelte. Sie warf Tom einen fragenden Blick zu und sagte: »Die einzige Übereinstimmung, die wir bisher feststellen konnten, ist das Geschlecht. Wir haben also vermutlich einen Frauenmörder. Und einen, der irgendwie Blut entwendet und mitnimmt ... was macht er damit?« Sie stützte den Kopf in ihre Hände. »Mich würde brennend interessieren, ob bei den anderen Opfern ebenfalls Blut fehlte. Doch das werden wir wohl nie herausfinden.«

»Vergiss' nicht. Sabrina Meier gilt nicht als Opfer. Wir haben also bisher zum Glück nur zwei.«

»Ich kann Sabrina Meier nicht einfach abhaken. Sie bleibt für mich für diese Ermittlungen relevant. Vielleicht haben wir nur etwas übersehen. Vielleicht hat der Täter auch erst nach dem Mord an ihr die zweite Tatwaffe erhalten oder wie auch immer. Ich glaube fest daran, dass sie ebenfalls ein Opfer war.«

Tom ging zur Tafel und stellte sich breitbeinig davor, um einen gesamten Überblick zu haben. »Die anderen beiden stammen aus der Oststadt, wurden auch in der Oststadt umgebracht. Was ergibt es dann für einen Sinn, Sabrina Meier aus der Humboldtstraße?« Über die Schulter sah er zu Charlotte, die noch immer den Kopf in die Hände gestützt hatte.

»Vergiss' nicht, sie arbeitete in der Oststadt in diesem Technologiepark.« Sie hob den Kopf und sah Tom ins Gesicht. »Ich möchte dort auch gerne morgen hin, um ihre Kollegen zu befragen. Es kann ja nichts schaden, oder? Und die Gruber muss es nicht wissen.«

Tom zog die Augenbrauen nach oben. »Du bist mir so eine SoKo-Leiterin.«

Das Telefon ließ beide zusammenfahren. Tom nahm ab. »Ja ... Wann? ... Wo? Bleiben Sie bitte vor Ort, wir kommen sofort.« Er legte den Hörer auf und strahlte Charlotte an. »Wir haben ihn.«

Charlotte riss überrascht und freudig zugleich die Augen auf und sprang von ihrem Stuhl. »Wie? Wo? Ist er verhaftet?«

Tom hielt seine Hände abwehrend vor seine Brust. »Nicht so schnell. Beruhige dich erst mal. Nein, er wurde nicht verhaftet, aber wir haben Zeugen. Vor etwa einer halben Stunde hat er versucht, sein nächstes Opfer aufzuschneiden. Lass' uns zum Tatort fahren.«

Auf der Fahrt in die Oststadt erzählte Tom weiter: »Ein Herr Tobias Falk vom Oststadtrevier hat angerufen. Kennst du den?«

»Das war doch der Nette, für den du Kaffee geholt hast.« Charlotte grinste über beide Ohren und Tom senkte verlegen den Kopf. »Lohnt sich wohl doch, freundlich zu sein. Oder glaubst du, der hätte so schnell bei uns angerufen?«

»Vielleicht sollte ich künftig auch netter sein zu den Politessen.« Er verzog das Gesicht. Strafzettel waren seine große Sammelleidenschaft. Er schaffte es, an einem Tag bis zu drei verschiedene Strafzettel zu bekommen. Das würde ihm irgendwann ein Disziplinarverfahren einbringen. »Der Täter wurde gestört. Sein neues Opfer hat überlebt und liegt in der Vincentius-Klinik. Ihr Ehemann hat den Täter überrascht, ihn verjagt und Polizei und Krankenwagen informiert.«

»Hat ihn verjagt?« Ungläubig sank Charlotte auf dem Beifahrersitz in sich zusammen.

»Das soll dir dein Tobias erzählen. Ich habe ihn gebeten dort zu bleiben, bis wir kommen.«

»Ist die KTU verständigt?«

»Ähm, nein,« murmelte Tom kleinlaut. Charlotte schnaubte genervt, zog ihr Handy und wählte die Nummer des Kriminaltechnischen Instituts. »Engels.« Sie zuckte zusammen. Mit Stefan hatte sie nun wirklich nicht gerechnet. »Hallo, wer ist denn da?« Stefan war nicht gerade gut gelaunt und wollte schon wieder auflegen, als sich Charlotte meldete: »Ich bin's, Charlotte.«

»Warum rufst du nicht auf meinem Apparat an?«

»Ich wollte dich eigentlich gar nicht, ich brauche nur deine Techniker der KTU. Wir haben hier einen Tatort in der Oststadt, aber das Opfer hat überlebt.«

»Und mich wolltest du da nicht dabei haben? Habe ich da etwas verpasst?« Stefans Ton wurde von Wort zu Wort ungehaltener. »Ist es wegen gestern? Ich wüsste allerdings nicht, was ich falsch gemacht haben sollte.«

»Lass uns das bitte nicht jetzt besprechen, ja? Der Tatort ist in der ...« sie blickte Tom fragend an, der ihr den Straßennamen und die Hausnummer zuflüsterte. »In der Hölderlinstraße, im Hinterhof. Wir sind fast da. Bis gleich.«

Sie legte auf. Tom zog die Augen zu schmalen Schlitzen und sah sie fragend von der Seite an. »Was um alles in der Welt hast du nun wieder verbockt?«

»Nicht jetzt, vielleicht ein anders mal, ja?«

Sie wollte jetzt nicht reden. Sie wusste selbst, dass sie gerade dabei war, eine wunderbare Freundschaft zu zerstören, und die feinen Bande, die da vielleicht doch hätten fester werden können, mit beiden Händen in kleine Fetzen riss. Dabei hatte alles so schön begonnen. Bei Gisela im Wohnzimmer hatten sie gesessen. Shirley und Leni hatten sich auf Stefans Schoß breit gemacht, der neben Charlotte auf dem Zweiersofa saß. Gisela und Walter hatten es sich ihnen gegenüber gemütlich gemacht. Sie hatten Feuerzangenbowle getrunken, Leni bekam Kinderpunsch, kleine Häppchen gegessen und Trivial Pursuit gespielt. Gegen Elf hatten sie das obligatorische Bleigießen ausgepackt und saßen lachend um die Wasserschüssel herum, in der die gegossenen Bleifiguren sofort begutachtet und gedeutet wurden. Auf der Rückseite der Packung waren die einzelnen Figuren und ihre Bedeutung aufgelistet. Man musste natürlich solange drehen und wenden, bis man auch ja einen Gegenstand erkennen konnte, der tatsächlich auf dieser langen Liste stand. Was hatten sie Spaß gehabt. Bis Charlotte an der Reihe war. Sie kippte ihr geschmolzenes Blei in einem eleganten Schwung vom Löffel in das Wasser. Es entstand ein wunderschönes gleichmäßiges Hufeisen. Hocherfreut hatte sie es herausgenommen und Leni in die Hand gelegt. Bei diesem Guss war nichts zu deuten. Es war einfach ein Hufeisen. Gisela hatte die Liste in der Hand, strahlte erst Stefan und dann Charlotte an. »Hier steht: Es erwartet dich eine feste Bindung.« Gisela strahlte, Walter grinste, Leni kicherte, Stefan lachte und Charlotte ... weinte. Sie könnte sich jetzt noch in den Hintern treten, bei dem Gedanken daran. So blöde. Und was hatte Stefan getan? Nichts. Einfach nichts. Er überging einfach ihre Tränen und goss mit Leni weiter Fische und Kröten und irgendwelche undefinierbaren Knubbel.

»Charlotte, aussteigen, wir sind da.« Sie hatte nicht bemerkt, dass Tom das Auto geparkt hatte, ausgestiegen war und ihr nun die Türe aufhielt. Sie schüttelte die Gedanken ab und folgte Tom in den Hof. In der Einfahrt trat der Beamte Falk auf sie zu. »Hallo Frau Krüger. War doch gut, Sie gleich anzurufen. Wir haben auf dem Revier die Order, achtsam zu sein.« Er strahlte sie an und begleitete sie in den Hinterhof, da hier aber nicht all zu viel zu sehen war, gingen sie wieder zurück in die windgeschützte Einfahrt.

»Das haben Sie hervorragend gemacht. Sie haben bestimmt auch schon Informationen für uns.«

»Klar.« Sein Notizblöckchen hielt er bereits in der Hand. »Frau Gerda Ratzel war bei den Mülleimern. Weil sie so lange brauchte, rief ihr Mann, Olaf Ratzel, aus dem Küchenfenster nach unten und sah einen Mann in einem langen schwarzen Mantel, der neben seiner am Boden liegenden Frau kniete. Eine russische Fellkappe hatte er auf, sagt Herr Ratzel. So eine, bei der man die Ohren zuklappen kann.« Um die Beschreibung genauer zu machen, zog er mit beiden Händen die imaginären Fellklappen über die Ohren. »Eine Tasche des Amts für Abfallwirtschaft hatte er auch bei sich. An mehr konnte er sich nicht erinnern. Er ist mit seiner Frau ins Krankenhaus gefahren.«

»Hallo Charlotte, wohin müssen wir?« Stefan war mit seinen Leuten eingetroffen. Sein Tonfall war eisig. Ihr Magen krampfte sich zusammen. Zu gerne hätte sie ihn in den Arm genommen und gesagt: »Entschuldigung.« Aber das ließ ihr verdammter Stolz nicht zu, außerdem waren sie dienstlich hier. »Hinten im Hof, der Tatort ist so gut wie möglich gesichert worden. Allerdings haben Polizei, Sanitäter und der Ehemann des Opfers wohl die meisten Spuren unbrauchbar gemacht. Ich melde mich später bei dir.«

Etwas zu barsch wandte sie sich wieder an Falk: »Noch etwas?« Verdutzt schüttelte er den Kopf. »Tom, wir gehen«, rief sie in den Hof. »Bis bald, Herr Falk und danke.« Das kam wieder etwas freundlicher und ließ ihn ein Lächeln erwidern.

»Was ist los? Wohin gehen wir?« fragte Tom auf dem Weg zum Auto.

»Ins Krankenhaus, Frau Ratzel und ihren Mann befragen«, blaffte sie.

Im Auto startete Tom den Wagen nicht, sondern wandte sich Charlotte zu und sah ihr direkt in die Augen. Verlegen senkte sie ihren Blick und starrte ihre Schuhe an.

»Raus' mit der Sprache. Was ist passiert? Und ich fahre erst los, wenn ich weiß, was zwischen euch war.« Sie kannte Tom gut genug, um zu wissen, dass er Ernst machen und bis in die Nacht hier stehen bleiben würde, wenn sie ihm jetzt nicht die Geschichte erzählte.

Es sprudelte alles aus ihr heraus. Der ganze Abend, die Feuerzangenbowle, Leni und Shirley auf Stefans Schoß, das Bleigießen und dann Mitternacht. »Ich hatte mich recht schnell wieder gefangen, doch als um Mitternacht die Glocken anfingen zu läuten, die Raketen stiegen und Gisela von ihrem Walter und Leni geküsst wurde, hatte Stefan mich sanft zu sich herangezogen, mir liebevoll in die Augen gesehen und gesagt: ›Ein Gutes Neues Jahr, Charlotte.‹ Noch bevor ich antworten konnte, hat er mich geküsst. Nur ganz kurz und abwartend. Und ich blöde Kuh erwiderte seinen Kuss nicht, sondern schob ihn von mir und antwortete: ›Dir auch Stefan.‹ Und dann gingen wir vor das Haus, mit Leni die Raketen bewundern und ... Tom, ich war so traurig.«

Tom zog sie zu sich heran und ließ sie ihren Kopf auf seine Schulter legen, während er seinen Arm um ihre Schulter gelegt hatte und sie streichelte.

»Vermutlich habe ich einen innigen Kuss erwartet. Den hätte ich wahrscheinlich besser zurückweisen können, aber so. Ich war einfach total durcheinander und meine Gefühle

Stefan gegenüber waren und sind ein einziges Chaos. Ich weiß nicht, was ich tun soll.«

Tom reichte ihr ein Taschentuch und antwortete leise: »Was sagt deine Gisela immer? Du musst deine Gefühle zulassen. Gib' ihm doch endlich eine Chance. Wenn du es nicht probierst, kannst du auch nicht wissen, ob es gut geht.«

»Oder schief geht«, kam schniefend die Antwort. Sie richtete sich wieder auf und schnäuzte ins Taschentuch.

»Oder schief geht. Na und? Was hast du denn zu verlieren? Deine Unschuld wohl kaum. Und alles andere, mein Gott, Charlotte.« Tom küsste sie auf die Wange, startete den Wagen und fuhr in Richtung Vincentius-Klinik.

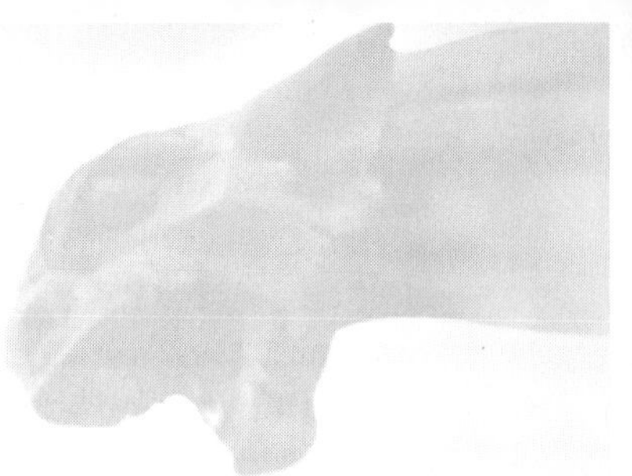

14. KAPITEL

Eine schreckliche Nacht lag hinter ihm. Er hatte Alpträume. Die Polizei war hinter ihm her gewesen. Marlene in seiner Hand hatte ein Gesicht und lachte ihn hämisch aus. Sie rief immer wieder »Du Versager!« Und Heck rannte. Rannte nur mit seinem Mantel bekleidet ohne Schuhe durch die Straßen. Plötzlich stand er vor einer riesigen Mauer, drehte sich um und sah in die Gesichter vieler Frauen und Männer, die alle aufgeschnittene Pulsadern hatten und totenbleich mit den Fingern auf ihn deuteten, während das Blut aus den Schnittwunden ihrer Handgelenke tropfte. An der Spitze erkannte er seine Mutter. Ein Elektrokabel war um ihren Hals geschlungen. Das Ende schwang langsam hin und her. Gemeinsam kamen sie ganz langsam Schritt für Schritt auf ihn zu, mit ihren ausgestreckten Händen. Und plötzlich konnte er die Stiche in seinem Körper spüren. Sie stachen ihre langen, kalkweißen Zeigefinger in seinen Körper. Seine Mutter lächelte ihn an und bohrte ihre Finger besonders tief in seine Brust.

Schweißgebadet wachte er auf. Es war bereits acht Uhr morgens. Seine Mutter. Seit Jahren hatte er nicht mehr an sie gedacht. Warum er ihr letztendlich das Kabel um den Hals gelegt und zugezogen hatte, bis sie sich nicht mehr rührte, wusste er schon nicht mehr. Es war an seinem vierzehnten Geburtstag gewesen. Er hatte sie auf den Speicher geschleppt und mit irrsinnigem Kraftaufwand an den Haken am Dachbalken gehängt. Keiner war damals auf die Idee gekommen, der ruhige und nette Junge hätte etwas mit dem Tod seiner armen Mutter zu tun. Er rieb sich die Augen, schüttelte die Träume ab und wusste, was zu tun war. Er hatte seinen Drang nicht stillen können. Das Buch sagte, es gäbe nur zwei Möglichkeiten. Die erste hatte nicht funktioniert, so musste er zu der unschönen Alternative greifen. Ihn grauste davor, denn versucht hatte er es bisher noch nicht. Aber er brauchte dringend das für ihn so notwendige Blut und er hatte gestern zu unvorsichtig gehandelt. Das musste er unbedingt vermeiden.

Wieder schweiften seine Gedanken zurück zu seiner Mutter. Keine Sekunde hatte er bereut, sie endlich mundtot zu machen. Was hatte sie auch immer auf ihn einreden müssen? »Mein Jüngelchen. Tu' dies, tu' das. Du bist doch jetzt der Herr im Haus.« Seit dem Tod seines Vaters, dem Hurensohn, redete sie den ganzen Tag und tätschelte ihm dabei immer die Wange. Sein Vater hatte sie beide geschlagen und ständig angebrüllt. Bis er eines Tages im Suff, beim Bierholen; die Kellertreppe hinuntergefallen war. Dass er selbst nachgeholfen hatte, konnte niemand ahnen. Er war damals gerade zehn Jahre alt gewesen.

Er zog sich schnell noch einmal die Kleidungsstücke des Vortages an, schlüpfte in seine Schuhe und zog einen hellbraunen Übergangsmantel aus dem Schrank. Nach dem Vorfall gestern musste er sich anders kleiden, um nicht erkannt zu werden. Bestimmt waren der Mantel und die Fellmütze ein Hauptansatzpunkt der Polizei bei der Suche nach ihm.

Seine Eltern waren längst verrottet. Und der Gedanke daran ließ ihn zufrieden lächeln.

In der Lachnerstraße gab es eine kleine Metzgerei. Die war sein Ziel. Freundlich, wie immer, verlangte er ein Pfund frische Schweineleber, bezahlte und ging guten Mutes wieder nach Hause. Die Zeitung seines Nachbarn klemmte er sich wieder unter den Arm und stieg hinauf in seine Wohnung.

Die Tüte mit der Leber legte er in der Küche auf den Tisch, ging die Schuhe ausziehen und den Mantel aufhängen. Wieder in die Küche zurückgekehrt, setzte er sich an den Tisch und betrachtete die Tüte der Metzgerei. Ein lustig grinsendes, rosafarbenes Schwein war abgebildet und schien über Würste zu springen. Er schob sie beiseite und schlug die Zeitung auf. Es dauerte nicht lange, bis er fand, was er suchte.

Tarnt Mörder seine Taten als Selbstmord?
Bereits mehrere Frauen fielen noch im alten Jahr einem Täter zum Opfer, der seinen Opfern die Pulsadern aufschneidet, um es wie Selbstmord aussehen zu lassen. Staatsanwaltschaft und Polizei hüllen sich in Schweigen. Treibt ein Serienmörder in Karlsruhe sein Unwesen? Bisher keinerlei Spuren. Wir werden weiter berichten.

Er starrte den Artikel an, überflog ihn mehrfach und wusste nicht, ob er sich nun freuen sollte, dass er bereits das dritte Mal in der Zeitung erschien, oder ob er sich fürchten sollte, da seine Tarnung mit dem Selbstmord aufgeflogen war. Er würde künftig vorsichtiger sein, entschied sich aber sein Prinzip beizubehalten, denn er hielt es weiterhin für richtig.

Er öffnete die Tüte und zog den durchsichtigen Plastikbeutel, der zugeknotet war, heraus und ließ ihn auf der linken Handfläche hin und her schaukeln. Es war kein erhabenes Gefühl. Eher unangenehm. Die Kälte der Leber setzte sich in seiner Hand fest und kroch in die Fingerspitzen.

Es musste sein. Sonst würde er noch unsinniger vorgehen als gestern. Er öffnete den Knoten des Beutels und roch hinein. Er zuckte zurück. Roch das widerlich. Kein Vergleich mit dem warmen süßlichen Duft, den er sonst erleben durfte.

Er holte eine Schüssel, ließ die glitschige Leber hineingleiten und warf den Beutel mitsamt der Metzgertüte in den Mülleimer. Wieder setzte er sich an den Tisch. »Reiß' dich zusammen. Du bist ein Blutfänger und Blutfänger essen rohe Schweineleber, um zu überleben, solange sie kein frisches menschliches Blut haben können, es aber brauchen.« Und wie er es brauchte. Seine Schläfen pochten und sein Herz schlug wie wild in seiner Brust. Seine Hände griffen gleichzeitig in die Schüssel, umklammerten den kalten, weichen, blutigen Klumpen Leber und führten ihn zu seinem geöffneten Mund. Er musste sich überwinden, um hinein zu beißen. Ein großes Stück lag in seiner Mundhöhle. Er schaffte es nicht, es zu kauen. Am Stück würgte er es hinunter. Ein Schauer überlief ihn. »Du bist ein Blutfänger. Stell' dich nicht so an«, schalt er sich und biss diesmal beherzter in die rohe, vor Blut triefende Leber. Er schloss die Augen und kaute. Der nächste Biss ging schon leichter und noch einer. Nach etwa der Hälfte legte er den Rest zurück in die Schüssel, wischte sich den Mund ab und sah zufrieden aus dem Fenster. Er dachte an den Albtraum der Nacht zurück und hörte Marlene wieder sagen: »Du Versager!« Ein Ruck ging durch seinen Körper, ein Schütteln. Er sprang entsetzt auf, rannte ins Badezimmer und übergab sich jämmerlich.

Der Besuch in der Vincentiusklinik am Vortag war nicht gerade erfolgreich gewesen. Gerda Ratzel durfte noch nicht befragt werden. Ihr Ehemann, Herr Ratzel, erzählte Charlotte und Tom dasselbe, was er bereits dem Beamten Falk gesagt hatte. Er hatte das Gesicht des Täters nicht erkennen können. Alleine die Statur und die Bewegung ließen ihn auf einen Mann schließen. Frau Ratzel musste sich einer komplizierten Operation unterziehen, bei der die Verletzung am Handgelenk durch einen Handchirurgen gerichtet und genäht wurde. Das Komplizierte dabei waren die Sehnen. Sie waren durch den tiefen Schnitt ebenfalls vollständig durchtrennt worden. Charlotte hatte einen Beamten zum Personenschutz vor dem Krankenzimmer angefordert. Man konnte schließlich nie wissen. Sie musste an Gisela und den Windsorkiller damals denken. Genutzt hatte der Beamte vor der Tür zwar auch nichts, aber sie fühlte sich wohler bei dem Gedanken, einen Polizisten abgestellt zu haben. In ihrem Inneren hoffte sie, dass er nicht nötig war.

Tom saß bereits am Schreibtisch und faltete gerade seine Zeitung zusammen, als Charlotte hereinkam. Sie verzog das Gesicht beim Anblick des Schmierblattes. »Und, interessant der Sportteil?« Tom antwortete nickend: »Wie immer.«

»Ich war heute Morgen bereits bei Frau Gruber. Sie war begeistert. Und dein Bericht vom Fall Ratzel hat ihr selbstverständlich gut gefallen. Endlich kommen wir vorwärts, wenn auch langsamer als erhofft. Die Beschreibung des Täters durch Herrn Ratzel wurde bereits an alle Dienststellen gefaxt und wenn wir Glück haben, können wir heute Frau Ratzel befragen.«

Nachdem alle SoKo-Mitglieder anwesend waren, berichtete Charlotte vom Fall Ratzel. Gleichzeitig richtete Tom eine dritte Spalte auf der Pinwand ein und heftete die entsprechenden Notizen dazu. Während Charlotte noch von den Einzelheiten berichtete, stürmte Frau Gruber durch die Tür. Auf einen Schlag verstummten alle und sahen sie an. Zu voller Größe aufgerichtet, baute sie sich vor Charlottes Schreibtisch auf und knallte dieses besagte Schundblatt auf den Tisch. Sehr laut und für alle sichtbar wütend sagte sie: »Ich hatte klare Anweisungen gegeben.« Sie schaute in die Runde. »Keinerlei Informationen an die Presse. Damit meinte ich selbstverständlich auch keinerlei Informationen an irgendwelche Außenstehenden. Solche Artikel können wir uns nicht leisten. Auch wenn sie von dieser Zeitschrift stammen.« Mit wütendem Blick wandte sie sich direkt an Charlotte, die mit geöffnetem Mund in Toms Richtung starrte. »Frau Krüger, ich erwarte von Ihnen, dass der Informant gefunden wird. Das ist inzwischen der dritte Artikel dieser Art. Eine einstweilige Verfügung an den Verlag ist unterwegs.« Und wieder an alle gewandt: »Doch Sie wissen alle, meine Damen und Herren, dass die Verfügung nicht das Papier wert ist, auf die sie gedruckt wird. Ich kann und will keine Informanten dulden.« Sie lehnte sich zu Charlotte hinunter und zischte: »Frau Krüger, Sie kommen heute Nachmittag in mein Büro. Ich muss jetzt zur Pressestelle. Guten Tag.« Sie ließ die Zeitung liegen und ging durch die Tür, die sie mit einem lauten Knall hinter sich zuzog.

Betretenes Schweigen lag in der Luft, bis Charlotte irritiert sagte: »Sie haben es alle gehört. Sollten Sie Kenntnis über den oder die Person haben, die Informationen an diese Zeitung weitergeleitet haben, geben Sie mir oder Frau Gruber bitte Bescheid.« Sie sah Tom durchdringend an und ging dann zu den Tagespunkten über.

Verschiedene Befragungen standen an. Charlotte delegierte: »Baumann und Ebert, Sie gehen bitte noch mal in das Studentenwohnheim. Vielleicht sind inzwischen mehr Kommilitonen von Marlene Schmidt zurück. Bremer und Ingold, Sie klappern das biologische Institut ab, ob dort jemand anzutreffen ist. Nehmen Sie Lackner und Ringberg mit. Ich möchte, dass jeder auf dem Campus nach Marlene Schmidt befragt wird. Fotos von ihr zum Zeigen sind genug vorhanden.« Weiter schickte sie Döring und Kullmann zu den Nachbarn der Seegers in die Rudolfstraße, Drösel und Golling sollten die Hölderlinstraße abklappern. Die Kollegen Eichstätt, Caspari und Mollinger sollten in der Umgebung der Tatorte die dort ansässigen Geschäfte aufsuchen und nach Auffälligkeiten, sowie nach einem Mann oder einer Frau in der beschriebenen Kleidung fragen. Die beiden BKA-Praktikantinnen, Busch und Jäger, teilte sie für die anfallenden Bürotätigkeiten und den Telefondienst ein. »Wichtige Rückmeldungen bitte sofort an mich. Viel Erfolg.«

Und an Tom gerichtet: »Lass' uns gehen. Ich sage dir unterwegs wohin. Du fährst.« Im Wagen nannte sie ihr Ziel:

»Technologiepark.« Tom wusste nur zu gut, dass Charlotte irgendetwas bedrückte und fragte: »Was ist los? Warum so schweigsam?«

»Diese scheiß Zeitung. Warum hast du mir nicht gesagt, dass da was drinsteht? Und auch noch bereits der dritte Artikel. Ich wurde total überrollt vorhin. Hast du das hämische Grinsen Mollingers gesehen?«

»Ich habe es selbst nicht gewusst. Ich sagte doch schon, ich lese diese Zeitung nur wegen des Sportteils. Meinst du etwa wirklich, ich hätte nichts gesagt?«

»Wer könnte denn die Tipps gegeben haben?« Sie sah ihn wieder durchdringend an. In ihrem Kopf arbeitete es. Woher konnten die Hinweise stammen?

»Du glaubst doch nicht ...« Tom atmete hörbar tief ein, antwortete aber nichts.

Schweigend kamen sie am Technologiepark an und betraten die Kantine. Es war keine große Kantine. Etwa vierzig Sitzplätze waren in kleinen Tischgruppen verteilt. Eine saubere Theke verbarg die Essensmulden, in denen mittags die Tagesgerichte hinter Glas zur Auswahl bereitstanden. An den Wänden hingen Schiefertafeln, auf denen die Menüauswahl mit weißer Kreide in schwungvoller Handschrift geschrieben stand. Hinter der Theke konnte man den Küchenbereich einsehen, in dem sich bereits mehrere Frauen und Männer in weißer Kochkleidung an Töpfen, Schüsseln und Pfannen zu schaffen machten. Charlotte klopfte auf die Theke. Eine ältere, kleine rundliche Frau mit lustigen Augen kam auf sie zu. »Wir haben noch nichts zu essen. Erst ab zehn Uhr.«

Charlotte zog ihren Dienstausweis aus der Tasche, hielt ihn der erschreckt wirkenden Frau vor die Nase und sagte: »Kriminalpolizei, Krüger. Das ist mein Kollege Berger. Wir haben ein paar Fragen zu Frau Sabrina Meier. Haben Sie sie gekannt?«

Die kleine Frau richtete sich auf und versuchte mit beiden Händen ihre Schürze zu glätten. »Ich bin Sieglinde Feicht. Und ob ich Sabrina gekannt habe. Ich habe sie hier ausgebildet, zur Köchin. Und sie war eine gute Köchin. Das arme Ding. Ich kann mir noch immer nicht vorstellen, dass sie sich umgebracht haben soll. Warum denn auch? Sie hatte einen guten Job, einen Mann, den sie über alles geliebt hat. Heiraten wollten sie.«

»Frau Feicht«, unterbrach sie Charlotte. »Gab es irgendwelche besonderen Vorfälle, hier in der Kantine, oder privat, von denen Sabrina Ihnen erzählt hat?« Frau Feicht schüttelte langsam den Kopf und sagte: »Nicht, dass ich wüsste. Aber fragen Sie doch mal die Andrea. Das war, hier in der Kantine zumindest, eine enge Vertraute von Sabrina. Ihr hat sie vieles erzählt.« Sie wandte sich in Richtung Küche und rief Andrea zu sich. Eine rothaarige, drahtige junge Frau stellte sich als Andrea Heinke vor. Sie beantwortete alle von Charlottes Fragen kurz und bündig. »Nein, es gab nichts Auffälliges in letzter Zeit. Glauben Sie denn nun doch nicht an Selbstmord?« fragte sie Tom. Er zuckte mit den Schultern. »Wir führen hier nur Ermittlungen durch. Was wir glauben, spielt leider keine Rolle.« Andrea Heinke ging zurück in die Küche, die restlichen Kollegen holen. Kurz darauf kam sie noch mal zurück, beugte sich über die Theke und flüsterte Charlotte zu: »Da gibt es doch noch was, das mir gerade eingefallen ist. Ist aber schon eine Weile her. Vielleicht hilft Ihnen das weiter. Aber sagen Sie bitte nicht, dass ich Ihnen das gesagt habe.« Charlotte und Tom nickten ihr mit verschwörerischer Mine zu. »Also, das war glaube ich letztes Jahr, so um diese Zeit. Da kam immer so ein junger unscheinbarer Typ, so Mitte bis Ende zwanzig, zu uns zum Essen. Der hat die Sabrina immer angehimmelt. Und eines Tages stand der doch tatsächlich nach Feierabend vor der Kantine mit einem Blumenstrauß und wollte mit Sabrina ausgehen. Natürlich hat sie den Typen ausgelacht und abblitzen lassen. Nicht einmal die Blumen hat sie behalten, sondern ihm wieder in die Hand gedrückt. Ich hätte die ja behalten und nur den Typen weggejagt. Auf jeden Fall hat der da im Hof gestanden und sich nicht vom Fleck gerührt. Bestimmt eine Stunde stand der einfach nur da und hat geglotzt. Ich konnte ihn hier vom Fenster aus beobachten. Ich habe mich erst runter getraut, als er endlich weg war. Und seit dem Tag kam der dann nicht mehr zu uns zum Essen.« Charlotte kniff die Augen zusammen. »Und wo kam der Mann her?«

»Ich glaube, der kommt drüben aus dem Finanzbüro.«

»Wie hat er ausgesehen, können Sie ihn beschreiben?«

»Ein großer, hagerer Typ. Recht blass und so komisch stechende Augen. Ganz unangenehm. Der war auch immer allein. Wundert mich nicht. Mit dem wollte ich auch nichts zu tun haben. Ganz ehrlich? Wenn jemand Sabrina umgebracht haben sollte, der könnte es gewesen sein. Heute Mittag ist übrigens die Beerdigung. Wir gehen alle hin.«

Tom klappte sein Notizbuch zu und Charlotte bedankte sich bei Andrea. Die anderen Angestellten hatten sonst keine Besonderheiten oder Auffälligkeiten bemerkt. An den hageren Typen konnten sich allerdings einige erinnern und bestätigten die Aussagen von Andrea, dass es ein unangenehmer Mensch mit stechendem Blick war, dem man lieber nicht begegnen wollte.

Mit einem guten Gefühl verließ Charlotte mit Tom die Kantine und blickte im Hof auf das Bürogebäude gegenüber. »Da willst du doch gewiss auch noch hin, oder?« Sie nickte dankbar. Es befanden sich fünf verschiedene Büros in dem angegebenen Gebäude. Eine Rechtsanwaltskanzlei, ein Steuerbüro, ein Immobilienmakler, ein Architekturbüro sowie eine Versicherungsagentur. Alle, bis auf die Versicherung, hatten bis einschließlich sechsten Januar geschlossen. Es wäre auch zu schön gewesen, wenn gleich alle da gewesen wären. Sie läuteten und wurden kurz darauf eingelassen. Eine auffallend hübsche Blondine mit endlos langen Beinen trat hinter dem Empfangsbereich auf sie zu und fragte, wie sie helfen könne.

Die Ausweise ließen sie etwas zurückhaltender lächeln. »Wir befragen hier in der Nachbarschaft alle nach einem großen, hageren, etwa fünfundzwanzig bis dreißig Jahre alten Mann mit auffallenden Augen.«

»Wenig Haare? Und so eisblaue stechende Augen?«

Tom nickte heftig.

»Den Namen kenne ich nicht. Aber ich vermeide es, mit ihm gemeinsam den Fahrstuhl zu benutzen. Der ist wirklich sehr unheimlich. Der arbeitet oben im Steuerbüro. Die haben aber noch bis zum Siebten zu.« Etwas leiser fügte sie hinzu: »Die Glücklichen. Wir müssen immer arbeiten. Bei uns gibt es leider keine Brückentage.«

Im Wagen fragte Charlotte: »Vielleicht ist ja doch was dran. Findest du nicht, dass wir weiter diese Spur verfolgen sollten?«

»Charlotte, da verlasse ich mich ganz auf deine innere Stimme. Du solltest dich da nur nicht verrennen und die anderen Fälle, die wirklich welche sind, nicht vernachlässigen.«

»Das tu ich doch gar nicht. Auf in die Klinik.«

Frau Ratzel lag bereits auf der Krankenstation. Die Stationsschwester bat Charlotte und Tom noch um etwa eine halbe Stunde Geduld. Bis dahin sei der Oberarzt von der Visite zurück. Vorher dürfe sie die beiden nicht zu der Patientin lassen. So setzten sie sich in die Cafeteria, um für ein Krankenhaus einen ungewöhnlich starken Kaffee zu trinken. »Wir kommen irgendwie nicht weiter«, sinnierte Charlotte. »Es kann nicht sein, dass wir noch immer keine konkrete Spur haben. Der Täter ist schließlich nicht unsichtbar, mordet zu einer Tageszeit, zu der sich noch genügend Menschen auf den Straßen aufhalten und keiner will etwas gesehen haben.«

»Es ist aber auch eine ganz ungeschickte Zeit. Durch die Feiertage können wir nicht so ermitteln, wie wir es zu einer anderen Jahreszeit könnten und das ist der große Vorteil des Täters. Vielleicht sogar Absicht. Außerdem gibt keine Verbindungen der Opfer, die auf den Täter schließen lassen könnten. Was ist mit den Ergebnissen von Engels?«

»Die sind auch noch nicht da. Dauern auch noch mindestens fünf Tage. Ist zum Davonlaufen. Und überhaupt.«

»Frau Krüger, Herr Berger?« Die Stationsschwester gab ihnen ein Zeichen, ihr zu folgen. Sie führte sie in das Krankenzimmer von Gerda Ratzel. »Höchstens fünf Minuten. Anweisung vom Oberarzt«, sagte sie leise und verließ das Zimmer.

Frau Ratzel lag in dem Bett am Fenster. Neben ihr stand ein zweites, unbelegtes Bett. Charlotte ging langsam auf sie zu und nickte freundlich. Die Schmerzen konnte man in Frau Ratzels blassem Gesicht sehen. Dunkle Ringe hatten sich um ihre Augen gelegt. Frau Ratzel deutete ein Lächeln an. Sie war an einen Tropf angeschlossen, der die klare Flüssigkeit aus dem aufgehängten Beutel durch einen Schlauch und die Schmetterlingskanüle stetig in ihren Arm transportierte.

»Frau Ratzel, können Sie sprechen?«

Sie nickte.

»Haben Sie den Täter erkannt?«

Ein Kopfschütteln.

»Können Sie den Täter beschreiben?«

Sie hob ihren Kopf ein wenig an und sagte: »Nur ... wenig. Die ... Mütze ... so tief ... Aber ... die ... Augen ...« Es fiel ihr sichtlich sehr schwer zu reden. »Seine ... Augen ... so stechend ... so ... auffallend ... unangenehm.« Charlotte blickte Tom an, der die Brauen hob. »Trübes ... blau ... und blasses Gesicht ...« Gerda Ratzel ließ sich erschöpft in ihr Kissen sinken.

»Die Haarfarbe, konnten Sie die erkennen?« Kopfschütteln.

»Sonst irgend etwas? Handschuhe?« Kopfschütteln.

»Wie hat er Sie betäubt?«

»... ein Mulltuch ... sonderbarer Geruch ... ich ... wurde ... so ... schwach ... meine Beine ... weggesackt ...«

»Das reicht für heute. Frau Krüger, Herr Berger, lassen Sie Frau Ratzel jetzt bitte alleine. Sie braucht Ruhe.« Die Stationsschwester musste mit der Stoppuhr vor der Tür gestanden haben. Charlotte und Tom bedankten sich und verließen das Krankenhaus.

»Mensch, Tom. Hast du das gleiche gedacht, wie ich?« Er nickte sprachlos. »Die Beschreibung passt auf unseren Blumenboten. Auch wenn sie mich köpft ... ich werde es der Gruber mitteilen.«

»Das halte ich nicht für klug. Du weißt, sie will Fakten. Und das sind mal wieder keine, nur Intuition, auch wenn ich mich dir da ganz anschließen muss. Denk' dran, wir waren eigentlich nicht im Technologiepark.«

Die beiden BKA-Praktikantinnen fuhren erschrocken zusammen, als Charlotte mit Tom das Besprechungszimmer betrat. Sie hatten sich schnell aus einer Umarmung gelöst und gerade auf ihre Stühle gesetzt. Charlotte trat zu ihnen an den Tisch und sah mit Bestürzung die Tränen in Verona Buschs Gesicht. »Was ist passiert?« fragte sie forsch und sah Verona fest in die Augen.

»Nichts«, stammelte diese und zog die Nase hoch.

»Ich will wissen, was los ist«, antwortete Charlotte streng.

Sarah Jäger stand auf und ging auf Charlotte zu. »Caspari, dieses Schwein, hat Verona fertig gemacht.«

»Wie?« Charlotte zog es den Magen zusammen.

»Kurz nachdem alle weg waren, kam er wieder zurück und setzte sich an seinen Schreibtisch.« Sarah wies mit der Hand auf Casparis Platz. »Er telefonierte einige Male und kam dann zu uns herüber. Er wollte von uns ein paar Telefonnummern in der Oststadt, von den Geschäften und so. Da hat Verona sich erlaubt zu sagen, dass er doch persönlich dort vorbei gehen sollte. Dass Sie, Frau Krüger, doch alle entsprechend eingeteilt hätten. Und da ist er explodiert und hat hier herum geschrien, was ihr einfallen würde. Sie sei schließlich nur eine kleine Praktikantin. Selbst fürs Hinternwackeln sei sie zu blöde. Und wenn sie jetzt nicht sofort die Telefonnummern heraussuchen würde, könnte sie ihre Möchtegernkarriere gleich vergessen.«

Charlotte atmete tief ein. »Und dann?«

Verona antwortete mit einem Schniefen: »Dann habe ich ihm einige rausgesucht und gegeben. Und er hat gesagt: warum nicht gleich so? So könnte aus uns ja doch noch was werden. Vorausgesetzt, ich wäre nicht mehr so zickig. Er könnte mir schließlich weit nach oben helfen, wenn er wollte.«

»Was hat er dann getan?«

»Nichts mehr. Er hat sich wieder an seinen Tisch gesetzt und wieder telefoniert. Vor etwa einer halben Stunde ist er dann weg, nicht ohne zu betonen, dass er später gewiss noch Arbeit für mich hätte. Dabei hat er so fies gegrinst.« Verona schnäuzte laut und wischte sich die Tränen von der Wange.

»Nehmen Sie sich das bitte nicht so zu Herzen. Ich weiß, wie gemein manche Männer in unserem Beruf zu uns sein können. Ich werde mit ihm reden.«

Verona zuckte zusammen und sah sie flehend an. »Nein, bitte nicht. Sonst hat er doch Recht mit der kleinen dummen Praktikantin, die gleich zu den Vorgesetzten rennt und sich beschwert. Bitte, lassen Sie es mich selbst versuchen.«

»In Ordnung«, lächelte Charlotte, nicht ohne zu zeigen, dass sie diese Entscheidung hoch anrechnete. »Ich werde Caspari aber im Auge behalten. Und wenn wieder etwas vorfällt, sagen Sie es mir bitte.«

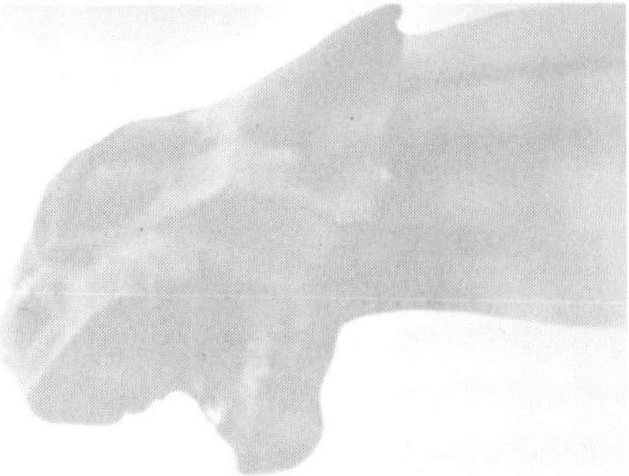

15. KAPITEL

Er konnte es nicht begreifen. Wieder und wieder las Heck in dem kleinen zerfledderten Buch von Angelika Stab die gleichen Abschnitte, die er sich mit einem Textmarker angestrichen hatte.

Am Mausoleum …

… Ich steckte meine Hand in das Loch und spürte einen kühlen, feuchten Luftzug um meine Finger streichen. Ich schob meine Hand langsam tiefer …

Ganz genau so war es doch gewesen.

… Plötzlich wurde es um uns herum ganz still. Kein Vogelgezwitscher mehr, das Abendrot war schlagartig verschwunden, Nebel wallte auf, obwohl kein Luftzug zu spüren war. Mir wurde mulmig und ich wollte gerade meinen Arm wieder herausziehen, da packte mich plötzlich etwas am Handgelenk … Ich hatte unzählige kleine Schnitte, an denen das Blut in kleinen Rinnsalen herab lief … Mir brauste es in den Ohren und mein Herz klopfte bis zum Hals. Mein Arm schmerzte und ich fror …

Er konnte es jetzt noch spüren. Er sah auf seinen Daumen, dessen Wundränder mit dicken erhabenen Krusten übersäht waren.

… Die katholische Kirche hat unsere Spuren entfernt, da wir in ihrem Sinne nicht existieren dürfen … Wir sind Vampire. Und jetzt auch du …

Heck begann zu wippen. Erst langsam, dann schneller. Er biss sich auf die Unterlippe, dass es schmerzte.

… Aber nicht so, wie du das aus den Draculageschichten kennst …

Ja, auch er war ein Vampir. Schnell blätterte er weiter. So schnell, dass einige Seiten an der Oberkante einrissen. Endlich fand er die Stelle. Hier musste der gesuchte Hinweis zu finden sein.

... Es gab schon immer Vampire. Nicht so, wie in den Geschichten und Filmen, aber so ähnlich. Die Vampire benötigen Blut, um zu überleben. Und in alter Vorzeit gingen sie tatsächlich in der Dämmerung auf sogenannten Blutfang.

Hatte er es doch gewusst. Hier stand es geschrieben. Er war ein Blutfänger. Da gab es nichts daran zu rütteln. Er gehörte dazu. Warum bestritt diese Stab das nur? Das konnte nur bedeuten, dass sie vorsichtig sein musste. Sich nicht so schnell zu erkennen geben, war gewiss eine gute Überlegung. Ihr fehlten nur noch ein paar Beweise, dass er tatsächlich ein Blutfänger war. Das würde er aber noch ändern.

... Sie überfielen Männer und Frauen, die nächtens alleine unterwegs waren, bissen sie, tranken ein paar Schlucke Blut und waren wieder für ein paar Tage mit dem Nötigsten versorgt. Es war ein unerklärbarer Drang, dem sie einfach nachkamen ...

»... Beißen wir Menschen?« Er schüttelte den Kopf und sagte: »Nein, das tun wir in der Regel nicht mehr ...

Dieser Abschnitt irritierte ihn. Musste er vielleicht doch einen Menschen beißen, um den Drang zu stillen? Aber das war sehr riskant. Er durfte doch keine Spuren hinterlassen. Und wie sollte er das anstellen? Heck dachte an die Schweineleber, welche Überwindung ihn das Abbeißen gekostet hatte. Wie sollte er da einen lebenden Menschen beißen? Nein, so konnte das nicht gemeint sein.

... einen Doktor der Medizin. Er fand heraus, warum wir das Blut so dringend brauchen. Unserem Körper fehlt ein ganz bestimmtes Enzym, das für uns lebensnotwendig ist. Und dieses Enzym findet sich ausschließlich in menschlichem Blut, und in Schweineblut

... dass wir nicht nur mit menschlichem Blut überleben konnten, sondern uns auch mit Schweineblut aushelfen konnten. So kam es, dass wir Schweineleber kaufen

und nach deren Genuss der Drang nach Blut gestillt ist, wenn wir nicht ... überkommt uns der Blutdrang. In solchen Phasen sind wir Blutfänger, wie vor hundert Jahren. Es ist vergleichbar mit Zuckerkranken, bei denen der Insulinspiegel schwankt ...

Warum war dieser Drang dann nicht bei ihm gestillt? Da stand es doch geschrieben. ... *Schweineleber kaufen und nach deren Genuss der Drang nach Blut gestillt ist* ... Warum musste er sich nach deren Verzehr übergeben? Er musste es noch einmal versuchen. Er raufte sich die Haare und begann wieder von vorne zu lesen. Irgendetwas musste er übersehen haben.

Die Scheiben ihres BMW waren schon wieder dick vereist, und Charlotte hatte noch immer keinen Eiskratzer besorgt, geschweige denn am Morgen Handschuhe angezogen. Mit steifen Fingern startete sie den Motor. Der Keilriemen heulte auf und ließ sie zusammenzucken. Keine Werkstatt, bitte. Sie hatte momentan keine Zeit für so etwas. Das Anfahren ließ den Keilriemen verstummen und Charlotte aufatmen. Doch keine Werkstatt nötig.

Die Besprechung mit der Staatsanwältin war sehr unangenehm verlaufen. Diese Artikel in der Zeitung waren Frau Gruber mehr als ein Dorn im Auge. Sie wollte, verständlicherweise, keine Negativpublicity. Ergebnisse hatte sie gefordert. Ansonsten müsse die SoKo-Leitung noch einmal überdacht werden. Mollinger und Caspari waren bereits bei ihr gewesen und hatten sich indirekt über die Vorgehensweise beschwert. »Ausgerechnet diese beiden«, hatte Charlotte geantwortet, doch die Staatsanwältin wollte nichts davon hören.

So gerne hätte Charlotte von Verona erzählt und von den Ähnlichkeiten im Fall Gerda Ratzel und im Fall Sabrina Meier, der keiner mehr war, nie einer gewesen war. Sie war am Vortag beerdigt worden.

Frau Gruber blieb hart und unnahbar, sie setzte eine Schonfrist von sieben Tagen für Charlotte, jegliche Einwände sofort abwehrend. Wenn bis dahin keine verwertbaren Ergebnisse vorlägen, würde sie schweren Herzens den Antrag stellen, Charlotte die Leitung zu entziehen und Caspari oder Mollinger einzusetzen.

Gegen Ende der Unterredung wurde Frau Gruber dann doch wieder vertraulicher, indem sie sich zu Charlotte beugte und leise fragte: »Frau Krüger, in wie weit können Sie mir versichern, dass Ihr Herr Berger nicht der Informant ist?«

Lauter als ihr lieb war, antwortete Charlotte: »Ich lege meine Hand für ihn ins Feuer. Niemals würde Tom Berger Informationen an die Presse verkaufen.«

Die Staatsanwältin hatte die Brauen nach oben gezogen und in beschwichtigendem Ton bemerkt: »Ich will niemanden verdächtigen. Mir ist nur der exklusive Lebenswandel Herrn Bergers in letzter Zeit aufgefallen. Und um irgendwelchen Gerüchten zuvor zu kommen, frage ich Sie, da Sie gut befreundet zu sein scheinen. Ich dachte, es sei besser, wenn Sie ihn ansprechen. Ich muss solche Verdachtsmomente für mich sofort ausschließen, um ein gutes Arbeitsklima beibehalten zu können. Ich hoffe, Sie verstehen das so, wie ich es auch meine. Das war eher eine private Anmerkung, da ich Sie beide sehr schätze.«

Charlotte spürte den Kloß in ihrem Hals und rieb ihre Hände. »Entschuldigen Sie bitte, falls ich überreagiert haben sollte, aber auf Tom lasse ich nichts kommen.«

»Und genau das gefällt mir so an Ihnen. Und jetzt gehen Sie und bringen mir Ergebnisse.«

Tom war noch nicht da, als Charlotte das Büro betrat. Sie begrüßte die beiden Praktikantinnen und fragte, ob noch etwas vorgefallen sei. Als sie jedoch gemeinsam verneinten, war sie beruhigt und setzte sich an ihren Schreibtisch. Ihr Blick fiel auf Toms Seite und auf seinen Notizblock. Sie zog ihn zu sich herüber und blätterte wahllos darin herum. Was tat sie da? Ein sonderbares Gefühl beschlich sie. Das war Toms Notizblock. Sie sollte ihn nicht durchsehen, doch wie im Zwang glitten ihre Fingerspitzen über die Seiten. Sie musste Sicherheit haben. Verschiedene Eintragungen konnte sie entziffern. Zu den Fällen Meier, Schmidt, Seeger, Ratzel. Und dazwischen immer wieder Notizen, die Geldbeträge in verschiedener Höhe auswiesen. Kenntlich durch das Eurozeichen nach den Zahlen. Zwischen ein- und zehntausend. Und daneben Zahlenkombinationen, die für Charlotte keinen Sinn ergaben. Ihr Herz begann wild zu schlagen, ihr Magen krampfte sich zusammen. Das konnte doch nicht sein. Jeder, aber nicht ihr Tom Berger. Als könne sie ihren Verdacht damit vertreiben, klappte sie das Notizbuch zu und schob es wieder an seinen Platz. Ihr Blick blieb auf diesem kleinen verfluchten Block haften. Warum hatte sie nur hinein gesehen? Ihre Gedanken schlugen Purzelbäume. Was hatte Frau Gruber von dem exklusiven Lebenswandel gesagt? Der teure Wagen. Er hatte nie erzählt, wie er den bezahlen konnte. In letzter Zeit war er mit seinen Frauengeschichten immer nur in den feinsten Lokalitäten. Wo war er noch an Silvester gewesen? Baden-Baden, Kasino hatte er gesagt. Was würde dort ein Silvestermenü wohl kosten? Und das alles von seinem Gehalt. War er nicht manchmal nur kurz etwas besorgen, ohne wirklich zu sagen, was? Er hatte alle Informationen. Nein, das konnte nicht sein. Das durfte nicht sein. Nicht ihr Tom. Sie musste mit ihm reden.

Auch mit Caspari musste sie ein ernstes Wort reden. Sie war sich nur noch nicht schlüssig, wie sie anfangen sollte. Er war ebenso Kriminalhauptkommissar wie sie und bekannt für seine arrogante und überhebliche Art. Nicht nur Frauen gegenüber. Er hatte schon so manchen Ärger mit Kollegen und selbst mit Vorgesetzten, weil er absolut teamunfähig zu sein schien. Der Einzige, der es mit ihm aushielt war, sein Partner und Kollege Mollinger. Mollinger war so ein Mitläufer. Im Grunde ein ganz netter Kerl, doch wenn Caspari in der Nähe war, mutierte auch er zum Arschloch. Anders konnte man die Art und Weise der beiden nicht beschreiben. Und zusammen waren sie unerträglich. Aber erfolgreich. Sie hatten zusammen den Fall Kabrinski gelöst, an dem sich das ganze Dezernat die Zähne ausgebissen hatte. Kabrinski war eine bekannte Größe im Karlsruher Rotlichtmilieu gewesen. Er wurde erschossen in der Brunnenstraße aufgefunden. Keine Zeugen, keine Spuren, kein Täter, keine Waffe. Wie Caspari es letztendlich doch noch geschafft hatte, Kabrinskis Partner zu einem Geständnis zu bringen, und wie er sogar die Waffe und das Motiv lieferte, blieb bis heute sein Geheimnis. Dass er bis heute des Öfteren dort verkehrte, war keines.

Endlich kam Tom. Mit der Zeitung in der linken Hand winkte er Charlotte von der Tür her fröhlich zu. Gequält lächelte sie zurück. Wie sollte sie anfangen? Später, wenn sie alleine waren, würde sie ihn direkt auf ihre Zweifel ansprechen.

Die Teambesprechung begann mit den Berichten der einzelnen SoKo-Mitglieder über ihre Ermittlungsergebnisse des Vortages. Im Fall der Studentin Marlene Schmidt gab es keinerlei Hinweise auf einen Täter oder ein Motiv. Sowohl die Mitbewohner des Studentenheimes als auch die angetroffenen Kommilitonen sagten aus, dass ihnen keine Freundschaften oder Kontakte außerhalb des Campus bekannt gewesen seien. Marlene sei zwar eine sehr hübsche, aber auch eine sehr ruhige und zurückhaltende junge Frau gewesen, mit einem Hang zur Streberin, was ihr Studium betraf. Die

Professoren unterstützten diese Aussagen. Ihre Zimmergenossin, Kim Rosalis, sagte aus, dass sie Marlene am 23. Dezember gegen siebzehn Uhr dreißig das letzte Mal gesehen hatte. Sie habe das Wohnheim in Sportkleidung verlassen, um Joggen zu gehen, was sie scheinbar regelmäßig getan hatte. Ihre bevorzugte Strecke verlief durch den Hardtwald, parallel zum Adenauerring, wo ihre Leiche dann drei Tage später auch entdeckt wurde.

Ebenso ohne weiterführende Spuren waren die Kommissare Döring und Kullmann von der Befragung in der Nachbarschaft der Familie Seeger zurückgekehrt. Die Seegers seien erst vor kurzem dort eingezogen. Frau Seeger sei eine auffallend nette und hilfsbereite Frau gewesen. Besuche, außer der der Schwester, Karin Seeger, hatte niemand mitbekommen. Am ihrem Todestag wurde sie zuletzt von ihrer Bekannten, Frau Opitz, vor der Yogaschule gesehen, die sie gegen achtzehn Uhr mit dem Fahrrad verlassen hatte.

Es konnten nicht alle Kollegen aus der Schillerschule befragt werden, da sich einige von ihnen noch in Urlaub befanden. Die angetroffenen Lehrer allerdings waren sich einig in der Aussage, dass Ludmilla Seeger sowohl menschlich als auch fachlich eine sehr gern gesehene Kollegin war.

In der Hölderlinstraße hatten die Kommissare Drösel und Golling die Nachbarschaft abgeklappert, aber ohne Erfolg. Gerda Ratzel und ihr Mann wohnten schon lange dort. Sie waren angenehme Nachbarn, ordentlich und sauber. Es gab keine Beschwerden über sie und irgendwelche Besonderheiten in den letzten Tagen, oder gar am ersten Januar, dem Tag, an dem Gerda Ratzel überfallen wurde, waren niemandem aufgefallen. Zur Tatzeit, gegen elf Uhr dreißig, hatte niemand etwas gesehen.

Um die Tatorte in der Oststadt hatte die SoKo-Doppelklinge einen Radius gezogen, innerhalb dessen die Angestellten der ansässigen Geschäfte zu Auffälligkeiten oder Besonderheiten in den letzten Tagen befragt werden sollten. Hierfür waren Eichstätt, Caspari und Mollinger eingeteilt gewesen. Jetzt war Charlotte gespannt, was Caspari zu berichten hatte. Zuerst begannen seine beiden Kollegen, die vor Ort in zwei Apotheken, zwei Bäckereien, einem kleinen Supermarkt und einer Drogerie, sowie im angegebenen Umfeld noch in zwei Kiosken, vier Kneipen und in einem Frisörsalon ihre Befragungen durchgeführt hatten. Die einzige Besonderheit war die Tatsache, dass die Angestellte, die im angegebenen Zeitraum alleine das Friseurgeschäft leitete, noch bis zum siebten Januar in Urlaub sei und erst dann wieder befragt werden könne.

Charlotte machte sich diesbezüglich eine Notiz.

»Und ich habe mich in der Brunnenstraße umgehört«, meldete sich Caspari nun zu Wort. »Aber leider konnten mir die freundlichen Damen dort keine Hinweise auf einen Irren geben.« Caspari hatte sich in seinem Stuhl lässig zurückgelehnt und grinste Kaugummi kauend in die Runde. Charlotte antwortete scharf: »Wenn ich mich recht erinnere, hatte ich Sie mit Eichstätt und Mollinger losgeschickt. Es war nicht die Rede davon, dass Sie im Alleingang durch das Rotlichtmilieu ziehen sollen. Ich wünsche keine Alleingänge.«

»Hört, hört. Sie wünscht keine Alleingänge.« Er blickte sich beifallheischend um. »Wo waren denn Sie und Ihr Kollege Berger?« Jetzt hatte er die Aufmerksamkeit der Kollegen geweckt, die gespannt auf Charlotte blickten.

»Herr Caspari. Darauf werde ich Ihnen jetzt keine Antwort geben. Falls Sie es vergessen haben, ich habe die Leitung der SoKo. Und ich hatte Ihnen einen klaren Auftrag erteilt. Ich erwarte, dass meine Anweisungen befolgt werden.« Charlotte spürte die Röte in ihrem Gesicht aufsteigen.

Casparis Blick zeigte Verachtung und Hohn. »Welch wahres Wort. Noch! Noch haben Sie die Leitung.«

Sie funkelte ihn böse an, wandte sich aber an die beiden BKA-Praktikantinnen. »Gab es bei Ihnen irgendwelche Vorfälle?« Und sie beobachtete Caspari bei dieser Frage genau. Wachsam schaute er die beiden an. Doch sie schüttelten nur im Gleichtakt die Köpfe.

Mit einem Nicken gab sie Tom ein Zeichen. Er begann von Gerda Ratzels Befragung zu berichten. Ihre Aussage und Täterbeschreibung waren wenigstens endlich ein Anfang, wenn auch weniger als erhofft. Charlotte fügte die Aussagen der Kantinenmitarbeiter des Technologieparks und des Versicherungsbüros hinzu und wies auf die Parallelen zu Frau Ratzels Täterbeschreibung hin. Caspari meldete sich zu Wort: »Soviel zum Thema Alleingang. Ich dachte die Staatsanwältin hatte den Fall Meier abgeschlossen? Was soll dann die Befragung im Technologiepark?«

Charlotte blickte ihn zornig an, doch bevor sie etwas erwidern konnte, schaltete sich Tom dazwischen und wandte sich direkt an Caspari. »Der Fall Meier ist abgeschlossen, da es keinerlei Beweise für einen Mord gab. Trotzdem besteht aber weiterhin die Möglichkeit, dass sie das erste Opfer war. Hinweise hierzu sollte man nicht außer Acht lassen, das wird auch Frau Gruber nicht abstreiten können. Sollte aber die Vertrauensbasis einiger Teammitglieder hier gestört sein, wird sich Frau Gruber gewiss gerne bereit erklären, einer entsprechenden Aussprache beizuwohnen. Ansonsten haben Anfeindungen, welcher Art auch immer, hier nichts verloren. Wir suchen schließlich einen Serienmörder und befinden uns nicht im Kindergarten.«

»Hört, hört. Der edle Ritter wirft sich für Fräulein Charlotte in die Brust.«

»Halt' endlich dein blödes Maul«, rief Tom ihm laut zu.

Caspari sprang von seinem Stuhl auf und ging auf Tom zu. Charlotte stellte sich ihm in den Weg und sprach sehr leise, aber deutlich. »Wenn Sie sich nicht sofort wieder hinsetzen, werde ich Sie aus meinem Team werfen lassen.« Verächtlich verzog er sein Gesicht. Charlotte fügte etwas lauter hinzu: »Und wenn Sie die beiden Praktikantinnen nicht in Ruhe lassen, verspreche ich, Ihnen ein Disziplinarverfahren an den Hals zu hängen, dass Sie sich wünschen, mir niemals begegnet zu sein.« Sein Blick ging in die Runde, doch niemand schien ihm zustimmen zu wollen. Er zog sich langsam zurück, nicht ohne Charlotte tödliche Blicke zuzuwerfen.

»Zurück zur Tagesordnung bitte. Wir werden anhand der Hinweise eine Fallanalyse erstellen.« Caspari gähnte lauthals.

»Jetzt kommt die Profiler-Nummer.« Er erntete rundum nur böse Blicke und setze sich genervt auf seinem Stuhl zurecht.

Verona Busch und Sarah Jäger meldeten sich gleichzeitig zu Wort. Sarah begann zu sprechen: »Wir würden gerne eine Analyse aufstellen. Das ist unser Spezialgebiet. Bis morgen könnten wir sie vorlegen.« Charlotte schaute die beiden überrascht an. »Gerne. Zeigen Sie uns, was Sie gelernt haben. Morgen früh bringen Sie mir Ihre Aufzeichnungen und dann werden wir sehen. Sollten Sie Hilfe brauchen, wissen Sie ja, wie Sie mich erreichen können. Alle anderen wissen, was noch zu tun ist. Es stehen noch immer eine Menge Befragungen aus. Vielleicht haben wir bis morgen auch endlich weitere Ergebnisse aus der Gerichtsmedizin.«

An Tom gewandt sagte sie: »Lass' uns zu Engels fahren. Vielleicht hat er schon was Neues.«

Im Wagen drückte Charlotte Tom einen Kuss auf die Wange. »Wofür ist der denn?« fragte er angenehm überrascht.

»Für deinen Einsatz vorhin, Caspari gegenüber. Dieses Ekelpaket. Ich kann ihn nicht leiden.«

»Da bist du wohl nicht alleine. Hast du die anderen gesehen? Selbst der Mollinger war über sein Auftreten verärgert.« Tom machte eine kurze Pause, um den Motor zu starten. »Aber sag' mal, wir fahren zu Engels und du lächelst. Habe ich da etwas nicht mitbekommen?«

Dies war das Stichwort, auf das Charlotte nur gewartet hatte. Sie begann freudestrahlend vom Vorabend zu erzählen, während Tom in Richtung Südtangente fuhr.

»Also, hör' zu. So gegen einundzwanzig Uhr hat es an meiner Tür geklingelt. Ich kam gerade aus der Dusche. Im Bademantel und einem Handtuch um den Kopf gewickelt habe ich den Türöffner gedrückt.« Tom schnaubte und rollte mit den Augen, als stelle er sich Charlotte gerade in diesem Outfit vor. »Der Blick durch den Spion hat mein Herz hüpfen lassen. Hektisch habe ich mir das Handtuch vom Kopf gerissen, mein Haar ausgeschüttelt und mir den Bademantel mit der linken Hand zusammengehalten.« Ein wohliges »Hmmh«, ertönte von Toms Seite und brachte ihm einen Seitenhieb ein. »Hey, soll ich uns in den Graben fahren?« lachte er.

»Du sollst zuhören und nicht solch anzügliche Töne von Dir geben.«

Tom rückte sich in seinem Sitz zurecht, so gut es mit angelegtem Gurt geht und machte ein ernstes Gesicht. »So besser?«

»Blödmann«, brummte Charlotte, erzählte aber weiter. »Ich habe also mit gemischten Gefühlen geöffnet. Stefan stand grinsend mit einer Flasche Rotwein in der Hand da und sagte: ›Wenn der Prophet nicht zum Berg kommt ...‹ Ich hab ihn hereingebeten und mich für mein Aussehen entschuldigt.« Tom zog die Stirn kraus, als wolle er etwas fragen, ließ Charlotte aber weiterreden.

»Stefan sagte darauf, dass ich mich nicht entschuldigen brauche. Dafür nicht.« Charlotte hob schnippisch die Stimme an: »Und wie er das betont hatte. Er ist mir dann in die Küche gefolgt, wo ich zwei Gläser auf den Tisch gestellt und ihn gebeten habe, den Wein zu öffnen. Ich bin ins Schlafzimmer gehuscht, habe mir ein T-Shirt übergestreift und bin in eine bequeme, weite Jogginghose geschlüpft. Den Blick in den Spiegel habe ich lieber vermieden.«

»Ohne Unterwäsche?« fiel ihr Tom ins Wort, heimste dafür aber den nächsten Seitenhieb ein.

»Als ich wieder bei ihm in der Küche stand, druckste ich herum. So auf die Art: Ich muss ... ich will ...« Charlotte wand sich auf ihrem Sitz, rutschte hin und her, als sei es ihr noch immer unangenehm. »Einen Arm hat Stefan in die Seite gestützt, mich mit geneigtem Kopf lächelnd angeschaut und gesagt: ‚Ja? Ich höre!'«

»Und was hat unser Stoffel Charlotte geantwortet?« Tom musste an einer Ampel warten und sah sie herausfordernd an.

»Es tut mir leid, habe ich gesagt. Und was hat er gesagt?« Sie verzog fast beleidigt das Gesicht. »Er habe mich leider nicht verstanden. Ich solle es doch bitte wiederholen und sein Lächeln wurde breiter und ein eindeutiger Augenaufschlag hat seine momentane Überlegenheit betont. Er hat meine Unsicherheit natürlich genossen.«

»Das kann ich mir gut vorstellen. Das hätte ich auch genossen.« Die Ampel war auf grün gesprungen.

»Ich habe es dann noch einmal gesagt. Laut und deutlich, auch wenn es mir schwer fiel. Und dass ich ihn nicht verletzen wollte.«

Tom wandte sich ihr zu und bemerkte: »Sieh an. Unsere Charlotte kann sich entschuldigen. Ich bin stolz auf dich.«

»Schau' du auf die Straße. Da vorne musst du auf die Autobahn.«

»Und weiter? Was ist dann passiert? Du bist doch noch nicht fertig, oder?« Tom fuhr auf die A5.

»Dir kann ich es ja erzählen. Ich war den Tränen nahe, doch Stefan war sensibel genug, um mir aus dieser Situation heraus zu helfen. Er begann tatsächlich den Refrain von PUR zu singen: ›Wozu sind denn Freunde da‹ ... Er nahm mich in den Arm und ich sage dir, ich habe mich so wohl, so unendlich wohl gefühlt. Ich habe meinen Kopf an seine Brust geschmiegt und hätte für immer so dastehen können.« Lächelnd sah Charlotte durch die Windschutzscheibe.

»Dein Engels sitzt nicht auf der Motorhaube. Du kannst wieder aufhören mit dem Grinsen. Das war doch noch immer nicht alles. Was war dann?«

»›Der Wein wird warm‹ hat er dann leise gesagt. Und ich habe geantwortet, dass mir das egal sei. Dabei habe ich ihm tief in die Augen geblickt.

»Und dann?« fragte Tom gespannt.

»Was und dann?« Charlotte zuckte mit den Schultern.

»Ja, was habt ihr dann gemacht?«

Charlotte grinste ihn an. »Das werde ich wohl kaum erzählen.«

Jetzt grinste auch Tom. »Ok, ich habe verstanden. Aber diese Antwort sagt mir alles.«

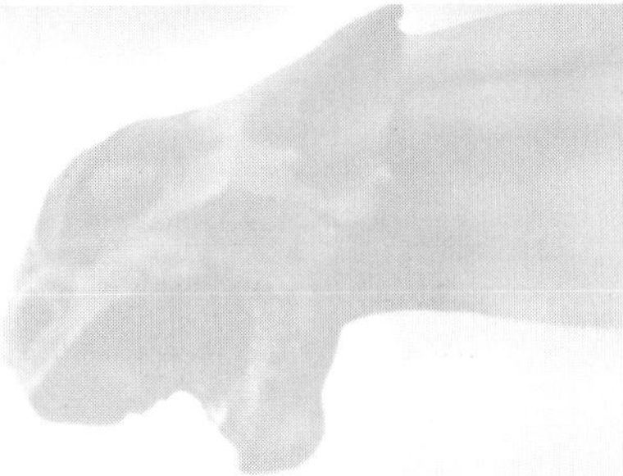

16. KAPITEL

Der Metzger verkörperte wahrlich mit seinem kugelrunden Körper, dem scheinbar nicht vorhandenen Hals und den dicken, aber kräftigen Händen sein Berufsbild. Die Werbung mit dem rosafarbenen, tanzenden Schwein auf den Tüten und das Schild an der Tür passten perfekt dazu. Er stand in seinem weißen Kittel, darüber den leicht verschmierten Plastikschurz, hinter der Theke und fragte den jungen Mann im hellbraunen Mantel freundlich: »Was darf es sein?« Nach kurzem Zögern antwortete Heck: »Schweineleber. Könnten Sie mir bitte ein Pfund davon frisch durchdrehen?«

»Aber selbstverständlich. Wollen Sie Leberknödel oder Leberspätzle machen? Normalerweise nimmt man dazu nämlich Rinderleber.« Die kleinen wachsamen Augen in dem roten Gesicht sahen ihn fragend an.

»Ähm, ja ... ja. Ich darf kein Rind essen.« Heck konnte ihm schlecht mitteilen, dass nur Schweineleber menschenähnlich war und er zu Hause versuchen würde, teelöffelweise diesen Blutbrei zu essen.

»Möchten Sie auch Sauerkraut dazu? Wir hätten heute ganz Frisches. Oder darf es sonst noch etwas sein?«

»Nein, danke. Was macht das?«

»Das wären dann ...« Der Metzger tippte den Kilopreis in die Waage. »Eins, achtzig, bitte. Ich gebe Ihnen noch eine Tüte, bitte schön.«

Die einzelnen Münzen zählte Heck aus seinem Geldbeutel und legte sie auf die Geldschale. Mit wachsender Erregung schaute er auf den Blutbrei, der wieder in einen durchsichtigen Plastikbeutel verpackt und von dem Metzger oben geschickt verknotet worden war. Mit Mühe unterdrückte er ein Wippen. Er war gespannt, ob er die Leber so besser vertragen würde. Mit höflichem Gruß verließ Heck die Metzgerei und eilte nach Hause.

»Marlene!« rief er bereits an der Tür. »Jetzt wird alles gut. Ich habe mir wieder Leber gekauft, aber diesmal nicht am

Stück. Dieses Abbeißen war bestimmt der Grund für meine Übelkeit. Du wirst schon sehen.«

Ohne seinen Mantel auszuziehen, nahm er in der Küche eine Müslischale aus dem Schrank, legte einen Teelöffel daneben und schnitt den Knoten des Plastikbeutels mit der Leberfarce auf. Etwa die Hälfte kippte er in das Schälchen, den Rest legte er vorsichtig beiseite. Seine Nase ließ er über der Schale kreisen und sog den Geruch auf. Er legte seinen Kopf in den Nacken, schloss die Augen und fühlte Zufriedenheit in sich aufsteigen. »Das riecht doch schon ganz anders.« Mit einem Ruck lehnte er sich an die Tischkante, ergriff den Löffel und tauchte ihn in den blutigen Brei. Vorsichtig probierte Heck mit der Zungenspitze. Es schmeckte gut. Kein beklemmendes Gefühl im Magen. Er nahm einen vollen Löffel, setzte ihn an die Lippen und schlürfte den Brei zwischen den Zähnen hindurch. »Das kommt fast hin, Marlene. Das ist tatsächlich ähnlich. Für Zwischendurch scheint es tatsächlich der richtige Ersatz zu sein.« Er aß die Schale leer und wartete. Wartete, ob sich sein Magen wieder rebellisch melden würde. Doch es geschah nichts. Freudestrahlend stand er auf, nahm seine Marlene mit beiden Händen vom Tisch und tanzte mit ihr durch die Küche.

Das war der letzte Beweis. Auch mit Schweineblut fühlte er sich wohl. Er flüsterte Marlene zu: »Ich bin kein Versager. Ich bin ein Vampir, ein echter Blutfänger.«

Auf dem Klinikgelände in Heidelberg fand Tom schnell einen Parkplatz. Durch den eisigen Wind angetrieben, ging er mit Charlotte sehr zügig in das Nebengebäude und dort in das Untergeschoss, in dem sich die Gerichtsmedizin befand. Stefan stand über eine Leiche gebeugt an einem Seziertisch und diktierte über das Aufnahmegerät, das an einem langen Kabel von der Decke hing, unverständliche medizinische Fachausdrücke. Als er die beiden hereinkommen hörte, beendete er seinen Satz und drückte die Stopptaste. »Hallo, ihr zwei. Welch hoher Besuch.« Er trat auf Charlotte zu, küsste sie zärtlich auf den Mund und streckte Tom lächelnd die Hand entgegen, der sie augenzwinkernd schüttelte.

Das Diktiergerät baumelte irgendwie makaber über dem toten Körper hin und her. Tom ließ es nicht aus den Augen.

»Was führt euch zu mir? Ergebnisse?«

»Wir hatten gedacht, dass du inzwischen vielleicht schon mehr weißt«, antwortete Charlotte.

»Leider muss ich euch enttäuschen. Das Labor wird sich frühestens morgen melden.«

Tom betrachtete die Leiche am Nebentisch. Eine Frau, Ende sechzig, schätzte er. Sie lag nackt, aber optisch unversehrt auf dem Metalltisch. »Was ist mit ihr? Müssen Sie die auch aufschneiden?« fragte er direkt heraus. Ebenso direkt heraus antwortete Stefan: »Sie starb bei der Narkoseeinleitung auf dem OP-Tisch. Ich muss jetzt feststellen, ob es ein Fehler des Anästhesisten war oder ob eine Vorerkrankung den Herzstillstand ausgelöst hat. Warum, wollen Sie dabei sein?«

Tom schüttelte sich. »Lieber nicht. Ich hab's nicht so mit der praktischen Pathologie. Mir reichen die Ergebnisse. Ich bin schon mehr als einmal umgekippt, nur weil ich zufällig dazukam.«

»Das kann man lernen. Muss man aber wirklich nicht.« Stefan lächelte Tom verständnisvoll an und wandte sich wieder an Charlotte, die unruhig von einem Bein auf das andere trat.

»Jetzt lasst doch mal die alte Dame ruhen. Stefan, du hast doch bestimmt Vermutungen, die uns weiterhelfen könnten. Die Laborergebnisse sollen deine Befunde ja nur bestätigen.

Kannst du nicht ...« Weiter kam sie nicht. Stefan schüttelte heftig mit dem Kopf.

»Nein, so leid es mir tut, aber ich kann nicht. Bevor die Ergebnisse aus dem Labor nicht vorliegen, kann ich euch gar nichts sagen. Was würde es denn nutzen, wenn ich euch jetzt sage, der Täter hat dies und das ... und morgen stellt sich heraus, dass es nicht stimmt? Ich bin nicht unfehlbar.«

»Aber fast.«

Tom hatte genug gehört und verabschiedete sich von Stefan, um die beiden noch kurz alleine zu lassen. Vor der Tür atmete er tief ein. Die Pathologie war wirklich nichts für ihn. Die Toten machten ihn irgendwie nervös. An einem Tatort war das etwas ganz anderes. Da lagen die Toten in Mitten eines Geschehens. Aber hier, hier gab es nur den toten Körper, den Tod.

Charlotte kam mit ernstem Gesicht durch die Metalltür auf Tom zu. Sie holte tief Luft und sagte: »Wir müssen reden. Jetzt.« Erschrocken sah Tom sie an.

»Ist was passiert?«

»Nicht hier. Lass uns in der Stadt einen Kaffee trinken gehen.« Der Ernst in Charlottes Stimme jagte ihm Angst ein. Aber fragen brauchte er nicht, sie würde nichts sagen, bevor sie nicht beim Kaffee saßen. Sie fuhren in die Heidelberger Innenstadt und suchten sich ein ruhiges Café aus, das um diese Tageszeit nicht so überfüllt war wie die umliegenden In-Lokale. An einem kleinen Zweiertisch am Fenster bestellten sie sich zwei Kaffee.

»Raus damit. Was drückt dich? Ist was mit Stefan?« Tom konnte nicht mehr länger in das ernste Gesicht von Charlotte sehen, obwohl sie dadurch noch anziehender wirkte.

»Nein. Mit dir.«

»Mit mir?« Tom riss die Augen auf. Sein Magen zog sich ruckartig zusammen. »Was habe ich denn angestellt?«

»Das möchte ich jetzt gerne von dir hören.« Die Bedienung stellte die zwei Tassen ab.

»Und worum geht es? Ich kann dir gerade nicht folgen.« Sein Herz begann laut zu schlagen und seine Gedanken überschlugen sich. Er war sich keiner Schuld bewusst, doch es musste was Ernstes sein. So aufgewühlt hatte er Charlotte noch nie gesehen.

»Es geht um die Zeitungsberichte.«

Toms Augen verengten sich. »Charlotte! Du glaubst doch nicht im Ernst, dass ich etwas damit zu tun habe? Sag' das bitte nicht. Schon letztes Mal, als du diese Andeutungen gemacht hast, hatte ich dir versichert, dass ich nichts, absolut nichts, damit zu tun habe.« Seine Angst schlug um in Wut. Wie konnte sie ihm das nur unterstellen?

»Dann sag' mir bitte, woher du das ganze Geld hast.«

»Welches Geld?« zischte er ihr zu.

»Das, mit dem du deine Freundinnen so luxuriös ausführst. Silvestermenü im Kasino. Dein Wagen und überhaupt. Von deinem Gehalt kannst du das wohl schlecht finanzieren, oder?«

Tom lehnte sich zurück. »Du spinnst doch.« Auf dieser Basis würde er nicht weiter reden.

»Ach ja?« zischte Charlotte zurück. »Und was ist mit den Einträgen in deinem Notizbuch?« Charlotte zuckte zurück und schluckte. Das hatte sie nicht sagen wollen, aber sie war so wütend, dass es ihr einfach herausgerutscht war.

Tom stützte sich mit beiden Händen auf die Tischplatte und lehnte sich zu ihr hinüber.

»Du hast in meinem Notizbuch herumgeschnüffelt?« Sein Ton war eisig.

»Du hast mir ja keine Wahl gelassen. Die Gruber hat gesagt ...«

Tom schlug mit der Faust auf den Tisch, schob laut seinen Stuhl zurück und stand auf. »Ach und mit der Gruber hast du auch schon alles besprochen. Na dann ist ja alles klar. Der Tom, der korrupte Bulle. Schön. Passt doch alles zusammen, wie?« Tom wandte sich zum Gehen.

»Tom, bitte setz' dich wieder. Erklär' es mir doch bitte.« Charlotte war den Tränen nahe. Sie war zu weit gegangen.

Tom drehte sich noch einmal zu ihr um und sagte langsam und deutlich: »Da gibt es nichts zu erklären. Weißt du was, du Fräulein Superschlau. Du kannst mich mal.« Er drehte sich um und stapfte hinaus. Charlotte starrte ihm sprachlos hinterher. Sie konnte seine Wut in der Luft fühlen. Noch nie hatte sie sich mit Tom gestritten. Eigentlich war er die Ruhe in Person. Zwar konnte er sie mit seinem Sarkasmus zur Weißglut bringen, doch ernsthaft Streit, wie heute, hatten sie deshalb noch nie. Einer von beiden renkte immer wieder ein, bevor es zu eskalieren drohte. Sie fühlte sich miserabel und wählte Stefans Nummer.

Keine halbe Stunde später saß Stefan auf Toms Platz an dem kleinen Tisch am Fenster und lauschte Charlottes Schilderungen bezüglich der Auseinandersetzung mit Tom.

»Wie hätte ich ihn denn fragen sollen? Er hat mich ja gar nicht richtig zu Wort kommen lassen. Er war ja gleich tödlich beleidigt.«

»Wärst du das nicht gewesen? Wenn er still und heimlich in dein Notizbuch geschaut hätte?«

»Ich stehe aber nicht unter dem Verdacht, Meldungen an die Presse zu verkaufen«, versuchte Charlotte sich zu rechtfertigen.

»Verdächtigst du ihn denn ernsthaft?«

»Nein. Tom würde niemals der Presse irgendwelche Tipps geben. Er doch nicht.«

»Hast du ihm das gesagt?«

»Nein.«

Stefan lächelte sanft. »Und warum nicht?«

»Er ließ mich doch gar nicht reden. Er kam ja gleich mit: ›Du kannst mich mal.‹« Sie lehnte sich mit verschränkten Armen zurück.

»Hast du ihm gesagt, dass du ihn vor der Gruber verteidigt hast?«

»Nein, wie denn?« Genervt ließ sie ihre Hände in den Schoß fallen. »Bin ich jetzt an allem Schuld? Ich weiß, dass es falsch war, mit seinem scheiß Notizbuch. Aber deshalb muss er doch nicht gleich so ausflippen.« Vergeblich kämpfte sie gegen die aufsteigenden Tränen und versuchte ihr Gesicht zu verdecken. Stefan fasste sie bei der Hand. »Na, na. So schlimm wird es nicht sein. Lass' ihn erstmal wieder ruhiger werden und klar denken. Dann wird schon alles wieder. Eine Freundschaft wie eure hält so einen Streit aus. Glaub' mir.« Er grinste sie an. »Ich weiß, wovon ich rede. Warte es ab, morgen sieht die Welt schon besser aus.«

Stefan fuhr Charlotte nach Hause. »Ins Büro gehst du heute besser nicht mehr. Schlaf' drüber. Ich muss noch mal in die Klinik. Wenn es dich zu sehr plagt, ruf' mich an. Ja?«

»Danke, Stefan. Es ist schön, dass es dich gibt. Ich werde mich wohl wirklich früh ins Bett legen und versuchen zu schlafen.«

Außer sich vor Zorn war Tom in seinen Wagen gesessen und nach Hause gefahren. Wie konnte Charlotte so etwas von ihm denken? Er hielt es in seiner kleinen Wohnung in Knielingen nicht aus und ging zu Fuß zwei Straßenecken weiter in die Dorfkneipe. Dort bestellte er sich ein Bier und das Tagesessen.

Gegen einundzwanzig Uhr verließ Stefan die Klinik und wählte Charlottes Nummer. »Ja?« meldete sie sich schlaftrunken.

»Entschuldige. Habe ich dich geweckt?«

»Macht nichts.«

»Ich wollte nur fragen, ob Tom sich bei dir gemeldet hat.«

»Nein, hat er nicht. Der soll bleiben, wo der Pfeffer wächst«, schnaubte sie ins Telefon.

»Wo wohnt er eigentlich?« fragte Stefan ganz beiläufig.

»In der Saarlandstraße, in Knielingen. Warum?«

»Ach, nur so. Kommst du klar oder soll ich vorbeikommen?«

»Nein, nein, ist schon ok. Ist lieb von dir, aber ich wäre heute keine gute Gesellschaft für dich.«

»Dann Gute Nacht und schlaf' schön.«

»Gute Nacht, Stefan.«

Die Saarlandstraße war lang. Stefan fuhr langsam und hielt Ausschau nach Toms Wagen. Er war sich nicht so ganz im Klaren, was er hier eigentlich wollte, aber seine innere Stimme sagte ihm, dass er das Richtige tat.

Endlich sah er den großen, schwarzen Geländewagen und parkte direkt dahinter. Er stieg aus und ging auf die nächstgelegene Haustür zu. Gleich der unterste Klingelknopf wies Tom als Bewohner dieses Hauses aus. Er klingelte und wartete. Noch einmal drückte er auf die Klingel, doch es wurde nicht geöffnet. Er trat einen Schritt zurück und sah sich die Vorderseite des dreigeschossigen Wohnhauses an. Er vermutete, laut Klingelknöpfen, in dem Haus drei Parteien. Und da Toms Klingel die unterste war, würde er wohl im Erdgeschoss wohnen. Die Rollläden waren nicht geschlossen, doch Licht war keines auszumachen. Er schien nicht da zu sein. Stefan überlegte, wo er denn hingehen würde, in seiner Situation? Er kam zu dem Schluss, dass er sich an Toms Stelle wahrscheinlich betrinken würde. Also marschierte er die Straße hinauf, in der Hoffnung Tom in irgendeinem Lokal in der Nähe anzutreffen.

Er hatte Glück. Gleich in der ersten Kneipe, die er betrat, sah er Tom an der Theke sitzen und ging auf ihn zu. Tom schaute ihn mit verschleiertem Blick an. »Oh ... der Herr Doktor. Was machen Sie denn hier?« Seine Zunge schien schon etwas schwer zu sein.

»Guten Abend Herr Berger. Was für ein Zufall. Ich wollte hier noch was Essen.« Mit seinem Whiskyglas winkte Tom ihn zu sich heran.

»Setzen Sie sich doch. Ich kann ein bisschen Gesellschaft brauchen. Wollen Sie auch einen? Und noch zwei, bitte«, rief er der Bedienung hinter der Theke zu. Stefan bestellte sich ein Schnitzel mit Brot.

»Prost. Auf die Frauen.« Tom hob sein Glas. Stefan hob ebenfalls sein Glas, stieß mit ihm an, trank einen Schluck und schüttelte sich. Whisky zählte nun nicht gerade zu seinen favorisierten Getränken. »Sie haben da wohl mehr Glück, als ich.« Stefan sah ihn fragend an.

»Sie sind doch jetzt mit Charlotte zusammen, oder nicht?«

»Ich denke schon, ja. Warum fragen Sie?«

»Sie Glücklicher. Aber passen Sie auf.« Er schwankte gefährlich auf Stefan zu. »Sie ist ein Spion.«

Stefan lächelte ihn an. »Das müssen Sie mir jetzt aber genauer erklären.«

»Dann hören Sie mal genau zu.« Das Zuhören fiel Stefan nicht schwer. Genau das wollte er ja erreichen. Und er hatte nicht gedacht, dass es so einfach werden würde. Die Bedienung brachte sein Schnitzel und er begann zu essen, während Tom ihm in seinem alkoholisierten Zustand sein ganzes Leid klagte.

»Charlotte glaubt doch tatsächlich, dass ich ein korrupter Bulle bin. Ausgerechnet ich soll diesem Schundblatt Informationen zuspielen. Für Geld. Können Sie sich das vorstellen, Doc? Sogar mit der Gruber hat sie schon über mich gesprochen. Ich kann es nicht fassen. Meine Charlotte.« Erschrocken fasste er Stefan am Arm. »Oh, ´tschuldigung. Ihre Charlotte. Ich meine nur, wir kennen uns schon so lange, und da glaubt sie wirklich, dass ich ...« Mit einem Mal schlug er mit der Hand auf die Theke und fuhr Stefan an: »Dabei bin ich doch derjenige, der ihr immer zugeraten hat.«

Stefan legte sein Besteck auf den Teller. »Zugeraten? Wozu?«

»Na, zu Ihnen, Doc. Ich hab' immer gesagt: ‚Charlotte, gib' ihm doch eine Chance. Der ist der Richtige für dich.'« Stefan musste lächeln. Seine Entscheidung, hierher zu kommen, war doch richtig gewesen. Tom war es wirklich wert. Er bestellte ein Glas Wasser und einen Kaffee und schob beides zu dem überraschten Tom. »Was'n das?«

»Trinken Sie. Wird ihnen gut tun nach dem Teufelszeug hier.« Mit den Fingern deutete Stefan auf den Whisky. »Darf ich jetzt mal was sagen?« fragte er vorsichtig.

»Klar doch Doc. Ich bin ganz Ohr. Sie sind ein Netter.«

»Ok. Dann sagen wir jetzt erst einmal du, oder? Ich bin der Stefan.«

»Ja, und ich bin der Tom.« Er lachte und kippte das Wasser in einem Zug hinunter. »Ist das fade.«

»Falls ich mich irren sollte, unterbrich' mich, ja?«

»Du irrst dich nie. Das weiß ich von Charlotte.« Den Kaffee hatte er noch nicht angerührt.

»Ok. Du stehst unter dem Verdacht, der Presse Informationen zuzuschieben.«

»Oh ja. Das glauben scheinbar alle.« Tom legte sich mit den Armen auf die Theke und sah Stefan mit alkoholvernebelten Augen an.

»Du gibst aber auch mehr Geld aus, als du in deinem Job verdienst.« Tom nickte und sah Stefan aufmerksam an. »Also musst du irgendwie noch andere Einnahmen haben, oder?«

»Ja. Hab' ich.« Er rührte Zucker in seinen Kaffee.

»Und die wären? Falls das nicht zu direkt ist.«

Tom sah ihn erstaunt an. »Wieso zu direkt? Das ist kein Geheimnis. Seit ungefähr einem Jahr setze ich auf Pferde.

Und die Biester laufen so, wie ich es auf den Scheinen tippe. Die Gewinne sind ein schönes Zubrot. Aber bei weitem nicht soviel, wie es vielleicht aussieht. Und da ich kein Sparfuchs bin, haue ich es gleich wieder auf den Kopf.« Er trank einen Schluck Kaffee und schüttelte sich. Stefan sah ihm an, dass ihm der Whiskey besser geschmeckt hatte.

»Hast du das Charlotte erzählt?« Tom sah ihn verwirrt an und erwiderte: »Wieso?«

»Vielleicht wäre es dann erst gar nicht so weit gekommen.«

»Meinst du? Aber warum hat sie mich denn nicht gefragt? Warum musste sie denn gleich zu der Gruber rennen? Warum musste sie denn heimlich in mein Notizbuch schauen? Das macht man nicht, wenn man befreundet ist. Würdest du das vielleicht tun?« Der Kaffee schien zu wirken, denn die Worte klangen bedeutend klarer.

»Hast du mal versucht, es aus Charlottes Sicht zu sehen? Stell' dir mal vor, Charlotte gibt Geld aus, das sie rechnerisch nicht haben kann, aber sie erzählt nichts. Die Gruber spricht dich darauf an. Du fragst bei Charlotte sachte nach, bekommst aber keine konkrete Antwort. Du fängst an zusammenzutragen, was du alles weißt. Machst dir eine Liste wie bei euren Ermittlungen und es bleibt nichts Entlastendes übrig, aber glauben willst du das alles auch nicht, denn deine Charlotte tut so etwas nicht.« Tom schien wieder recht nüchtern zu sein. Er folgte aufmerksam Stefans Ausführungen. »Und dann siehst du da Charlottes Notizbuch. Greifst du nicht danach, um dir letzte Gewissheit zu holen, dass an den Gerüchten nichts dran ist?« Tom nickte langsam.

»Du kannst es ruhig sagen«, bemerkte Tom geknickt. »Ich habe mich wie ein Vollidiot benommen.«

Stefan lächelte ihn milde an. »Das musst du nicht mir sagen, sondern Charlotte.« Er sah auf die Uhr und sagte: »Ich kann dich zu ihr fahren, wenn du möchtest.«

»Das würdest du tun? Mich zu deiner Freundin fahren?«

»Ich trau' dir. Und jetzt schau', dass ihr das aus der Welt schafft.« Stefan klopfte Tom aufmunternd auf die Schulter.

»Und wenn sie nichts mehr mit mir zu tun haben will?«

»Sie will. Glaub' mir.«

Stefan setzte Tom vor Charlottes Haus ab und sagte mit einem Augenzwinkern: »Sag' ihr aber nicht, dass wir miteinander geredet haben. Frauen müssen nicht alles wissen.«

»Danke. Ich bin dir was schuldig.«

»Lass' gut sein. Du hast mir schon mehr geholfen, als du ahnst.«

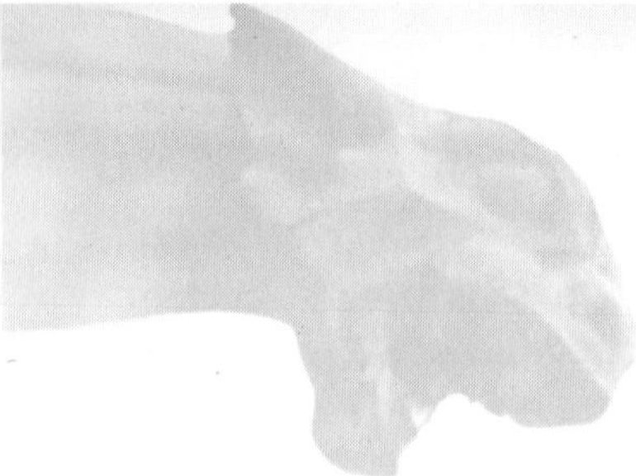

17. KAPITEL

Sein inzwischen angestammter Platz in der hinteren Ecke war von einem langhaarigen Jungen belegt. Mit Kopfhörern auf den Ohren, die ein zischendes, rhythmisches Geräusch von sich gaben, tippte der wild auf der Tastatur herum. Verwirrt beobachtete Heck den Jungen von der Theke aus. Er konnte Veränderungen nicht leiden. Das war sein Platz und er war nicht gewillt, sich an einen anderen freien Platz zu setzen. Langsam ging er auf den Jungen zu, tippte ihm auf die Schulter und sagte: »Junger Mann, würden Sie sich bitte an einen anderen Tisch setzen? Das ist mein Platz.«

»Hey Alter, zieh' Leine«, kam die barsche Antwort.

Unvermittelt packte Heck den überraschten Jungen schmerzhaft am Genick, zog ihn zu sich nach oben und flüsterte ihm bedrohlich zu: »Wenn du dich nicht sofort auf einen anderen Platz setzt, schneide ich dir die Kehle durch.« Um seine Aussage zu bekräftigen, drückte er noch fester zu, was den Jungen aufjaulen ließ.

»Ist ja gut, Alter. Ich geh' ja schon.« Der Junge raffte seine Habseligkeiten auf dem Tisch zusammen und setzte sich rasch an den Tisch direkt am Eingang. Fragend kam der Cafébetreiber an den Tisch des Jungen und unterhielt sich mit ihm. Sie warfen Blicke zu dem Mann im hellbraunen Mantel, der sich zufrieden gesetzt hatte und die Homepage von Angelika Stab aufrief. Der Betreiber wollte auf ihn zugehen, wurde aber durch ein Abwinken des Jungen zurückgehalten. Kopfschüttelnd zog sich der Inhaber hinter seine Theke zurück, behielt den kahlköpfigen Mann aber im Auge.

Gnädigste Frau Stab,
haben Sie die Zeitung gelesen? Dann sind Sie jetzt bestimmt auch von meiner Existenz überzeugt. Ich bin ein Blutfänger wie Sie. Gewiss werden Sie mir nach diesem Beweis die Ehre zuteil werden lassen, sich meiner anzunehmen, um mich in die weiteren Gepflogen-

heiten eines Blutfängers einzuweisen.
Ihr ergebener Blutfänger.

Vergeblich wartete er auf eine Antwort. Die Autorin schien nicht online zu sein. Er würde morgen wieder kommen. Jetzt konnte sie ihn nicht mehr verleugnen und musste ihm helfen. In ihrem Buch hatte sie schließlich folgendes geschrieben:

... Du brauchst dich aber nicht zu fürchten. Wir leben heute ganz anders. Aber das erzählen wir dir gleich ...
... Wir werden dir alles beibringen, was du für ein normales Vampirleben unter den Menschen brauchst. Wir versuchen den gebissenen Menschen zu helfen, indem wir ihnen Richtlinien für ihr neues Leben vermitteln ...

Wieder mit abgezählten Münzen bezahlte Heck an der Theke. »Das nächste Mal suchen Sie sich bitte einen freien Platz. Ich wünsche hier keinen Ärger«, raunte der Betreiber ihm zu.

»Ich weiß nicht, wovon Sie reden«, erwiderte Heck freundlich.

»Sie wissen genau, wovon ich rede. Der junge Harry da drüben. Lassen Sie ihn in Ruhe.«

Heck blickte sich zu diesem Harry um, der ängstlich zu ihnen herüber sah. Er lächelte ihn an und sagte leise beim Hinausgehen: »Ich werde dir schon Ruhe geben.«

Die Türklingel hatte Charlotte aus dem Tiefschlaf gerissen. Der Blick auf die Uhr sagte ihr, dass es kurz vor dreiundzwanzig Uhr war. Fluchend stand sie auf, drückte den Türöffner und wartete gähnend auf den nächtlichen Störenfried. Überrascht erkannte sie Tom, der langsam die Treppe heraufstieg. Sie zog den Gürtel ihres Bademantels fester und fragte brummig: »Was willst denn du hier? Es ist mitten in der Nacht.«

Toms Alkoholfahne stieg Charlotte unangenehm in die Nase.

»Darf ich reinkommen?« Tom sah sie mit bittenden Augen an.

»Dann komm'. Ich koche uns am besten einen Kaffee.«

Während Charlotte den Kaffee aufbrühte und in zwei Tassen füllte, saß Tom am Küchentisch und streichelte Shirley, die es sich auf seinem Schoß gemütlich gemacht hatte. Er schien in Gedanken zu sein. Charlotte setzte sich ihm gegenüber und sah ihn auffordernd an. Er nahm einen Löffel Zucker und verrührte ihn andächtig.

»Jetzt sag' schon. Du bist ja wohl kaum zum Kaffeetrinken zu mir gekommen, oder?«

»Ich habe nachgedacht. Wegen heute Mittag. Es tut mir leid.«

»Was tut dir leid?« So leicht gab Charlotte nun auch wieder nicht nach, obwohl sie sich freute, dass Tom sich versöhnen wollte.

»Alles. Ich hätte mit dir reden sollen, statt dich so hinzuhalten. Aber ich war so enttäuscht, dass du gleich zu der Gruber rennen musstest.«

Charlotte plusterte sich auf und erwiderte entrüstet: »Moment mal. Nicht ich bin zur Gruber gerannt. Sie hat mich auf dich angesprochen, dass es da Gerüchte um dich gäbe. Ich habe dich verteidigt und ihr gesagt, dass es nicht sein kann.«

»Du hast mich verteidigt?« fragte er ungläubig. »Obwohl du dachtest, ich sei korrupt?«

»Ich habe nie geglaubt, dass du korrupt bist. Aber was sollte ich denn denken? Du wolltest mir nichts sagen. Die Artikel erschienen zeitnah zu unseren Ermittlungen. Du gehst in die teuersten Häuser und hast einen Wagen vor der Tür stehen, von dem ich nur träumen kann. Dann versuche ich, mit dir zu reden, und du beschimpfst mich und läufst davon. Dass ich in dein Notizbuch geschaut habe, tut mir leid, aber ich wusste mir nicht anders zu helfen. Das musst du mir glauben.«

Tom nickte und sah Charlotte lange an.

»Du hast Recht. Ich war ein Trottel. Ich habe deine Fragen nicht ernst genug genommen. Ich hätte dir von meinen Pferdewetten erzählen sollen, dachte aber, das sei nicht so wichtig. Und der Wagen, den muss ich noch sechs Jahre lang abstottern.«

»Und warum kaufst du dir jeden Tag diese Zeitung?« fragte Charlotte schmunzelnd.

»Wegen der Wettergebnisse und der Quoten. Ich lese tatsächlich selten den Rest.« Er lächelte gequält.

»Du weißt aber schon, dass Wetten ein großes Risiko darstellen? Nicht nur für deinen Geldbeutel, auch für deinen Job.« Sie sah ihn ernst an.

»Ich wette nur in den staatlichen Wettbüros. Ich bin doch nicht blöde.« Sie lachten und beide hatten das Gefühl, um etliche Kilos leichter zu sein.

»Dann sollten wir nun schleunigst gemeinsam versuchen, den Informanten zu finden. Das könnte sonst noch böse enden.«

»Das sollten wir tatsächlich. Ich habe da auch schon einen Verdacht.«

»Wer?« fragte Charlotte neugierig.

»Da muss ich mir erst sicher sein. Was geschieht jetzt mit der Gruber?«

»Ihr werde ich selbstverständlich erklären, dass meine Vermutung richtig war: Dass du niemals der Presse Informationen zugespielt hast.«

»Danke. Danke für dein Vertrauen, auch wenn ich es sehr strapaziert habe.«

Lächelnd antwortete Charlotte: »Ich danke. Für deine Freundschaft, die so einen blöden Streit wegstecken kann.«

Tom hatte das Gespräch mit Stefan tatsächlich nicht erwähnt und sich von einem Taxi nach Hause fahren lassen. Auf der Fahrt dachte er: »Diese beiden sind schon etwas Besonderes. Bessere Freunde kann man nicht haben.«

Müde betrat Charlotte kurz nach sieben das Büro, wo Tom bereits frisch und hellwach an seinem Schreibtisch saß. Er winkte ihr ernst mit der Zeitung. »Hier lies! Wieder einer. Der Informant muss aus unseren Reihen kommen. Nur die SoKo hat solche Informationen.«

Charlotte überflog den Artikel.

Vampire unter uns?
Die kürzlich in Karlsruhe verübten Morde, die als Selbstmord getarnt waren, geben weitere Rätsel auf. Es hat sich herausgestellt, dass eine gewisse Blutmenge fehlt. Haben wir es hier mit einem blutrünstigen Vampir zu tun? (Lesen Sie hierzu bitte auch den Bericht über Vampire auf Seite 13.) Staatsanwaltschaft und Polizei hüllen sich weiter in Schweigen.

»Das gibt es doch nicht. Das gefährdet unsere ganze Ermittlung. Ich muss sofort zur Gruber. Falls ich nicht rechtzeitig zurück sein sollte, beginnst du mit der Teambesprechung.« Mit der Zeitung unter dem Arm stürmte sie hinaus und stieß mit Caspari zusammen. Verächtlich sah er sie an und sagte: »Wohin so eilig? Der Karriere hinterherlaufen?« Sie schob ihn beiseite und sparte sich eine Antwort.

Die Tür der Staatsanwältin war verschlossen. Charlotte wählte Frau Grubers Handynummer. Verwundert meldete sie sich: »Guten Morgen, Frau Krüger. Was gibt es so Eiliges?«

»Ich muss dringend mit Ihnen reden. Es ist wieder ein Artikel in der Zeitung.«

»Ich bin gleich da. Ich bin bereits unten auf dem Parkplatz.«

Ungeduldig ging Charlotte ihr entgegen und las ihr auf dem gemeinsamen Weg ins Büro den Artikel vor. Vehement versicherte sie ihr, dass Tom nicht der Informant sein könne, was Frau Gruber mit einem zufriedenen Lächeln zur Kenntnis nahm, ohne nachzufragen. In ihrem Büro angekommen sagte Frau Gruber: »Dann müssen wir den Informanten tatsächlich in unserer SoKo haben. Haben Sie einen Verdacht?« Sie sah Charlotte durchdringend an.

»Ich streue ungern Gerüchte in die Welt. Aber wir werden die Augen und Ohren offen halten. Kommen Sie zu der Teambesprechung?«

»Ich kann heute leider nicht. Ich habe einen Gerichtstermin. Ich werde mir Ihre schriftliche Zusammenfassung durchsehen. Und sagen Sie Ihrem Herrn Berger einen schönen Gruß von mir. Ich freue mich, dass dieses Gerücht um ihn zerstreut werden konnte. Und Ihnen, Frau Krüger muss ich sagen: er kann froh sein, so eine Kollegin zu haben.«

Die Besprechung hatte noch nicht begonnen. Verona und Sarah traten zu Charlottes Platz, die sich gerade mit einer Tasse Kaffee an ihren Schreibtisch gesetzt hatte und Tom kurz von der Unterredung mit der Staatsanwältin berichtete, nicht ohne ihm mit Stolz deren Schlusssatz zu zitieren.

»Frau Krüger?« unterbrach Sarah ihre Vorgesetzte. »Wir haben die Fallanalyse fertig. Wollen Sie einen Blick darauf werfen?«

»Aber sicher doch. Ich bin schon mächtig gespannt.« Charlotte nahm den Schnellhefter und schlug ihn auf. Der erste Eindruck war überraschend. Ordentlich gegliedert und in Einzelberichte aufgeteilt, gestaltete sich der Bericht lehrbuchmäßig. Anerkennend nickte Charlotte immer wieder mit dem Kopf, während sie Seite für Seite durchblätterte und die Aufstellungen und Zusammenfassungen, sowie die daraus gezogenen Schlussfolgerungen durchlas. »Ich bin beeindruckt. Das haben Sie beide alleine ausgearbeitet?«

Die beiden nickten und lächelten sich gegenseitig zu. Charlotte konnte den Stolz in ihren jungen Augen sehen. »Na, dann tragen Sie Ihre Erkenntnisse nachher bitte vor. Das könnte uns weiterhelfen. Sehr gute Arbeit.«

Die Fallanalyse der beiden Praktikantinnen war zum Ende der Besprechung angesetzt und wurde mit großem Staunen von den restlichen SoKo-Mitgliedern verfolgt. Außer von Caspari natürlich. Der hatte zu jedem Detail einen dummen Spruch von sich zu geben, heimste dafür allerdings reihum nur böse Blicke ein.

Durch die Zusammenstellung der einzelnen Fakten der Tatorte, Opfer und Zeugenaussagen ergab sich folgendes Bild, das Sarah mit Hilfe einer Folie auf dem Overheadprojektor aufzeigte:

»Der Täter ist vermutlich in der Oststadt wohnhaft, eventuell auch nur dort beschäftigt. Es kann mit Sicherheit gesagt werden, dass er einen Bezug zur Oststadt haben muss.

Anhand der Aussage von Gerda und Olaf Ratzel handelt es sich um einen jungen, hageren Mann zwischen zwanzig und dreißig Jahren. Die Taten selbst weisen auf ein sehr gestörtes Bewusstsein des Täters hin, was ihn äußerst gefährlich macht. Er scheint in einer Art Besessenheit zu morden, was aber nicht ausschließt, dass er die Art und Weise jederzeit ändern kann. Wir kennen seine Beweggründe nicht. Er weicht von den bisher bekannten Serienmördern ab. Er scheint zwar auf Frauen fixiert, vergeht sich aber nicht sexuell an ihnen, was einen Triebtäter ausschließt und uns die Durchsicht aller auffälligen Sexualtäter ersparen dürfte. Die fehlende Blutmenge weist auf eine Art Ritual oder Ähnliches hin. Ebenso die zwei Tatwaffen. Er täuscht das einfache Küchenmesser als Tatwaffe vor, benutzt aber ein bedeutend schärferes Messer für die eigentliche Tat. Die Tatzeiten, sowie die Tatvorgänge, mit Ausnahme Gerda Ratzel, weisen auf eine akkurate Gleichmäßigkeit hin, was den Täter als äußerst korrekt und genau erscheinen lässt. Hieraus schließen wir, dass es sich um einen Angestellten handeln muss, Selbstständigkeit nicht auszuschließen, der vermutlich in einem Büro tätig ist. Geregelte Arbeitszeit, geregeltes Einkommen, kein Schichtbetrieb, keine körperliche Arbeit. Im Fall Gerda Ratzel muss etwas seine Gewohnheiten aus dem Gleichgewicht gebracht haben. Ein Vorfall, der ihn zu einer Spontanhandlung getrieben hat. Zu unvorsichtig und zu unüberlegt war sein Handeln im Vergleich zu den anderen Opfern.«

Das Klingen des Telefons unterbrach den Vortrag. Charlotte meldete sich, durch die Unterbrechung gestört, in verärgertem Tonfall. »Krüger.«

»Frau Krüger? Hier ist Polizeiobermeister Schenk vom Revier Durlach. Wir hatten eben einen Anruf, der Sie interessieren dürfte. Es geht scheinbar um Ihren Serienmörder.«

»Was für einen Anruf? Von wem?« Die SoKo-Mitglieder lauschten gespannt.

»Eine Durlacher Autorin, Angelika Stab, hat sich bei uns gemeldet und von einem seltsamen E-Mail-Kontakt berichtet. Ein sogenannter Blutfänger bekennt sich in den E-Mails zu den Morden hier in Karlsruhe. Ich dachte, das wäre vielleicht hilfreich. Es könnte natürlich auch nur ein Spinner sein.«

»Nein, nein. Wir werden dem selbstverständlich nachgehen.«

Sie ließ sich die Adresse und Telefonnummer dieser Angelika Stab geben, bedankte sich und legte auf.

Mit kurzen Worten erzählte sie ihrem Team den Verlauf des Telefonates und übertrug Tom die Leitung, um die Besprechung alleine fortzuführen. »Ich fahre zu dieser Frau Stab und versuche herauszufinden, ob es tatsächlich für uns von Interesse ist.«

Vom Wagen aus rief sie bei der Autorin an. »Kann ich gleich vorbeikommen?«

»Selbstverständlich. Kaffee oder Tee?« Frau Stab hatte eine angenehme, weiche Stimme.

»Kaffee wäre nett. Bis gleich.«

Überrascht stellte Charlotte fest, dass Angelika Stab nur ein paar Häuser von ihrer eigenen Wohnung entfernt wohnte. An dem vierstöckigen Altbau war sie schon oft vorbei gegangen und hatte die hübschen Balkone mit ihren gusseisernen Ornamenten bewundert. Dass hier aber eine bekannte Schriftstellerin wohnte, war ihr bisher entgangen.

Eine sehr attraktive Frau, Anfang vierzig mit kurzem blondem Haar, öffnete lächelnd die Tür. Charlotte sah sie sprachlos an. »Kommen Sie herein und schließen den Mund. Ich weiß schon, was Sie denken. Eine Schriftstellerin stellt man sich anders vor. Unscheinbar, mit Brille und altbackener Frisur. Aber seien Sie beruhigt, eine Kripobeamtin hatte ich mir auch anders vorgestellt. Ich habe Sie schon oft gesehen. Sie wohnen da drüben, oder?«

Sie führte sie in ein vollgestopftes Arbeitszimmer, schob einen Stapel Papiere zur Seite und deutete auf einen freien Stuhl.

Charlottes Sprache war zurückgekehrt. »Ja. Ich habe Sie auch schon öfter gesehen. Aber ich wusste nicht, dass Sie Frau Stab sind. Ich habe einige Ihrer Bücher zu Hause.«

»Auch gelesen?« fragte Frau Stab amüsiert und schenkte Kaffee ein.

»Ja. Und sie gefallen mir. Ich kann es trotzdem nicht fassen. Da wohnen wir fast nebeneinander und ich weiß nicht, dass Sie die berühmte Autorin sind.«

»Langsam«, kam lachend die Antwort. »Von berühmt kann kaum die Rede sein. Ich habe zwar einige Romane und Kurzgeschichten veröffentlicht, aber deshalb bin ich noch lange nicht berühmt.« Sie schob Charlotte Zucker und Milch zu. »Aber das will ich auch gar nicht werden. Ich bin froh, durch Durlach gehen zu können, ohne dass mich jeder anspricht.« Charlotte hätte sich noch gerne weiter privat mit dieser sehr interessanten Frau unterhalten. Sie hatte etwas an sich, das Charlotte sehr anziehend fand. Vielleicht fand sich später irgendwann eine Gelegenheit, diese neue Bekanntschaft zu vertiefen. Doch nun war sie dienstlich hier.

»Polizeiobermeister Schenk hat uns angerufen und gesagt, Sie hätten einen seltsamen E-Mailkontakt, wegen dem Sie sich auch ans Revier Durlach gewandt haben. Was ist so seltsam daran?«

Frau Stab stand auf, zog ein kleines Buch aus einem ebenso überfüllten Bücherregal, in dem aus Platzgründen die Bücher nicht nur hochkant standen, sondern auch quer darüber gestapelt waren, und reichte es Charlotte. »Haben Sie das auch gelesen? Ist eines meiner Erstlingswerke.«

Mein Leben als Blutfänger. Auf dem Einband war das Karlsruher Mausoleum in Abenddämmerung abgebildet. Dem Bild nach zu schließen, musste es sich um einen Gruselroman handeln. Charlotte schüttelte den Kopf. »Nein, leider nicht. Worum geht es da?«

»Ich versuche, es ganz kurz zu halten. Ein Junge spielt am Mausoleum, macht mit seinen Freunden eine Mutprobe und steckt seinen Arm in ein Entlüftungsloch der Gruft. Etwas beißt ihn in den Arm und er fühlt sich sonderbar. Zu Hause überrascht er seine geliebten Eltern, die gerade dabei sind, rohe Schweineleber zu essen, was ihn mächtig schockiert.« Charlotte verzog angewidert das Gesicht. »Die Eltern erklären ihm, dass sie Vampire seien, er sich aber nicht zu fürchten brauche, da sie keine Menschen mehr überfielen. Außer in den Zeiten des Blutrausches. Dann mutieren sie zu sogenannten Blutfängern und brauchen menschliches Blut. Um diesem Drang zu widerstehen, essen sie rohe Schweineleber. Und da kommt der Forumschreiber ins Spiel.« Charlotte nickte langsam und folgte aufmerksam Frau Stabs Ausführungen. »Er hat mir im Forum erklärt, er sei ebenso wie ich ein Blutfänger. Anfangs dachte ich, es handle sich um einen fanatischen Fan. Doch heute Morgen schrieb er, ich solle die Zeitung lesen. Dort würde ich den Beweis finden. Ich fand schnell den Artikel, den er meinte, auch wenn ich mir dieses Schundblatt, entschuldigen Sie diesen Ausdruck, erst kaufen musste.«

»Dürfte ich die Forumeinträge sehen?«

»Klar doch.« Sie zog den Laptop zu sich heran, gab ein paar Zeichen ein und drehte es Charlotte zu. »Das sind seine ganzen Einträge und meine Antworten. Ich finde seine Einträge sehr sonderbar.«

Charlotte überflog die Einträge und zog die Stirn in Falten. »Die sind in der Tat sehr sonderbar. Darf ich einen Spezialisten beauftragen, der die Herkunft dieser Nachrichten ermittelt?«

»Selbstverständlich. Wenn ich Ihnen damit behilflich sein kann.«

Charlotte überlegte kurz, tippte dann aber Mollingers Nummer in ihr Handy ein, der sich auch sofort meldete.

»Herr Mollinger. Sie sind doch EDV-Spezialist.«

»Wenn Sie das sagen«, brummte er ins Telefon.

»Herr Mollinger, bitte. Ich kenne Ihre Fähigkeiten und brauche Sie hier dringend. Können Sie zurückverfolgen, woher ein Eintrag in einem Forum stammt?«

»Wenn es von einem ungeschützten Privatrechner oder einem öffentlichen Internetcafé kommt, ja. Wenn es von einem gesicherten PC kommt, wird es schwieriger.« Langsam schien er freundlicher gesinnt zu sein. »Ich brauche aber den Zugang zu dem Forum.«

»Den bekommen Sie sofort. Können Sie gleich anfangen?«

»Klar.« Inzwischen schien er sogar erfreut über Charlottes Vertrauen.

»Und Mollinger. Bitte kein Wort darüber. Ja?«

»Ich verstehe. Geht in Ordnung.«

Charlotte reichte Frau Stab den Hörer und bat sie, Mollinger die notwendigen Zugangsdaten zu geben. Das könnte ein weiteres Stück zu diesem Puzzle sein.

Caspari schaute Mollinger neugierig über die Schulter, während er die administrative Homepage von Frau Stab aufrief.

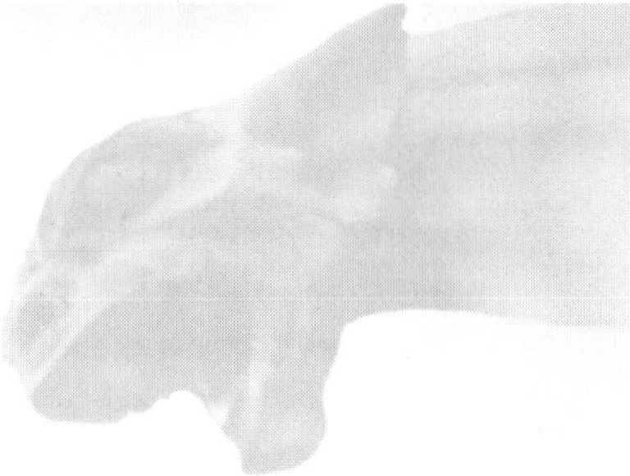

18. KAPITEL

»Wärst du höflicher zu mir gewesen, hätte ich dich gewiss nicht ausgesucht. Mit Frauen ist es einfacher. Aber du musstest mich ja beschimpfen. Du musstest ja auf meinem Platz sitzen.« Sorgfältig verschloss Heck sein Glas, packte seine Handschuhe in den Stoffbeutel und ging langsam durch die Einfahrt nach draußen auf die Straße. Es hatte angefangen zu schneien. Die Schneeflocken fielen sachte auf den leblosen Körper in dem verlassenen Hinterhof.

Niemand hatte ihn gesehen, als er den Jungen von hinten packte, ihm das Mulltuch auf Mund und Nase drückte und ihn gleichzeitig in die Einfahrt der schon lange verlassenen Schreinerei schob. Im Hinterhof sackten dem Jungen dann endlich die Beine weg und seine Bemühungen, sich zu wehren, ließen nach. Bei Frauen wirkte das Narkotikum bedeutend schneller, was Heck auf das Körpergewicht zurückführte. Schnell schnitt er mit Hilfe von Marlene in das rechte Handgelenk und hielt sein geöffnetes Einmachglas darunter. Das Blut floss langsam, aber in einem gleichmäßigen Strom hinein. Fasziniert beobachtete er, wie der Blutstrom immer langsamer wurde und legte die Hand ab. Dann setzte er einen weiteren Schnitt an der linken Hand, wo das Blut etwas schneller zu laufen schien. Doch auch hier verebbte der Blutstrom rasch. Er hob das Glas in Augenhöhe, wackelte abschätzend mit dem Kopf und kam zu dem Schluss, dass das aufgefangene Blut in seinem Glas ausreichte. Es musste nicht voll werden. Er konnte es sowieso nicht zu lange aufbewahren, da es mit der Zeit anfing zu gerinnen und dadurch einen unangenehmen Geschmack erhielt. Ein kleineres Glas hätte es eigentlich auch getan, doch mit diesem hatte er begonnen und mit diesem wollte er auch weitermachen. Er hasste unnötige Veränderungen.

Um den Mord wieder wie einen Selbstmord aussehen zu lassen, holte er eine Glasscherbe aus dem Müllhaufen in der Ecke, setzte sie an beiden Handgelenken an und fuhr damit Marlenes perfekte Schnitte nach. Danach drückte er die Scherbe dem leblosen, aber noch warmen Jungen in die Hand. »Eigentlich brauche ich das ja nicht mehr. Sie wissen sowieso, dass es kein Selbstmord ist. Aber ich fühle mich so überlegen dabei. Keinerlei Spuren. Die werden mich nie finden! Ich bin ein Blutfänger und die findet man nicht.« Sein Lachen hallte an den Wänden des Hinterhofes wider. Er merkte nicht, wie laut er lachte, es war aber auch egal. Niemand hörte ihn.

»Wir haben gleich wieder eine Besprechung, und wir sind noch keinen Schritt weiter«, sagte Charlotte entmutigt zu Tom.

»Was heißt hier noch keinen Schritt weiter? Wir haben eine Täterbeschreibung, wenn auch eine spärliche. Wir haben ein Täterprofil. Ok, auch spärlich. Wir haben einen Forumschreiber, von dem wir, wenn dein Mollinger wirklich so gut ist, die Daten bekommen, und wir erwarten heute die Ergebnisse von Stefan.«

Charlotte hob ihre linke Augenbraue. »Seit wann sagst du Stefan?«

»Er heißt doch Stefan, oder nicht?« antwortete Tom verschmitzt lächelnd. »Ein paar Befragungen stehen auch noch aus, also warum denn den Kopf hängen lassen?«

»Die Frist der Gruber läuft langsam ab. Ich habe noch drei Tage, dann lässt sie mir die Leitung entziehen. Und ich kann es ihr nicht einmal verübeln.« Sie verzog ihren Mund zu einem Schmollen.

»Jetzt warten wir es erst einmal ab. Los fang' an, die warten schon.«

Bevor Charlotte mit der Einteilung ihrer Leute beginnen konnte, läutete ihr Telefon. »Oh, nein. Wo? Wir kommen.« Ihr Gesicht war blass, ihre Augen starrten auf die große Tafel, die inzwischen voller Notizen hing. »Wir haben noch einen Mord. Ein junger Mann in der Gerwigstraße. Gleiches Tatmuster.«

»Ein junger Mann? Wie passt denn der in die supertolle Fallanalyse der beiden jungen Damen hier? Wohl doch nicht so gut aufgepasst in der Schule, wie?« Caspari grinste herablassend und flegelte sich wieder in seinen Stuhl. Man konnte ihm die Genugtuung ansehen, die es ihm bereitete, den beiden Praktikantinnen einen Fehler deutlich zu machen. »Caspari, Sie halten sich fern von Busch und Jäger.« Charlotte warf ihm einen bösen Blick zu. »Berger und ich fahren in die Gerwigstraße. Und Sie alle hier führen die noch ausstehenden Befragungen durch und halten sich für weitere Anweisungen bereit. Ich werde Sie telefonisch auf dem Laufenden halten. Sarah und Verona, Sie bleiben bitte am Telefon. Ich werde Sie kontaktieren, um die weiteren Ermittlungsergebnisse und entsprechende Anweisungen durchzugeben. Ebenso wünsche ich Rückmeldungen Ihrerseits, ebenfalls über Sarah und Verona. So stellen wir sicher, dass alle Informationen zeitnah hier zusammenkommen.«

Mit einem unguten Gefühl, was die Koordination der SoKo-Doppelklinge betraf, fuhr Charlotte mit Tom in die Gerwigstraße. Gegenüber der Sternbergstraße stand ein heruntergekommenes Gebäude, das bereits schon länger verlassen und unbewohnt war. Über der Hofeinfahrt wies ein altes abgeblättertes Schild auf eine ehemalige Schreinerei hin. Die Fenster zur Straßenseite waren mit Brettern vernagelt. Neben den hübsch renovierten Altbauten wirkte es irgendwie fehl am Platz.

»Guten Morgen, Frau Krüger«, wurde sie freundlich begrüßt. Erfreut antwortete sie: »Guten Morgen, Herr Falk. Sie sind wohl immer im Dienst?« Er nickte und wies nach hinten in den Hof. »Die Spurensicherung ist bereits da.« Sie nickte ebenfalls und sagte: »Danke, Herr Falk. Sie haben aber doch bestimmt schon was für mich, oder nicht?«

Als hätte er nur darauf gewartet, zog er sein Notizblöckchen hervor und begann seine Aufzeichnungen stolz vorzulesen: »Harald Jungbauer, 18 Jahre, Schüler, geht auf das Kantgymnasium, 12. Klasse. Wohnt in der Ludwig-Wilhelm-Straße, also gerade da vorne.« Er wies mit der Hand die Straße entlang. »Wohnt noch bei seinen Eltern. Die wurden noch nicht benachrichtigt. Mehr habe ich leider nicht für Sie.«

»Das reicht mir doch schon mal. Gut gemacht, Herr Falk. Sie sollten an all' meinen Tatorten sein, dann hätte ich bedeutend weniger Arbeit. Danke.« Ein glückliches Strahlen zeigte ihr, dass sie wieder den richtigen Ton gefunden hatte.

Der Hinterhof war typisch für die Altbauviertel. Auch hier waren die Fenster mit Brettern vernagelt. Ein flaches Nebengebäude stand quer zum Vorderhaus und bildete so den Abschluss des Hofes. In einer Ecke lag ein Stapel alter Autoreifen. Ein alter Herd und eine Mikrowelle gesellten sich zu dem Sondermüll. An einer Wand lehnten eine Menge alter Holzlatten, die wohl irgendwann zu der Schreinerei gehört hatten, aber niemand mehr gebrauchen konnte. Und mitten drin lag dieser tote Junge. Umringt von Männern und Frauen in weißer Schutzkleidung, dem Team von Doktor Engels.

Stefan erhob sich und kam auf Charlotte und Tom zu. »Hallo Tom, hallo Charlotte.« Er grinste beide an. Charlotte sah erst Stefan, dann Tom verwundert an, sagte aber nichts. »Der gleiche Täter. Wieder erst ein sauberer Schnitt, dann mit dieser Glasscherbe dilettantisch nachgeschnitten. Tatzeit, irgendwann gestern Abend. Mehr nach der Obduktion. Hier habt ihr noch ein Polaroidfoto der Leiche.« Er hauchte Charlotte einen Kuss zu und wandte sich wieder der Leiche zu.

»Harry, Harry! Wo ist er? Lassen Sie mich durch, das ist mein Sohn!« Charlotte ging schnell auf die Hofeinfahrt zu, wo eine kräftige Frau mittleren Alters versuchte, sich von Falk loszureißen. »Lassen Sie mich zu ihm.« Die Stimme versagte, und die Frau wurde von Weinkrämpfen geschüttelt. Charlotte trat auf sie zu, legte ihr die Hand auf die Schulter und versuchte sie zu beruhigen. Mit der anderen Hand gab Charlotte Tom ein Zeichen, aus dem er schloss, Doktor Pankratz schnellstmöglich herzuzitieren.

»Frau Jungbauer«, begann Charlotte vorsichtig. »Es tut mir so leid. Ihr Sohn ist tot. Er wurde vermutlich ermordet. Wissen Sie, wo er gestern war?« Die Frau schüttelte schluchzend den Kopf. Sie begann vor und zurück zu wippen. Für Charlotte ein deutliches Zeichen, dass sie unter Schock stehen musste.

Charlottes Handy rief ihren Namen. Sie winkte Falk zu sich und sagte: »Übernehmen Sie mal, bitte. Der Polizeipsychologe wird gleich hier sein. Danke«, und übergab dem überraschten Falk die weinende Frau Jungbauer.

»Krüger«, meldete sie sich an ihrem Handy, dessen Klingelton sie unbedingt wieder ändern musste. »Hier ist Sarah. Ich habe Mitteilung von Herrn Mollinger. Der PC, von dem aus die Einträge in das Forum der Schriftstellerin erfolgten, steht in einem Internetcafé. Ganz in Ihrer Nähe.«

»Wo genau?«

»In der Gerwigstraße, in Höhe der Veilchenstraße.«

»Danke, Sarah. Ich werde gleich dort vorbeigehen.« Sie berichtete kurz von dem toten Jungen und wies Sarah an, mit Verona in der Nähe des Telefons zu bleiben.

Charlotte sah sich suchend nach Tom um und fand ihn im Hof, sich angeregt mit Stefan unterhaltend. »Wir müssen los. Mollinger hat die Internetadresse einer richtigen Adresse zuordnen können. Stammt gleich von der nächsten Ecke. Tschüß Stefan, ich ruf' dich an.«

Das kurze Stück gingen sie zu Fuß. Es hatte aufgehört zu schneien und der liegengebliebene Schnee wurde durch den Wind in die verschiedensten Schlieren auf dem Gehweg verweht. »Sag' mal. Seit wann redet ihr denn soviel miteinander? Habe ich irgendwas verpasst?« Charlotte stieß Tom freundschaftlich in die Seite.

»Nein, wieso? Seit ich mich für seine Pathologie interessiert habe, haben wir wohl den Draht zueinander gefunden. Ist doch ein netter Kerl.« Er schnitt ihr eine Grimasse.

»Quatsch. Ich krieg' das aber noch raus.« Sie würde Tom schon noch zum Reden bringen, was da zwischen ihm und Stefan plötzlich für Vertrautheiten waren.

Das Internetcafé hatte glücklicherweise bereits geöffnet, auch wenn Charlotte nicht begreifen konnte, wer schon so früh hierher kommen sollte. Doch der Blick über die vielen belegten Plätze erklärte einiges. Die Besucher waren zwischen sechzehn und zwanzig Jahren. Alles Schüler und Studenten, wie es ihr schien. Die Kopfhörer ihrer iPods gaben die unterschiedlichsten Geräusche von sich.

Sie gingen zur Theke und verlangten den Betreiber dieses Cafés. Der junge Mann mit den dunklen Rastalocken, der gerade die Kaffeemaschine gefüllt hatte und nicht älter als fünfundzwanzig Jahre war, lächelte sie an und sagte: »Mein Name ist Joshua Klein. Mir gehört der Laden hier. Worum geht es?«

»Krüger und Berger von der Kriminalpolizei. Wir hätten ein paar Fragen über Ihre Besucher hier.«

»Ich gebe grundsätzlich keine Auskünfte über meine Kundschaft.« Gelangweilt rieb er mit einem Tuch über die Theke.

»Herr Klein, welche Internetseiten Ihre Kundschaft hier

aufsucht, interessiert uns nicht. Wir sind hier im Rahmen einer Mordermittlung«, erwiderte Charlotte barsch.

»Wegen eines Mordes?« Er riss die Augen auf und hielt im Putzen inne.

»Ja wegen eines Mordes. Und wir wissen, dass aus Ihrem Internetcafé heraus Foreneinträge getätigt wurden. Wenn wir wüssten, wer das gewesen sein könnte, kämen wir bei unseren Ermittlungen vermutlich schneller voran.«

Er nickte überzeugt. »Was wollen Sie wissen?« Keine Spur mehr von Langeweile war in seinem Gesicht zu entdecken.

Tom zeigte ihm die Liste mit den Daten und den zugehörigen Uhrzeiten, die sie von der Schriftstellerin erhalten hatten.

Er schüttelte langsam den Kopf. »Das kann ich beim besten Willen nicht sagen. Schauen Sie sich doch um. Hier sieht es immer so aus.« Und er wies mit der Hand in Richtung der voll besetzten Tische. »Wenn die Schule wieder anfängt, ist es sogar noch voller.«

Charlotte ergriff das Wort. »Oder ist Ihnen in letzter Zeit ein Gast besonders aufgefallen? Gab es irgendwelche besonderen Vorkommnisse?«

Er kratzte sich zwischen den verfilzten Haarbüscheln, was Charlotte nicht verwunderlich fand. Wie konnte man seine Haare so verfilzen lassen? Das musste doch jucken.

»Ja, einen Irren hab' ich hier manchmal. Gerade gestern hat er sich mit Harry gezofft, weil der an seinem Tisch saß.« Tom und Charlotte sahen sich kurz an und nickten sich zu. »Hier gibt es keine Stammplätze, müssen Sie wissen. Wo frei ist, wird gejuhst.« Er bemerkte die fragenden Blicke von Charlotte und Tom und fügte schnell hinzu: »Das ist vom englischen *use,* sagt man so, wenn man an einem PC was macht. Auf jeden Fall hat der Typ den Harry ziemlich heftig von seinem Platz gejagt, nur damit er an *seinem* Tisch sitzen konnte.«

»Und dieser Harry, wo finden wir den?«

»Der wohnt gerade eine Ecke weiter, in der Ludwig-Wilhelm-Straße. Der müsste eigentlich längst hier sein. Der kommt jeden Tag, zweimal.«

»Wie heißt dieser Harry noch? Mit Nachnamen?« Charlotte hatte da so ein unangenehmes Gefühl, so eine Art Vorahnung. Tom scheinbar auch, denn er schaute Herrn Klein eindringlich an.

»Sorry, aber das weiß ich nicht. Wir nennen uns hier nur beim Vornamen. Und mit Kreditkarten zahlt hier auch niemand.«

Charlotte zog das Polaroidfoto aus ihrer Jackentasche und hielt es ihm vor die Nase. Die Farbe wich aus seinem sowieso schon sehr fahlen Gesicht. »Oh mein Gott, das ist Harry. Ist er tot?«

»Ja, leider. Er wurde gestern Abend in der alten Schreinerei da vorne ermordet. Können Sie mir den Mann beschreiben, mit dem Harry diesen Ärger hatte?«

»Aber klar doch. Der kam in den letzten Tagen öfters. Wie schon gesagt, immer da hinten am letzten Tisch hat er gesessen. Und so einen stechenden Blick hatte der.«

Tom wählte eine Nummer und telefonierte kurz, nickte dann Charlotte zu und sagte: »Wir werden ihnen ein paar Kollegen vorbeischicken. Der eine wird mit Ihrer Hilfe ein Phantombild anfertigen. Der zweite Kollege wird sich in Ihrem Café aufhalten, für den Fall, dass dieser Mann noch einmal auftaucht. Sie haben uns sehr geholfen.«

Charlottes Handy meldete sich. Dieser Klingelton musste unbedingt wieder geändert werden. »Verona hier. Der Friseur hat sich gemeldet. Seine Angestellte sei früher aus dem Urlaub zurück gekommen. Und da er ihr erzählt habe, dass die Kollegen da gewesen seien, habe sie ihm gesagt, dass sie etwas Wichtiges zu berichten hätte. Ich habe sie hierher bestellt. Sie ist gegen zehn Uhr hier.«

»Gut gemacht, Verona. Wer ist gerade im Büro?«

»Ebert, Eichstätt, Golling und Döring sind hier. Und der Mollinger.«

»Wo ist Caspari?«

»Keine Ahnung. Der ist kurz nach Ihrem letzten Telefonat weg.«

»Ok, dann verbinden Sie mich bitte mit Mollinger.«

»Mollinger.« Sie konnte seine Skepsis hören.

»Herr Mollinger. Gegen Zehn kommt die Friseurin. Ich bitte Sie, die Aussage aufzunehmen. Sollte etwas für uns Interessantes herauskommen, rufen Sie mich bitte sofort an. Wir warten hier auf den Zeichner. Es könnte sein, dass wir ihn haben. Das bleibt aber bitte noch unter uns.«

»Geht klar.«

»Und Mollinger.«

»Ja?«

»Bitte kein Wort zu ...« Sie machte eine kurze Pause. »Zu niemandem.« Sie hoffte, Mollinger habe sie richtig verstanden, auch wenn sie absichtlich keine Namen genannt hatte.

Wie immer beobachtete Charlotte fasziniert den Kollegen beim Zeichnen. Aus wenigen Strichen wurde ein Gesicht. Später würden sie am Computer ein noch besseres Phantombild erstellen, das inzwischen einem Foto sehr ähnlich kam. Nichts war mehr von den früheren Phantombildern übrig geblieben, auf denen jeder seinen Nachbarn erkennen konnte, wenn der nur die richtige Frisur hatte. Der Kollege mit dem Zeichenblock verabredete sich mit dem Cafébetreiber, Herrn Klein, für halb elf, um das Computerbild im Kriminaltechnischen Institut zu erstellen. Er riss die Zeichnung ab und gab sie Charlotte. »Die PC-Ausführung kommt in einer Stunde.«

Ein junger, hagerer Mann mit kahlgeschorenem Kopf und ein paar Augen, die einem tatsächlich einen Schauer über den

Rücken laufen ließen. Charlotte hielt das Bild Tom hin und sagte: »Brrr. Das sind wirklich böse Augen, oder?«

»Zumindest mehr als nur ein stechender Blick, würde ich sagen. Sehr seltsam auf jeden Fall. Diese Augen entsprechen auf jeden Fall den bisherigen Aussagen. Jetzt müssen wir nur noch Gerda Ratzel das PC-Bild zeigen.«

»Und dann?«

»Dann wissen wir, dass er es ist.« Sehr leise fügte er hinzu: »Dann gehen wir in die Technologiefabrik. Wenn diese Andrea Heinke den Typ auch identifiziert, gehen wir zum Steuerfritzen, holen uns die Adresse und schnappen ihn uns.« Tom schlug Charlotte kumpelhaft auf die Schulter.

»Das wäre zu schön. Klingt aber irgendwie zu einfach. Wenn da nicht noch ein Haken ist.« Charlotte konnte sich nicht richtig freuen. Ein Gefühl sagte ihr, dass das noch nicht alles war.

Sie gingen zurück zu Toms Wagen und fuhren in die Hertzstraße, an deren Anfang es eine kleine Bäckerei mit Stehcafé gab. Hier waren sie oft, wenn sie einen Moment Ruhe vom Büro brauchten. Sie bestellten sich Milchkaffee und jeweils ein belegtes Brötchen. »Wie läuft es eigentlich mit deiner Tanja?«

»So lá lá. Sie ist sehr anstrengend.«

»Zu anstrengend für dich?« frotzelte Charlotte.

»Nein, ich meine das anders. Ach' ich weiß auch nicht.«

»Dann erklär' es mir doch. Vielleicht kann ich dir helfen.«

»Ausgerechnet du. Ich bin heilfroh, dass bei dir und Stefan endlich alles geklärt zu sein scheint.«

»Na, na. Als ob du das hättest klären müssen. Und überhaupt. Wieso eigentlich Stefan? Da muss doch was gewesen sein. So schnell nennst du keinen beim Vornamen.«

»Was heißt hier schnell? Wir kennen uns schließlich auch schon eine Weile, falls du dich erinnerst.«

Charlottes Handy unterbrach mal wieder die Unterhaltung.

»Mollinger hier.«

»Und, was hat sie gesagt?« fragte Charlotte und hielt den Hörer so, dass Tom mithören konnte.

»Sie hat von einem Kunden erzählt, der sich am dreiundzwanzigsten Dezember, ihrem letzten Arbeitstag, den Schädel rasieren ließ und ihr danach das Rasiermesser abgekauft hat.«

»Was? Der hat ihr das Rasiermesser abgekauft?«

»Ja, nach der Schädelrasur. Ein ganz schnieker Herr sei das gewesen. Mit langem schwarzem Mantel, Seidenschal um den Hals und fast fünfzig Euro Trinkgeld habe er ihr gegeben.«

»Wie hat der ausgesehen?«

»So zwischen fünfundzwanzig und dreißig Jahre, groß, schlank und stechende Augen.«

»Bingo!« Charlotte machte einen Satz. Tom sah sie erstaunt, aber lächelnd an. Den letzten Satz hatte er akustisch nicht verstanden. »Ist sie noch da?«

»Ja, ich habe sie in ein freies Büro gesetzt und ihr eine Tasse Kaffee gebracht.«

»Halten Sie sie fest. Wir kommen sofort mit der Phantomzeichnung.« Nach einer kurzen Pause sagte sie: »Danke Mollinger.« Und er antwortete: »Ist schon Recht, Chefin.«

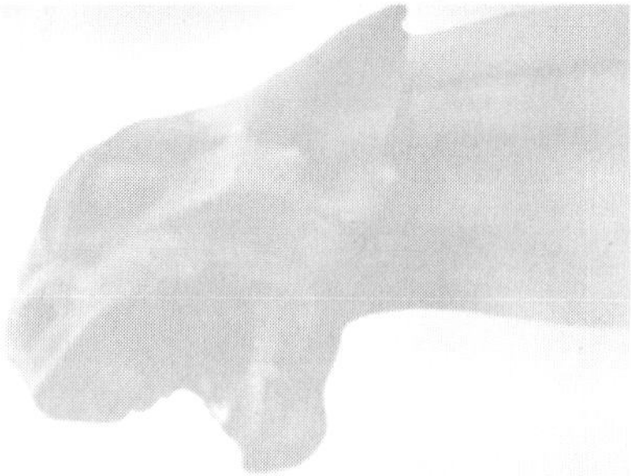

19. KAPITEL

Marlene lag frisch gebadet im Schlafzimmer in der kleinen Mulde auf ihrem Kopfkissen. Heck lag neben ihr, sah sie lächelnd an und flüsterte ihr zu: »Wir beide gehören zusammen. Für immer. Wir sind beide unsterblich.« Er streichelte sanft mit den Fingerspitzen über den glänzenden Griff. »Aber ich verspüre immer mehr den Drang, dich mit bloßen Händen zu benutzen. Dich mit bloßer Haut schneiden zu spüren. Zu spüren, wie der Tod Besitz ergreift von dem vor uns liegenden Körper, durch deinen perfekten Schnitt. Ich möchte mich über diese Körper beugen und direkt aus den Schnitten trinken. So wie meine Vorfahren früher. Schneiden, trinken, wohlfühlen.« Sein Blick schweifte zur Zimmerdecke. Oder beißen? Doch das würde ähnlich ausgehen wie mit der Leber. Außerdem, was würde Marlene dann von ihm denken? Nein, das konnte er ihr nicht antun. Aber ohne Handschuhe ihre Klinge führen. Das sollte machbar sein. Irgendwann. Wieder an Marlene gewandt sagte er: »Bald werden wir berühmt sein innerhalb unserer Sippe. Sie werden von uns lesen und uns finden. Blutfänger finden immer zueinander. Und dann können wir endlich so frei leben, wie es sich für Blutfänger gehört. Wir werden töten und wir werden rekrutieren.« Er sah Marlene lächelnd an, als höre er ihre Antwort. »Rekrutieren, meine Liebe, bedeutet: neue Blutfänger ausbilden.«

»Wo ist sie?« fragte Charlotte den lächelnden Mollinger, der ihr im Gang des Kripogebäudes entgegen kam.

»Im letzten Büro links.«

»Wollen Sie mitkommen?«

»Gerne«, antwortete er angenehm überrascht und sah Tom an, der ihm freundlich zunickte.

Auf dem Stuhl vor dem Schreibtisch saß eine junge Frau

mit wild toupierten Haaren, die in den verschiedensten Farben leuchteten und durch einige Spangen und Klammern in Form gehalten wurden. Als die Beamten eintraten, drehte sie sich um und Charlotte sah in ein schönes, ebenmäßiges Gesicht, für Charlottes Geschmack allerdings mit etwas zu viel Schminke.

»Guten Tag, Frau Seidel. Mein Name ist Charlotte Krüger, das ist Herr Berger und den Kollegen Mollinger kennen Sie ja bereits. Sie haben also einem Mann kurz vor Weihnachten nach einer Rasur Ihr Rasiermesser verkauft.«

»Darf ich rauchen?« Sie schüttelte eine Zigarettenschachtel.

»Eigentlich gilt Rauchverbot, aber wir können bestimmt eine Ausnahme machen.« Charlotte blickte Tom und Mollinger fragend an, die beide zustimmend nickten, und öffnete das Fenster. Mollinger schob ihr einen Aschenbecher hin. Die junge Frau zündete sich eine Zigarette an, inhalierte tief und ließ den Rauch gleichzeitig durch Mund und Nase entweichen. »Des war mein Glücksdag. Ich habs scho Ihrem Kolleg gsagt. Der hat mir doch dadsächlich fascht fuffzich Euro Trinkgeld gebbe.« Der breite Karlsruher Dialekt belustigte Tom, was ihm einen bösen Blick Charlottes einhandelte, obwohl auch Charlotte dachte, dass dieser wirklich sehr breite Dialekt überhaupt nicht zu der hübschen jungen Frau passte.

»Und wie war das mit dem Rasiermesser?«

»Während dem Rasiere, hat der schtändig uff des Messer geguckt. Un als ich dann ferdich war, hat der mich gfrogt, ob er des kaafe könnt.« Sie zog wieder an der Zigarette und sagte fast verzweifelt: »Ich hab doch net gwusst, was der domit will. Ich hab nur denkt, dass des e gudes Gschäft isch.«

»Frau Seidel. Niemand macht Ihnen einen Vorwurf. Wir wissen doch noch gar nicht, ob Ihr Kunde derjenige ist, den wir suchen«, versuchte Charlotte sie zu trösten.

Toms Handy klingelte und er verließ den Raum. Kurz darauf kam er wieder herein und gab Charlotte einen Computerausdruck, auf dem ein gestochen scharfes Phantombild abgebildet war. Ein Schwarzweiß-Foto hätte nicht besser sein können. Sie zeigte es der eingeschüchterten Friseurin. »Des isch er«, rief sie aufgeregt. »Genau. Des isch der feine Herr, der keiner isch.«

»Wie meinen Sie das?« fragte Tom.

»Der hat was, des isch schwer zu beschreibe. Wie der gsproche hat, wie der sich bewegt hat. Irgendwie was Edles, Feines hat der an sich ghabt. Wär der fuffzich Johr älter, hätt ich gsagt: des isch dem Heesters sein Bruder. So mit dem Mandel und dem feine Schal um de Hals gwickelt.«

»Ich verstehe. Sie haben uns sehr geholfen, Frau Seidel. Vielen Dank. Vielleicht kommen wir noch einmal auf Sie zu. Ihre Anschrift und Telefonnummer haben wir ja. Sind Sie mit dem Wagen hier oder sollen wir Sie nach Hause fahren lassen?« Charlotte schüttelte ihr die Hand und begleitete sie zur Tür.

»Nö, nö. Des geht scho. Ich fahr mit de Bahn. Dankschee. Bis dann. Tschüß.« Mit klackernden Absätzen stakste sie zur Tür hinaus. Die drei Beamten sahen sich grinsend an. »Nö, nö. Des geht scho ...« äffte Tom die Zeugin nach.

Charlotte hielt ihm die Hand vor den Mund. »Sag' nichts. Sie hat unseren Täter identifiziert. Jetzt geht es endlich vorwärts. Tom, Mollinger, auf in den Kampf. Wir haben viel zu tun.« Und die drei verließen gut gelaunt das Büro, um in der Einsatzzentrale Bericht zu erstatten.

Als hätte er die drei erwartet, saß Caspari an seinem Schreibtisch und starrte sie beim Eintreten mit zu Schlitzen verengten Augen an. Besonders Mollinger sah er durchdringend an, der sich schnell neben ihn setzte und ihm etwas zuraunte. »Fähnchen im Wind, sag' ich da nur.« Tom schüttelte angewidert den Kopf.

»Lass' gut sein. Wie soll er mit dem sonst zusammen arbeiten?«

Charlotte hängte das Phantombild in die Mitte der Tafel und wandte sich den SoKo-Mitgliedern zu.

»Dieser Mann ist unser Hauptverdächtiger. Er hatte gestern Streit mit dem toten Harald Jung und hielt sich zu den angegeben Zeiten in dem Internetcafé auf, von dem aus die Forumeinträge auf der Homepage der Schriftstellerin getätigt wurden. Er wurde gerade eben von der Friseurin Carmen Seidel identifiziert. Bei ihr hat er sich den Kopf rasieren lassen und ihr anschließend das Rasiermesser abgekauft. Laut Doktor Engels handelt es sich bei der Tatwaffe mit höchster Wahrscheinlichkeit um ein Rasiermesser. Das Phantombild wurde soeben an das Krankenhaus gefaxt, um es Gerda Ratzel vorzulegen. Staatsanwältin Gruber ist bereits hierher unterwegs.«

Ihr Handy unterbrach ihre Zusammenfassung. Dass diese Telefone aber auch immer ihren Redefluss stören mussten. Hoffentlich war es wichtig.

»Krüger ... Ja? ... Sicher? ... Du bist super, danke. Ich melde mich später bei dir.«

Sie steckte ihr Handy wieder in die Hosentasche und fuhr fort: »Das war eben Doktor Engels. Es gibt neue Erkenntnisse, die uns hoffentlich noch weiter bringen.« Sie stellte sich an die Tafel und sah in die Runde. »Er hat die Ergebnisse aus dem Labor des Instituts für Rechtsmedizin der Universitätsklinik Heidelberg bekommen. Er hatte die Vermutung, dass die Opfer narkotisiert wurden, um sie wehrlos zu machen, da er Faserspuren in den Lungen der Opfer gefunden hat. Und seine Vermutung wurde bestätigt. Bei dem Narkosemittel handelt es sich um Sevofluran, das ausschließlich durch chemisch-toxikologische Untersuchungen nachweisbar ist.« Sie notierte Sevofluran auf der Tafel und fuhr mit ihrer Zusammenfassung fort: »Jetzt wissen wir bedeutend mehr, doch es stellen sich auch neue Fragen. Wie kommt der Täter an Sevofluran? Das kauft man nicht eben im Supermarkt an der Ecke. Auch in Apotheken ist dieses Mittel nicht einfach zu beziehen. Kommt er aus dem Ärztemilieu? Das würde aber nicht zu unserem Profil passen.«

»Welches Profil denn? Da passt doch schon lange nichts mehr«, fiel ihr Caspari sarkastisch ins Wort.

Sie übersah ihn einfach und fuhr fort: »Wir haben noch einige Zeugen, denen wir das Phantombild zeigen müssen. Also, wenn wir Glück haben, können wir unseren Verdächtigen noch heute dingfest machen. Wir dürfen jetzt nur keinen Fehler machen. Sarah und Verona, Sie faxen das Phantombild bitte an alle Polizeidienststellen und versuchen Sie heraus zu finden, wie der Täter an dieses Narkosemittel gekommen sein könnte. Bremer und Ingold, Sie bringen den Chef des Steuerbüros gegenüber des Technologieparks in Erfahrung. Sofort Rückmeldung bitte, wenn Sie etwas wissen. Döring und Kullmann, Sie zeigen der Bekannten von Ludmilla Seeger, Frau Opitz, das Phantombild. Dem Ehemann und der Schwester zeigen Sie es am besten auch. Vielleicht erkennt jemand den Mann. Drösel und Golling, Sie gehen mit dem Phantombild noch mal in die Hölderlinstraße. Tom und ich fahren zum Technologiepark.«

»Ah, um den Nichtfall zu lösen?« Charlotte war kurz davor Caspari zu erwürgen, hielt ihre Wut aber im Zaum und sagte zu Mollinger: »Mollinger, Sie informieren bitte Frau Gruber über alle Neuigkeiten. Und Sie, Caspari, könnten sich endlich einmal nützlich machen, indem Sie mal nicht gegen meine Anweisungen verstoßen, sondern sich mit den anderen Kollegen an die Uni begeben und dort das Phantombild herumzeigen.«

»Was soll das bringen? Für so was haben wir doch die von der SchuPo.« Er hing wieder mehr in seinem Stuhl, als dass er saß. Es sollte wohl lässig wirken, verfehlte allerdings die Wirkung und sah eher lächerlich aus.

»Ich möchte aber erfahrene Kriminalbeamte vor Ort haben.«

Caspari verzog gelangweilt sein Gesicht, folgte dann aber langsam den Kollegen. »Sie brechen der Gruber das Genick und damit auch Ihres«, hauchte er ihr im Hinausgehen gehässig zu.

»Nie wieder werde ich mit diesem Arschloch zusammen in einem Team arbeiten. Vorher lasse ich mich in die Heide versetzen.«

»Was hast du gegen die Heide?« frotzelte Tom und half ihr in die Jacke.

»Ich hoffe nur, dass wir mit unseren Vermutungen richtig liegen und die Ratzel unseren Verdächtigen identifiziert. Warum die nicht zurückrufen?«

»Vielleicht ist gerade Visite, oder sie ist bei irgendeiner Untersuchung«, versuchte Tom, sie zu beruhigen.

»Der Typ mit den stechenden Augen aus dem Technologiepark muss derselbe sein wie der auf dem Phantombild. Drück' uns die Daumen. Sonst haben wir immer noch nichts.«

»Dein Gefühl hat uns bisher noch nie im Stich gelassen. Wird schon gut gehen.«

Den Wagen stellten sie direkt vor der Kantine des Technologieparks ab und betraten den noch leeren Speisesaal. Wie bei ihrem letzten Besuch hantierten etliche Personen in der Küche mit Töpfen, Schüsseln und Pfannen und ein angenehmer Essensgeruch hatte sich ausgebreitet. Frau Feicht erkannte sie, kam lächelnd auf sie zu und wischte ihre Hände an der Schürze ab. »Guten Tag. Haben Sie noch Fragen? Soll ich gleich Andrea holen?«

»Guten Tag, Frau Feicht. Ja es wäre nett, wenn Sie Andrea dazu holen.«

»Andrea!« rief sie in die Küche und wandte sich wieder lächelnd den beiden Beamten zu. »Möchten Sie einen Kaffee? Und ein Stück Kuchen?«

Tom sah fragend zu Charlotte, die fast unmerklich mit dem Kopf schüttelte. Er antwortete: »Nein, danke«, obwohl er wusste, wie schwer es Charlotte fallen musste, kein Stück von dem Apfelkuchen in der Auslage zu verschlingen. Er hatte ihren sehnsuchtsvollen Blick wohl bemerkt, auch wenn Charlotte sich bemüht hatte, den Kuchen nicht anzustarren. Andrea Heinke kam aus der Küche mit einem Geschirrtuch in der Hand. Skeptisch fragte sie: »Wie kann ich Ihnen noch helfen?«

Charlotte legte das Phantombild auf die Theke. Beide Frauen warfen einen Blick darauf und an ihren Gesichtern konnte man bereits erkennen, dass ihnen dieser Mann nicht unbekannt war.

Frau Feicht sprach zuerst: »Das ist ein ehemaliger Gast von uns. Der war oft da.«

»Das ist der Typ, der Sabrina nachgestellt hat. Woher haben Sie das? Hat der doch was mit Sabrinas Tod zu tun? Sie hat sich nicht selbst umgebracht, nicht wahr?«

Charlotte atmete tief ein. »Wir können momentan noch nichts sagen. Aber Sie haben uns sehr weitergeholfen. Danke.« Tom nickte den beiden Frauen zu und steckte das Phantombild wieder ein.

»Jetzt noch schnell zu der Versicherung gegenüber. Tom, ich glaube, wir haben ihn.« Charlotte schlang ihre Arme um Toms Hals und drückte ihm einen dicken Kuss auf die Wange.

»Siehst du, ich hab's doch gesagt. Auf dein Gefühl ist Verlass.« Er bot Charlotte seinen Arm an und führte sie über den Parkplatz zu dem Bürogebäude gegenüber.

Auch die Angestellte des Versicherungsmaklers identifizierte den Mann auf dem Phantombild. »Das ist der Mann, der oben im Steuerbüro arbeitet. Ganz sicher«, hatte sie gesagt.

Charlotte wählte zuerst die Nummer der Einsatzzentrale, erreichte Sarah und fragte nach, wie weit Bremer und Ingold mit dem Chef des Steuerbüros seien. »Sie haben vor etwa fünfzehn Minuten die Adresse durchgegeben. Udo Stein, heißt er und wohnt in der Eppinger Straße. Das ist ganz in Ihrer Nähe, falls Sie vorbeifahren wollen. Und Staatsanwältin Gruber wünscht umgehend Ihren Rückruf. Mollinger hat Ihr alle Informationen gegeben. Sie war ganz aus dem Häuschen, wenn ich das so sagen darf.«

»Sie dürfen«, erwiderte Charlotte lachend. »Ich werde sie gleich anrufen. Ich brauche sowieso einen Haft- und einen Hausdurchsuchungsbefehl, wenn Stein tatsächlich den Mann identifiziert.«

Während sie in die Eppinger Straße fuhren, wählte Charlotte die Nummer Frau Grubers, die sich auch bereits nach dem ersten Klingeln meldete: »Na endlich. Haben Sie ihn?«

»Bremer und Ingold haben mir eben die Anschrift des Inhabers des Steuerbüros besorgt. Ich bin auf dem Weg zu ihm, um ihm das Phantombild zu zeigen. Die Identifizierung durch Gerda Ratzel steht noch aus. Identifiziert wurde er bisher von den Zeugen im Fall Jungbauer und von den Zeugen im Fall ...« Charlotte machte eine kurze Pause, ehe sie weiter sprach: »Im Fall Meier.« Sie blickte zum Himmel und betete, Frau Gruber würde nicht allzu wütend werden.

»Meier? Ach ja. Da haben wir ja noch einen Fall. Ich werde alles vorbereiten. Namen werden wir dann eintragen.« Sie machte eine kurze Pause und fügte dann hinzu: »Frau Krüger, ich gratuliere Ihnen.«

»Danke. Ich gratuliere Ihnen.« Charlotte fiel ein Stein vom Herzen.

Tom sah ihre Erleichterung und sagte: »Besser konnte es nicht laufen, oder? Jetzt noch die Identifizierung, die Anschrift, die Hausdurchsuchung ...«

»Ich sag' dir, irgendwas ist da noch faul. Das ist mir zu glatt.«

»Du bist einfach zu pessimistisch.«

»Wart's ab. Wenn ich mich irre, lade ich dich zum Italiener ein.«

»Dann bestelle ich schon mal den Tisch.« Beide lachten, doch Charlottes Lachen war etwas gequält.

Sie erreichten das Einfamilienhaus des Steuerberaters Udo Stein. Es reihte sich in eine ganze Straßenzeile gleich großer Neubauten ein, die aus einer amerikanischen Siedlung hätten stammen können. Alle in zartgelb gestrichen, mit weißen Kunststofffenstern. Vor jedem Haus ein Grünstreifen, so breit wie die Hausfront, daneben eine Auffahrt zur ebenfalls zartgelb gestrichenen Garage mit weißem Rolltor und einer Kugelrobinie neben der Eingangstür. Charlotte fand es schrecklich. Hatte man ein Haus gesehen, kannte man den Grundriss und man wusste genau, wo jeder Nachbar sein Geschäft verrichtete.

Am übertrieben großen, messingfarbenen Klingelschild stand in schwarzer Schnörkelschrift: Steuerberater Udo Stein. Sie hatten eindeutig den falschen Beruf ergriffen, was das Einkommen betraf. Tom klingelte. Kurz darauf öffnete ein älterer Mann mit graumeliertem dichtem Haar, den Charlotte auf knapp sechzig schätzte. »Guten Tag. Sind Sie Herr Udo Stein? Kriminalpolizei, Krüger und mein Kollege Berger. Wir hätten ein paar Fragen, Ihre Angestellten betreffend.« Sie zeigten ihre Ausweise.

»Haben Sie noch etwas vergessen?«

Charlotte und Tom sahen ihn erstaunt an und fragten gleichzeitig: »Warum vergessen?«

»Gerade eben waren doch schon mal zwei Kollegen von Ihnen hier.«

»Und was haben die gewollt?« Charlotte ahnte Schreckliches und Stein schüttelte den Kopf. »Der Mann hat mir ein Bild gezeigt, das meinen Angestellten, Frieder Heck, zeigt.«

Tom zog das Phantombild hervor und hielt es ihm hin. »Ja, genau dieses Bild hat er mir gezeigt und gefragt, ob ich diesen Mann kenne. Ich habe ihm gesagt, dass er für mich arbeitet und dass er in der Karl-Wilhelm-Straße wohnt. Direkt an der Ecke zur Bernhardstraße. Aber ich verstehe nicht.« Udo Stein war sichtlich irritiert.

»Haben sich diese Kollegen ausgewiesen? Wissen Sie ihre Namen?« Charlotte krampfte sich der Magen zusammen.

»Sie haben sich mit Herr Caspari und Frau Busch vorgestellt, obwohl sie nichts gesagt hat. Ich habe mich noch gewundert, dass so ein junges Mädel bei der Kripo sein soll. Aber die hatten Ausweise, wie Sie.«

Charlotte musste sich zusammenreißen. »Nein, nein, Herr Stein. Das war schon in Ordnung. Das sind Kollegen von uns. Da wurde uns wohl nur leider nicht Bescheid gesagt. Bitte entschuldigen Sie die Störung.«

Bis zum Wagen war Charlotte ganz ruhig, aber als sie endlich im Wagen saß und die Tür hinter sich zugeschlagen hatte, begann Charlotte zu schreien. »Dieses arrogante Schwein. Ich bringe ihn um. Was glaubt der eigentlich, wer er ist?«

»Er ist der, der die Fälle löst. Jetzt weißt du auch, wie er das tut. Beruhige dich. Um den soll sich die Gruber kümmern, wenn sie unseren Bericht hat. An dem machen wir uns nicht die Finger schmutzig.«

Charlottes Handy klingelte. Sie nahm ab, nickte erfreut und legte auf. Sie blickte Tom wehmütig lächelnd an. »Wenigstens eine gute Nachricht. Gerda Ratzel hat den Täter identifiziert. Sie war, wie du sagtest, bei einer Untersuchung und konnte erst jetzt befragt werden.«

»Na, dann mal los jetzt. Ruf' die Gruber an. Das Sondereinsatzkommando sollte auch angefordert werden. Wir fahren zu diesem Heck. Ich hoffe nur, Caspari versaut uns da nichts.«

Er befestigte das mobile Blaulicht auf dem Dach seines Geländewagens und brauste in Richtung Karl-Wilhelm-Straße los.

Caspari hatte sich tatsächlich erneut über Charlottes Anweisung hinweggesetzt und war erst gar nicht mit den übrigen Kollegen an die Universität gefahren, sondern hatte in der kleinen Bäckerei einen Milchkaffe getrunken, um dann nach einer halben Stunde wieder ins Büro zurückzukehren. Dort war er auf Sarah, Verona und Mollinger getroffen, die gerade die Adresse des Steuerberaters von Ingold und Bremer notiert hatten. Er war zu Verona an den Tisch getreten und hatte gesagt: »Nun dann, Fräulein Busch. Sie wollen etwas lernen? Dann kommen Sie mal mit. Ich werde Ihnen zeigen, wie man solche Kerle zu fassen bekommt.« Verona hatte ihn ungläubig angesehen und gesagt, dass Frau Krüger ihr aber die Anweisung gegeben habe, hier am Telefon zu bleiben. Darauf hatte er sie angefahren, wer sie sich einbilde zu sein. Wenn er ihr sage, sie solle mit ihm kommen, hätte sie schließlich unverzüglich zu folgen. Und das Telefon könne ja wohl ihre Freundin Sarah alleine bedienen. Verona hatte hilflos Sarah und Mollinger angesehen, doch Mollinger hatte sich wieder einmal nicht getraut, zu widersprechen.

Also hatten Caspari und Verona das Büro verlassen, um bei Stein die Adresse des vermeintlichen Täters zu bekommen.

Caspari tastete kontrollierend nach seiner Waffe unter der Jacke und nickte Verona aufmunternd zu, die Klingel an der Wohnungstür von Frieder Heck zu betätigen. Sie hörten schlurfende Schritte zur Tür kommen. Caspari verhinderte mit seinem Daumen die Sicht durch den Spion. Die Tür wurde langsam geöffnet und ein Mann, der aussah wie der auf dem Phantombild, öffnete die Tür einen Spalt breit und sah die beiden fragend an.

Caspari stieß die Tür auf und traf Heck damit an der Schulter. Heck schwankte in die Diele zurück und versuchte sich auf den Beinen zu halten, kippte aber rückwärts über die Teppichkante und fiel zu Boden. Caspari sprang auf ihn zu, packte ihn am Kragen, riss ihn hoch und herrschte ihn an: »So du Schwein! Du bist verhaftet. Gesicht an die Wand und Hände auf den Rücken.« Er schleuderte den überraschten Heck gegen die Wand, hielt ihn mit einer Hand am Genick fest und zog mit der anderen die Handschellen aus seinem Hosenbund. Er wollte sie gerade anlegen, als ihn der Hecks Hinterkopf hart im Gesicht traf, so dass seine Nase knirschte und er ein Stück zurückweichen musste. Er spürte Blut, das ihm über die Lippen lief, und wischte es mit dem Handrücken ab. Frieder Heck stemmte sich von der Wand ab, warf sich mit seinem ganzen Gewicht gegen Caspari und drückte ihn somit an die gegenüberliegende Wand. Ein gerahmtes Bild ging zu Bruch und fiel auf den Teppich. Ein wildes Handgemenge folgte, bei dem Casparis Waffe auf den Teppich fiel. Verona starrte die beiden kämpfenden Männer entsetzt an und warf sich hinterrücks auf Heck. Doch der drehte sich um, schlug Verona mit der Faust ins Gesicht und traf sie direkt am Kinn, so dass sie besinnungslos an der Wand zu Boden rutschte. Caspari versuchte Heck mit Schlägen und Tritten abzuwehren, doch der spürte die Schläge und Tritte nicht. Wie eine Kampfmaschine ging er auf Caspari zu, packte ihn mit beiden Händen am Hals und zerrte ihn durch eine Tür in eine kleine Toilette. Er versetzte ihm einen Tritt, so dass er zwischen Toilettenschüssel und Wand fiel, zog die Tür zu und drehte den außen steckenden Schlüssel um. Caspari trommelte gegen die Tür und versuchte, sich mit Tritten zu befreien. Heck sah Casparis Geldbeutel am Boden liegen, der ihm im Kampf aus der Tasche gefallen war, nahm ihn und klappte ihn auf. Casparis Passbild blickte ihm aus dem Personalausweis entgegen. Er las seinen Namen und die zugehörige Anschrift. Ein

Lächeln erhellte seinen bis dahin ernsten Gesichtsausdruck. Frieder Heck ging langsam ins Schlafzimmer, kam wieder zurück und sah die noch immer bewusstlose Verona mit schräg gelegtem Kopf an. Mit einer Hand klappte er sein Rasiermesser routiniert auf und ging auf die bewusstlose Verona zu. Vorsichtig schob er Casparis Geldbörse unter ihren Rücken und freute sich über seine Schlauheit. »Keiner kommt mir drauf'. Ich bin ein Blutfänger.« Zufrieden lächelnd und voller Vorfreude fasste er Veronas Hand. »Marlene, jetzt.« Doch gestört von einem Geräusch hielt er inne und verharrte einen Augenblick, um zu lauschen. Er konnte Sirenen hören, die sich langsam näherten. Schnell ließ er Veronas Hand fallen, rannte ins Schlafzimmer, holte seinen braunen Mantel, seine bereits wieder gerichtete Stofftasche sowie eine Wollmütze und verschwand über den Balkon ins Nebengebäude, wo er sich durch das Treppenhaus in den Hinterhof schlich. Von dort aus durchschritt er eine Hofeinfahrt auf die parallel gelegene Ludwig-Wilhelm-Straße und betrat dort unbehelligt eine Apotheke.

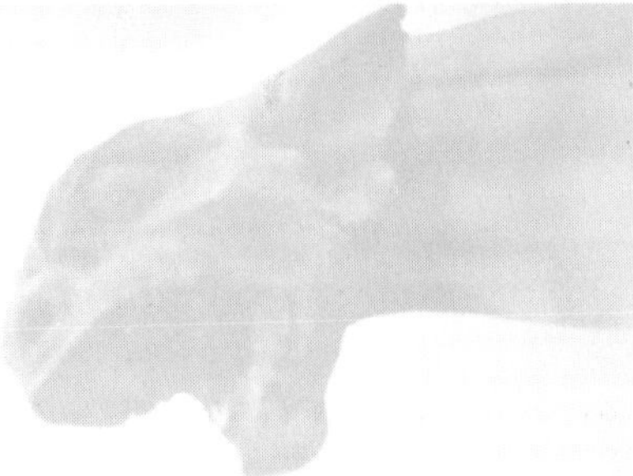

20. KAPITEL

In der Apotheke hatte Frieder Heck neuen Verbandsmull gekauft, den er in seinen Stoffbeutel mit der halb vollen Flasche Sevofluran packte. Es ärgerte ihn, dass er in der Hektik die noch volle Flasche vergessen hatte. »Was soll's. Wenn diese dann leer ist, muss ich mir eben eine neue besorgen, oder was meinst du, meine Liebe?« Er tätschelte seine Marlene in der Hosentasche. »Jetzt gehen wir uns erst einmal eine passende Unterkunft suchen, dann werden wir weiter sehen.«

Er ging zu einem nahegelegenen Geldautomaten und hob die Höchstsumme ab, die der Automat hergab. »Die werden meine Bankbewegungen kontrollieren. Wir müssen leider hier aus der Oststadt weg.«

Mit der Stadtbahn fuhr er in das etwa zwanzig Kilometer entfernte Bad Herrenalb, suchte sich dort eine kleine, etwas außerhalb gelegene Pension und richtete das Bett für sich und Marlene. Wohl fühlte er sich nicht in dieser fremden Umgebung.

Plötzlich zog er die Stirn in Falten, schlug sich mit der flachen Hand an die Stirn und jammerte: »Oh nein. Ich habe unser Buch vergessen und kann dir nicht mehr vorlesen. Ich muss versuchen, hier irgendwo eines zu kaufen. Ich bin bald zurück.«

Überstürzt verließ er die Pension und klapperte auf der Hauptstraße des Kurortes die Buchhandlungen ab.

»Nein, tut uns leid. Aber solche Bücher führen wir hier nicht.« Und so Ähnliches bekam er zur Antwort, wenn er nach dem Werk von Angelika Stab fragte.

Mit gesenktem Kopf kehrte er langsam zur Pension zurück. Die kleine ältere Dame an der Rezeption begrüßte ihn freundlich, doch er blickte starr an ihr vorbei, stieg wortlos die Holztreppe hinauf und betrat sein Zimmer.

»Wir werden ohne das Buch auskommen müssen. Kein Laden hier hatte es. Und besorgen wollen oder können sie es auch nicht.« Er strich sanft über Marlenes Klinge. »Aber Marlene, mach' dir keine Sorgen. Ich habe alles hier drin.« Mit den Fingerspitzen tippte er sich an die Stirn. »Und meine Rekrutierung habe ich auswendig gelernt. Ich habe auch schon die passende Person ausgewählt.«

Etwa zwei Stunden früher.

Charlottes Handy rief ihren Namen. »Krüger.« Sie blickte nach vorne und konnte am Ende der Straße Blaulicht erkennen, das ihnen entgegenkam.

»Hier ist Mollinger. Ich muss Ihnen etwas sagen.«

»Das ist jetzt ganz schlecht. Wir sind auf dem Weg, den Täter zu verhaften. Ich kann die SEK-Leute schon sehen.«

»Es ist aber wichtig. Es geht um Caspari.«

Charlotte wurde hellhörig und antwortete: »Was ist mit ihm?«

»Er ist mit Verona auf dem Weg zum Täter. Er wollte ihr mal zeigen, wie man so etwas regelt.«

»Oh nein. Das hatte ich befürchtet. Wir sind gleich da. Danke, Mollinger.« Charlotte wollte gerade auflegen, als Mollinger sich räusperte und weiter sprach.

»Da ist noch etwas, das ich Ihnen sagen muss.«

»Was denn noch? Schlimmer kann es wohl kaum noch kommen, oder?«

»Ich weiß jetzt sicher, dass er der Informant ist. Ich habe ein Telefonat mitbekommen.«

»Hab' ich es mir doch gedacht. Das passt zu ihm. Aber sagen Sie mal, Mollinger, warum erzählen Sie mir das alles?« fragte Charlotte doch etwas skeptisch.

»Sie machen einen guten Job, und ich ... ich meine, da sollte man an einem Strang ziehen, oder nicht?«

Überrascht erwiderte sie: »Ähm, ja. Danke, aber ich kann nur so gut sein, wie mein Team, oder?«

»Genau deswegen habe ich Sie angerufen. Er hat schon viel zu lange quergeschlagen und ich habe schon viel zu lange geschwiegen. Viel Glück bei der Verhaftung. Ich hoffe, er versaut den Zugriff nicht.«

Ungläubig, aber erfreut, erzählte sie Tom schnell Mollingers Worte, der nur kopfnickend vor sich hin grinste und dann sagte: »Jetzt ist er fällig.«

Kurz nach dem Eintreffen des Sondereinsatzkommandos parkte Tom hinter den Einsatzfahrzeugen und sie sprangen aus dem Auto. Charlotte und Tom rannten hinter der Einsatztruppe her, die in das Haus stürmte. Im Hausgang hörten sie, wie oben an die Tür geklopft wurde und kurz darauf ein lautes Krachen. Sie hatten die Tür aufgebrochen. Lautes Stimmengewirr war zu vernehmen und dann hörten sie einen Beamten rufen: »Frau Krüger. Kommen Sie bitte.«

Charlotte zwängte sich zwischen den vermummten SEK-Beamten die Treppe hinauf zu der aufgebrochenen Wohnungstür, dicht gefolgt von Tom.

»Verona«, rief sie entsetzt, als ihr Blick auf die BKA-Praktikantin fiel, die in der Diele am Boden lag und sich langsam versuchte aufzurichten. »Einen Krankenwagen, schnell.«

Charlotte beugte sich zu Verona hinunter. »Verona, was ist hier passiert? Wo ist Heck? Und wo ist dieser verdammte Caspari?« Verona hatte hilflos mit den Schultern gezuckt und deutete jetzt, noch sehr benommen, mit dem Kinn die Diele entlang, als ein vermummter Beamter zu ihnen trat. »Frau Krüger? Kommen Sie mal bitte?« Charlotte hatte den Eindruck ein Lächeln in seinen durch die Maske sichtbaren Augen zu sehen. Fragend schaute sie Verona an. »Kann ich Sie kurz alleine lassen?« Mit einem langsamen Nicken gab sie zu verstehen, alleine bleiben zu können.

Tom folgte Charlotte die Diele entlang bis zu einer verschlossenen Tür. Von innen wurde heftig dagegen geklopft und eine ihnen bekannte, brüllende Männerstimme war zwar laut, aber unverständlich zu vernehmen. Tom grinste Charlotte an. »Sollen wir ihn noch eine Weile drin lassen?« Doch Charlotte schüttelte zufrieden lächelnd den Kopf.

»Der Fotograf bitte hierher«, rief sie überraschenderweise über ihre Schulter und wies den herbeigeeilten Beamten mit der Polaroidkamera an, ein Bild zu machen, sobald die Tür geöffnet sei.

»Frau Krüger, was ist hier los?« Charlotte fuhr erschrocken herum und sah in das aufgebrachte Gesicht von Frau Gruber.

Charlotte fing sich und antwortete in sachlichem Ton: »Das fragen Sie bitte den hierfür Verantwortlichen. Moment.« Genüsslich und langsam drehte sie den Schlüssel der Toilettentür. Sie wurde nach innen aufgerissen, die Kamera blitzte und warf surrend ein Sofortbild aus, das Charlotte sofort an sich nahm. Alle anwesenden Beamten lachten hämisch, als Caspari mit blutender Nase wütend den Flur betrat und direkt auf Charlotte zu ging. »Du blöde Kuh! Warum lässt du mich ...« Weiter kam er nicht, denn die Staatsanwältin stellte sich ihm in den Weg.

»Herr Caspari. Ich glaube, Sie haben mir hier einiges zu erklären. Verstoß gegen die Dienstvorschriften, grob fahrlässige Gefährdung einer Kollegin, Behinderung eines SEK-Einsatzes und damit Verhinderung einer Festnahme, Missachtung von Anweisungen einer Vorgesetzten. Und ich bin noch lange nicht am Ende.« Sie sprach so laut, dass jeder der Anwesenden sie verstand.

»Fügen Sie hinzu ...« meldete sich Charlotte, wurde aber von Frau Gruber durch einen Wink zum Schweigen aufgefordert und mit wissendem Blick zu Charlotte und Tom fuhr sie fort: »Sowie der Verkauf von geheimen ermittlungsinternen Informationen an die Presse.«

Ein Raunen ging durch die Diele. Selbst die Sanitäter, die sich inzwischen um Verona kümmerten, sahen Caspari verächtlich an. »Lassen Sie sich von den Sanitätern die Nase versorgen und kommen unverzüglich in mein Büro. Dort warten Sie, falls ich noch nicht da sein sollte. Haben Sie diese Anweisung verstanden oder muss ich Sie abführen lassen?«

Statt klein bei zu geben, antwortete er wütend: »Das ist wohl nicht Ihr Ernst? Hätte diese Tussi da anständige Ermittlungsarbeit geleistet, hätten wir den Täter schon lange dingfest gemacht.«

Frau Gruber ließ sich in keiner Weise beeindrucken, drehte sich zu dem nächsten Beamten um und fragte ihn: »Würden Sie diesen Mann bitte abführen? Erst zum Arzt und anschließend in mein Büro?« Der Beamte nickte mit ernstem Gesicht und wandte sich an Caspari, der erstaunt den Mund aufriss und etwas erwidern wollte, doch der warnende Blick der Staatsanwältin hielt ihn davon ab. Wütend wehrte er die Hand des Beamten ab, der ihn abführen sollte, und schob sich durch die Umstehenden hindurch, die ihn mit offensichtlicher Verachtung straften.

»Was ist mit dem Täter, diesem Frieder Heck?« fragte Frau Gruber Charlotte und Tom, die am liebsten gejubelt hätten, als dieser arrogante, überhebliche Caspari abgeführt wurde. Welch ein Anblick. Charlotte konnte es nicht fassen. Mit vielem hatte sie gerechnet, dass die Staatsanwältin allerdings so hart durchgriff, auf diese Idee wäre sie niemals gekommen. Umso mehr tat es ihr gut, dass Caspari jetzt zumindest aus diesem Fall und somit aus ihrem Team war. Was weiter mit ihm geschah, war ihr egal. Ihretwegen könnte er sogar ganz vom Dienst suspendiert werden, nach dem, was er sich hier alles geleistet hatte.

»Heck muss über den hinten liegenden Balkon geflüchtet sein. Verona Busch hat ihn lediglich in diese Richtung verschwinden sehen, konnte aber nichts unternehmen, da sie durch den KO-Schlag noch handlungsunfähig war. Wir können froh sein, dass nichts Schlimmeres passiert ist.«

»Ja, nicht auszumalen, was er mit den beiden gemacht hätte, wenn Sie nicht rechtzeitig gekommen wären. Oh, Caspari, dieser ... Nein ich sage es nicht.« Angewidert verzog Frau Gruber ihr Gesicht. »Fahndung an alle Polizeidienststellen und an die Presse. Wir müssen diesen Heck finden, ehe er wieder zuschlägt. Haben Sie sonst noch eine Idee?«

Charlotte sah Tom an und antwortete resigniert: »Nein, leider nicht. Wir werden versuchen, durch eine neue Fallanalyse weiter zu kommen. Aber ehrlich gesagt, habe ich keine große Hoffnung. Und dabei hätten wir ihn gehabt.« Sie stampfte mit dem Fuß auf den Boden.

»So schnell geben wir nicht auf. Kommen Sie beide bitte heute Abend in mein Büro. Und schicken Sie Verona Busch zur Kontrolle ins Krankenhaus.«

»Machen wir. Und Frau Gruber, es tut mir leid.«

»Es braucht Ihnen nichts leid zu tun. Sie haben alles richtig gemacht. Und Frau Krüger?«

Kameradschaftlich zwinkerte ihr die Staatsanwältin im Hinausgehen zu. »Caspari ist ein Arsch.«

»Hast du das gehört, Tom? Sie hat tatsächlich Arsch gesagt.« Charlotte musste laut lachen.

»Wenn er doch einer ist«, gab Tom lässig zur Antwort.

»Sie vergreift sich nie im Ton«, antwortete Charlotte.

»Das ist nicht im Ton vergriffen, meine Liebe. Das sind Fakten.« Er nahm Charlotte kurz in den Arm und drückte sie herzlich. »Na, dann lass' uns mal Spuren suchen, die uns zu diesem Heck führen könnten.«

Sie begannen mit dem eingetroffenen Team der Spurensicherung die Wohnung zu durchsuchen. Im Badezimmer fanden sie die meisten Hinweise. Das Einmachglas mit Blutresten, mehrere noch verschlossene Flaschen des Narkotikums Sevofluran in einem Karton des Herstellers, auf dem sich ein Adresskleber befand, der als Empfänger die Paracelsusklinik in Durlach auswies.

Charlotte ging zum Fenster und konnte einen großen Teil des Universitätsgeländes von hier aus überblicken. Sie schaute auf den neu renovierten Altbau, der ursprünglich das Großherzogliche Victoria-Pensionat, eine höhere Töchterschule, beherbergt hatte und dann lange Zeit die Kinderklinik gewesen war. Auch sie war nicht nur einmal dort behandelt worden. Mehrere Platz- und Schürfwunden, ein gebrochenes Bein und ein Schlüsselbeinbruch ließen ihre Mutter in der Klinik wohlbekannt sein. Manch behandelnder Stationsarzt kannte Charlottes Namen jeweils noch von der vorhergehenden Behandlung. Als Kind war Charlotte ein schwer im Zaum zu haltender Wirbelwind gewesen, dem kein Baum zu hoch sein konnte. Ihre Mutter hatte immer wieder betont, dass an ihr ein echter Junge verloren gegangen sei und war deshalb auch über ihren späteren Berufswunsch nicht überrascht gewesen.

Sie blickte hinüber und ließ ihren Blick schweifen. Ohne den Blick abzuwenden, rief sie Tom zu sich ans Fenster. »Schau' mal, da hinten. Siehst du es?«

»Die Turmspitze? Ja, was ist das?«

»Das ist die Spitze des Mausoleums. Das aus dem Buch, das hier in zweifacher Ausführung herumliegt.«

»Das steht da hinten? Da war ich noch nie.«

Charlotte sah ihn schmunzelnd an und überlegte kurz, bevor sie antwortete: »Na dann wird es höchste Zeit. Im Rahmen unserer Ermittlungen können wir etwas für deine Bildung in Sachen Heimatkunde tun. Ich war auch schon ewig nicht mehr dort. Ich glaube in der siebten Klasse, oder so.«

»In Ordnung. Den Rest hier können die KTU-ler erledigen. Dann lass' uns gehen. Du übernimmst die Führung, Frau

Lehrerin. Aber ich erwarte einen vollständigen Bericht, mit Daten.«

Die Arme eingehakt schritten Charlotte und Tom andächtig über die Lärchenallee auf das beeindruckende Buntsandsteingebäude zu. Charlotte löste sich von Tom und ging zwei Schritte vor. Mit ausladenden Armbewegungen wies sie in Richtung des Mausoleums. »Die vor uns liegende Grabkapelle, Mausoleum genannt, wurde kurz vor 1900 im Auftrag des Großherzogs Friedrich I. erbaut.«

Tom streckte seinen Finger in die Luft. »Frau Lehrerin, wann genau war das?«

»Tom, sei still. Du störst mit deinen unnützen Fragen den Unterricht«, antwortete Charlotte lachend. »Willst du es hören oder nicht?«

Tom deutete einen Diener an, stellte sich kerzengerade hin und nickte brav.

»Das Gebäude ist in frühgotischem Stil konzipiert worden, doch die romantischen Neigungen des Großherzogs führten zu Stilmischungen, was unschwer zu erkennen ist.«

Sie wandte sich der Kapelle zu und wies auf die stattliche Eingangstür mit den schweren Eisenbeschlägen, auf die Fenster und auf die vielen verschiedenen Wasserspeier, die an den Kanten des Daches saßen. »In der Gruft sind 18 Mitglieder des badischen Herrscherhauses beigesetzt. Der Zugang ist nur im Rahmen besonderer Führungen möglich.«

Tom sah Charlotte beeindruckt an.

»Und wo sind die Löcher, die es unserem Blutfänger so angetan haben?« Er ging auf das Gebäude zu und sah sich um. »Hier, ich habe eines. Und hier, noch eines«, rief Tom erfreut.

Charlotte kam angelaufen und kniete sich vor ein etwa handtellergroßes Loch im Boden, der aus dicken Buntsandsteinplatten bestand. »Hier hat wohl alles angefangen. Laut der Geschichte in Stabs Buch wird der Junge hier beim Hineinlangen in solch ein Loch von einem Blutfänger gebissen und dadurch selbst zum Blutfänger. Ich kann mir nur vorstellen, dass dieser Heck hier irgendwo seine Hand hineingesteckt hat und etwas ihn gebissen haben muss.«

»Was soll einen denn in so einem Loch beißen?« Tom steckte seine Hand in das vor ihm liegende Loch und sah Charlotte überlegen an. Charlotte beobachtete ihn mit aufkeimendem Unbehagen. Plötzlich stieß er einen Schrei aus und zuckte heftig zusammen. Charlotte warf sich erschrocken nach vorn und packte seinen Arm, um ihn heraus zu ziehen. Tom richtete sich langsam auf, sah sie mit irrem Blick an und hob beide Arme über den Kopf. »Huh, ich bin ein Vampir.«

Charlotte atmete erleichtert auf, fuhr ihn aber an: »Du Idiot! Wie kannst du mich denn so erschrecken?« Kopfschüttelnd und bemüht ein strenges Gesicht zu machen, schaute sie Tom an, der breit grinsend vor ihr stand.

»Charlotte. Es gibt keine Vampire. Und da unten schon zweimal nicht. Auch wenn es ein komisches Gefühl ist, da hineinzulangen. Muss ich zugeben.«

»Sag' mir lieber, was ihn dann zu dem Schluss gebracht haben kann, ein Blutfänger zu sein?«

»Vielleicht saß tatsächlich irgendein Tier, eine Ratte zum Beispiel, da unten und hat zugebissen, weil er so herumgefuchtelt hat. Oder eines der Löcher hat so scharfe Kanten, dass er beim Hineinstecken oder Herausziehen das Gefühl hatte, etwas habe ihn gebissen. Schau, mein Handgelenk ist auch verkratzt vom Herausziehen.«

Charlotte legte den Kopf schräg und sah auf das Loch vor ihr am Boden. »Vielleicht hast du Recht. Tatsache ist aber, dass Heck davon überzeugt ist, ein Blutfänger zu sein. Dann braucht er Blut. Deshalb mordet er auch in relativ kurzen Abständen. Das Einmachglas in seiner Wohnung erklärt auch die fehlende Blutmenge, die Stefan festgestellt hat. Er betäubt seine Opfer mit Sevofluran, schneidet ihnen die Pulsadern auf und fängt einen Teil des Blutes in diesem Einmachglas auf, um es zu Hause aufzubewahren. Trinkt er das Blut tatsächlich erst zu Hause? Wenn ja, warum erst dann? In Eile schien er nie gewesen zu sein, außer bei Gerda Ratzel. Aber da kam auch der Ehemann dazwischen.«

»Er ist schlau. Er hat keinerlei Spuren hinterlassen. Da wäre er ja dumm, wenn er an Ort und Stelle das Risiko einginge, DNA-Spuren wie Speichel zu hinterlassen. Und laut diesem Gruselschmöker, wie du sagst, braucht er fast täglich frisches Blut oder er muss sich mit Schweineleber aushelfen.« Tom verzog angewidert sein Gesicht. »Ist ja eklig.«

»Und das Blut. Ist das vielleicht nicht eklig?«

»Doch, aber das Schweineblut stell' ich mir ekliger vor.« Tom schüttelte sich.

»Ich sehe da keinen Unterschied. Blut ist Blut. Und keines davon möchte ich trinken. Allein die Vorstellung lässt meinen Magen rebellieren. Aber zurück zu Heck. Er hat kein Blut mehr, es sei denn, er hätte bei der Flucht irgendwelche anderen Vorräte mitgenommen, was ich allerdings bezweifle.«

Tom sah sie ernst an und erwiderte: »Das heißt, er wird bald wieder zuschlagen, wenn wir ihn nicht aufhalten können.« Charlotte nickte ihm nachdenklich zu. »Dann lass' uns jetzt zurück ins Büro fahren. Vielleicht finden wir mit Hilfe der neuen Fallanalyse etwas heraus.«

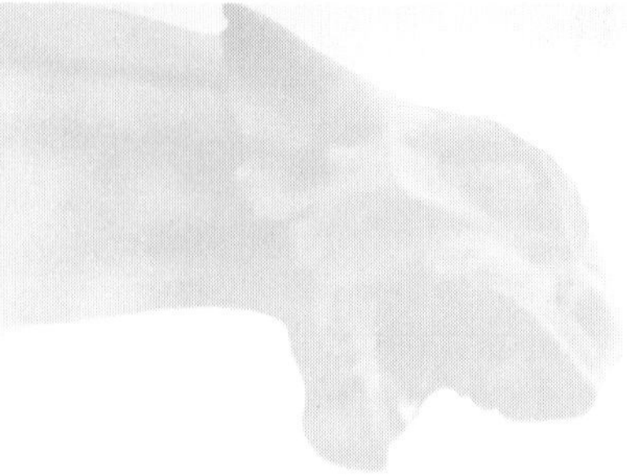

21. KAPITEL

Heck hatte eine Idee. Mit seinem Mantel unter dem Arm stieg er die Holztreppe hinunter, schlug zaghaft auf die Klingel der Rezeption und sah die rundliche Besitzerin des Hauses freundlich lächelnd aus dem Hinterzimmer eilen.

»Wie kann ich Ihnen helfen, Herr Schneider? Sie denken bitte an Ihren Ausweis, ich muss die Meldung hier im Ort abgeben, wegen der Kurtaxe. Geht es Ihrer Mutter bereits besser?«

Wie geschwätzig diese Person war. Doch diese Tatsache hatte es ihm leicht gemacht, ihr bei der Anmeldung zu erzählen, dass er freischaffender Architekt und viel auf Reisen sei. Zu der Geschwätzigkeit kam die Neugier und so hatte er ihr mitleidheischend erzählt, seine Mutter habe einen Schlaganfall erlitten und sei jetzt hier in der Rehabilitationsklinik zur Genesung untergebracht. Wie leichtgläubig diese Frau doch war. Seine Papiere habe er in der Hektik in seinem Hotel in Hamburg vergessen, wohin er auch schnellstmöglich zurückkehren müsse. Er hatte sogar darum gebeten, ein Telefax an dieses besagte Hotel schicken zu dürfen, damit die Rezeption dort eine Kopie für ihn hierher faxen könnte. Selbstverständlich hatte die Pensionsbesitzerin vertrauensvoll zugestimmt und auch dem Faxgerät zugeschaut, wie es ein handgeschriebenes Fax erst verschluckt und dann wieder ausgespuckt hatte. Wie einfach doch alles war und wie leicht sich diese gute Frau täuschen ließ.

»Meiner Mutter geht es den Umständen entsprechend gut.« Heck machte ein trauriges Gesicht und freute sich innerlich über seine Schlauheit. »Aber Sie wissen ja, wie das mit Schlaganfällen so ist. Das dauert halt. Und ständig diese Angst. Die Ärzte haben gesagt, man müsse jederzeit mit einem Rückfall rechnen.« Er senkte den Kopf, um seine Betrübtheit zu unterstreichen.

»Sie Ärmster. Wenn ich etwas für Sie tun kann, sagen Sie es mir bitte.«

Sein Gesicht erhellte sich. »Vielleicht könnten Sie mir tatsächlich behilflich sein. Sie kennen sich doch hier aus und kennen auch die Leute hier im Ort. Ich suche ein leerstehendes Gebäude. Am liebsten fernab vom Tourismus, um dann mit meiner Mutter dort gemeinsam einzuziehen, wenn es ihr besser geht. Es kann ruhig alt und renovierungsbedürftig sein. Sie wissen ja, ich bin Architekt und da fällt mir eine notwendige Sanierung dann nicht so schwer.« Die freundliche Dame musste nicht lange überlegen. »Das ist ja ein Zufall. Ich selbst habe oben am Berg vor kurzem ein altes Bauernhaus geerbt. Es ist zwar nicht groß, aber für zwei Personen mehr als ausreichend. Man müsste aber schon einiges machen. Es stand bereits mehrere Jahre leer. Meine Großtante, der es gehörte, war die letzten Jahre im Pflegeheim. Parkinson. Sie können es sich gerne einmal unverbindlich anschauen. Ich schreibe Ihnen gleich die Adresse und die Wegbeschreibung auf. Es liegt sehr abgelegen.« Sie eilte in das Hinterzimmer und kam mit einem Schlüsselbund zurück, den sie Heck vertrauensvoll in die Hand legte wie einen Schatz. »Es wird Ihnen bestimmt gefallen. Sehen Sie sich genau um. Sie dürfen alles anschauen.« Sie schrieb die Adresse auf, zeichnete eine Anfahrtsskizze und schob ihm das Blatt zu.

»Vielen Dank. Gleich morgen werde ich es mir ansehen.«

»Soll ich mitkommen?« fragte sie und zog das Gesicht in Falten. »Ich habe aber eigentlich gar keine Zeit.« Heck konnte ihr Unbehagen sehen, wie sie so dastand und ihre Finger knetete, daher antwortete er schnell: »Nein, nein. Das geht schon. Wenn ich Fragen habe, kann ich Sie ja bestimmt telefonisch erreichen oder eventuelle Unklarheiten nach meiner Rückkehr am Abend mit Ihnen besprechen.«

Sie lächelte dankbar und antwortete: »Sie sind ein guter Mensch. Ihnen würde ich das Haus sofort geben. Wissen Sie was? Behalten Sie den Schlüssel, solange Sie wollen. Wenn Sie sich entschieden haben, sagen Sie mir einfach Bescheid.

Über den Preis werden wir uns bestimmt einig. Wissen Sie, ich habe keine eigenen Kinder. Und wem sollte ich es denn geben? Ich würde mich ehrlich freuen, wenn Sie es mit Ihrer Mutter nutzen könnten. Da wüsste ich doch wenigstens, dass das Haus in guten Händen ist.«

»Das ist wohl wahr, gnädige Frau. Vielen Dank.« Er nahm ihre Hand, deutete einen Handkuss an und lächelte zufrieden in sich hinein.

Zurück im Büro wurden alle SoKo-Mitglieder zusammengerufen, um eine Sonderbesprechung abzuhalten. Charlotte und Tom informierten ihre Kollegen über die Vorfälle bei der vereitelten Verhaftung des Täters. An der Stelle, als Tom Casparis Befreiung aus der Toilette und ausführlich die nachfolgende Standpauke der Staatsanwältin schilderte, ging ein Raunen durch den Raum. Die Tatsache, dass Caspari der Informant war, ließ eine aufgeregt murmelnde Unruhe entstehen.

»Ja, der Informant kam tatsächlich aus unseren Reihen. Diese verachtungsvolle Tatsache sollte uns aber nicht von der weiteren Ermittlungsarbeit ablenken. Wir müssen den Täter fassen, bevor er noch einmal mordet. Und das wird er. Wir wissen, dass Frieder Heck in dem irrwitzigen Glauben lebt, er brauche Blut. Also wird er sich wieder welches besorgen. Und wir müssen ihm zuvorkommen.« Charlotte kreiste Hecks Namen an der Tafel mit einem roten Stift dick ein. »Ich möchte, dass jeder von Ihnen hier im Raum eine Liste schreibt, auf der er alle Eindrücke, Vermutungen und Ideen notiert, die ihm zu dem Verbleib des Täters einfallen. Wo könnte er sich verstecken? Was wird er als nächstes tun? Was hat er vor? Es wäre doch gelacht, wenn wir ihn nicht noch einmal fassen könnten.«

Mollinger meldete sich zu Wort. »Ich habe herausgefunden, woher das Sevofluran stammt.«

»Aus einer Klinik, oder nicht?« Der Aufkleber hatte die Paracelsusklinik in Durlach ausgewiesen.

»Ja schon, aber ich habe ein paar Telefonate geführt und herausgefunden, dass es im November einen Einbruch gab, bei dem ausschließlich dieses Narkotikum gestohlen wurde. Sonst nichts.«

»Und wo wurde eingebrochen? Stammt es tatsächlich aus der Paracelsusklinik in Durlach, wie aus dem Adresskleber ersichtlich?« Charlotte konnte Mollingers Gedankengang nicht folgen.

»Ja. Falls es ihm ausgeht, wird er dort vielleicht wieder auftauchen, um sich neues zu besorgen.«

Charlotte nickte Mollinger anerkennend zu. »Sehr gut, Mollinger. Dann sollten wir die Klinik darauf hinweisen und bitten, ihr Sevofluran kurzfristig an einem anderen Ort zu lagern. Sarah, rufen Sie bitte gleich an.« Sarah hob den Hörer ab und wählte. Der strahlende Mollinger blickte freudig in die Runde. Er schien seit heute Morgen überhaupt viel lockerer zu sein.

»Er braucht eine Unterkunft«, fuhr Charlotte fort. »Es ist Winter, da kann er nicht unter einer Brücke schlafen. Verwandte und Freunde sind uns nicht bekannt, da bleiben nur Hotels und Pensionen. Sarah.« Charlotte wartete, bis Sarah die Stummtaste gedrückt hielt und ihr zunickte, bevor sie mit ihren Anweisungen fortfuhr. »Rufen Sie bitte alle in der Gegend an und fragen nach neuen Gästen, auf die unsere Beschreibung passen könnte. Er wird nicht so dumm sein, sich unter seinem Namen anzumelden.« Sarah sah sie unglücklich an. »Verona wird bald wieder hier sein. Sie bleibt nur zur Sicherheit zur Beobachtung heute in der Klinik. So ein Knockout sollte nicht auf die leichte Schulter genommen werden. Aber Baumann und Bremer werden Ihnen helfen.«

Sarah nickte ihr dankbar zu, während Bremer und Baumann sich aufmunternd lächelnd zu ihr gesellten und sich die entsprechenden Telefonnummern im Computer auflisten ließen. Das ganze Team schien befreiter und lockerer zu sein, seit dieser Quertreiber Caspari die gemeinsame Arbeit nicht mehr stören konnte.

Döring winkte Charlotte aufgeregt zu. »Die Schweineleber. Isst der Verrückte nicht Schweineleber?« Die anderen nickten verständnislos und zuckten mit den Schultern. Auch Charlotte wusste nicht, worauf Döring hinaus wollte. »Und wo kauft man Schweineleber?« Döring schaute in die Runde und konnte nicht fassen, dass ihm scheinbar niemand folgen konnte. »Beim Metzger kauft man Leber. Wir sollten allen Metzgereien das Fahndungsfoto zukommen lassen, damit sie uns sofort informieren, falls unser Täter Schweineleber kauft.« Er hob die Hände und wartete auf eine Reaktion seiner nachdenklichen Kollegen. Tom war der erste, dem die Idee zu gefallen schien. »Das sind aber mächtig viele Metzgereien. Aber ich denke auch, ein Versuch wäre es wert.«

Charlotte verzog skeptisch den Mund. »Ein Versuch ist besser als nichts, oder? Dann faxen wir mal das Bild an alle uns bekannten Metzgereien in Karlsruhe. Das Problem dabei sind die Kaufhäuser und Supermärkte. Dort kann man auch Leber kaufen, und das unerkannt.« Sie sah das enttäuschte Gesicht von Döring und fügte hinzu: »Hoffen wir eben auf unseren Kollegen Zufall. Kullmann, Sie helfen Döring.«

Drösel erhob sich von seinem Stuhl und stützte sich mit beiden Händen auf die Tischplatte. »Die Wohnung von Frieder Heck sollte beobachtet werden. Vielleicht kommt er noch einmal zurück? Der ist doch irre. Da kann man nie wissen, oder? Wir würden die erste Schicht übernehmen, nicht Golling?« Drösel sah erst zu dem zustimmenden Golling und dann zu Charlotte, die nickend erwiderte: »Gute Idee. Nehmen Sie sich Kaffee und etwas zu Essen mit. Ich lasse Sie rechtzeitig ablösen. Gibt es sonst noch irgendwelche Vorschläge?« Sie schaute fragend in die Runde, sah aber nur schweigendes Kopfschütteln. »In Ordnung. Dann werden die übrigen gemeinsam versuchen, eine neue Fallanalyse und somit ein neues Täterprofil zu erstellen. Zurück zu unseren ersten Fragen: Wo könnte er sich verstecken? Was wird er als nächstes tun? Was hat er vor?«

»Sollten wir hierfür nicht Sarah dazuholen?« warf Mollinger ein. »Die erste Fallanalyse war doch recht gut, oder?« Sarah hatte aufgesehen und erwartungsvoll auf Charlotte geblickt. Sie nickte ihr aufmunternd zu und sagte: »Lackner, Sie lösen bitte Sarah ab. Sarah, Sie kommen bitte zu uns. Wir brauchen hier Ihre Hilfe.« Ein dankbarer Blick von Sarah traf den zufriedenen Mollinger. Charlotte fühlte sich zum ersten Mal richtig gut in der Rolle der Einsatzleiterin. So hatte sie sich eine gute Zusammenarbeit immer vorgestellt.

»Na, dann erzähl' mal. Ich sehe es dir doch an, dass du es loswerden musst. Ich will es wirklich hören.« Stefan goss Charlotte ein Glas Rotwein ein und stellte es vor sie auf den Tisch. Sie saßen in Stefans großer, gemütlicher Wohnküche. Es war der größte Raum in seiner sonst wirklich sehr kleinen, aber recht heimeligen Zweizimmerwohnung. Sie hatten beim Italiener Pasta gegessen. Stefan kannte Charlotte gut genug, um zu sehen, dass sie in Gedanken weder bei den leckeren Nudeln noch bei ihm war. Nachdem er die Rechnung bezahlt hatte, ließ sie sich kommentarlos zum Auto geleiten und zu ihm nach Hause fahren. Wie benebelt stieg sie die Treppe hinauf, zog in der Diele ihre Jacke aus und ließ sich in der Küche auf die dick gepolsterte Eckbank fallen.

Ihr Blick bohrte sich durch die Rotweinflasche und den Kühlschrank und endete im Nirgendwo. Sie sah den Tag vor sich wie einen Film ablaufen und begann unvermittelt sehr ausführlich und emotional zu erzählen.

»Und dann stell' dir vor. Als wir zu dem Steuerberater Stein kommen, sagt der uns doch glatt, dass bereits ein Kollege von uns hier gewesen sei. Ich hätte platzen können.« Sie hieb mit der Faust auf den Tisch. Wütend erzählte sie von dem vereitelten Zugriff und der verletzten Verona, doch als sie zu Casparis Toilettenszene kam, begann sie herzhaft zu lachen und zog das Polaroidfoto aus der Hosentasche. Es war voller Fingerabdrücke und Knicke.

»Das haben wohl schon einige sehen wollen, wie?« fragte Stefan lachend, während er sich das Foto ansah. Charlotte wurde wieder ernst und berichtete von der vergeblichen Fallanalyse: »Das war doch nur Zeittotschlagen, da wir sonst nichts tun können. Genauso wie die Telefonate mit den Hotels und die Faxe an die Metzgereien. Alles nur Arbeitsbeschaffungsmaßnahmen. Das hat doch alles keinen Sinn.« In ihrem Blick lag Verzweiflung. »Was soll ich nur tun? Ich habe die Einsatzleitung und bin absolut ratlos.« In einem Zug trank sie ihr Glas aus und füllte sich aus der Flasche nach.

»Du kannst momentan nicht viel tun. Wenn der große Zufall mitspielt, bekommt ihr einen Hinweis, wo er sich aufhält.«

»Und wenn nicht?« Sie drehte ihr Weinglas zwischen den Fingern und Stefan sah sie mitleidig an.

»Wenn nicht, findet sich ein anderer Weg. Du wirst sehen. Was kam denn bei der Besprechung mit der Staatsanwältin heraus?«

Charlotte holte tief Luft. »Es war eigentlich besser, als ich gedacht habe. Zuerst hat sie uns versichert, dass wir unseren Job gut gemacht hätten.«

»Na siehst du. Und weiter?«

»Dann hat sie uns von der Unterredung mit Caspari erzählt.«

»Ist er endlich suspendiert?« Stefan sah sie gespannt an.

»Nicht ganz. Aber fast. Nach seinem Arztbesuch, bei dem

seine gebrochene Nase gerichtet wurde, brachte ihn tatsächlich der Beamte, der ihn aus Hecks Wohnung abgeführt hatte, ins Büro der Gruber. Ganz und gar nicht kleinlaut muss er ihr dann gesagt haben, dass er es für dilettantisch halte, was sie hier mit ihm anstelle. Er, der große und erfolgreiche Ermittler, ohne den die Mordkommission gar nichts wäre.« Sie machte eine kurze Pause.

»Ja, und was hat die Gruber darauf gesagt?« Stefan lehnte sich mit den Armen auf die Tischkante. »Mensch Charlotte, sag' schon.«

»Die Gruber hat sich seine Anfeindungen und Unverschämtheiten wohl eine Weile angehört und dann mit der flachen Hand auf den Tisch gehauen. Ganz ruhig war sie angeblich vor die Tür getreten, wo bereits sein Vorgesetzter wartete und ließ ihn eintreten. Höflich, aber bestimmt, hat er Caspari um seine Dienstmarke und seine Waffe gebeten. Das Disziplinarverfahren gegen ihn sei bereits eingeleitet und er könne vorerst nach Hause gehen. Er müsse sich aber zu ihrer Verfügung halten. Sollte er sich widersetzen, hätten Frau Gruber und er keine Skrupel, ihn vorerst in Haft zu nehmen.«

»Hui. Das ist aber heftig.« Stefan rieb sich die Wange. »Hat er aber auch verdient, dieser ... was sagte die Gruber noch?« Charlotte lachte. »Dieser Arsch. Ja, das hat er. Ich weine ihm jedenfalls keine Träne nach und die restlichen Kollegen auf unserem Dezernat ebenso wenig. Stell dir vor, was vielleicht passiert wäre, wenn wir nicht rechtzeitig dort gewesen wären.«

»Ich verstehe sowieso nicht, warum er Verona da mit hineingezogen hat.«

»Laut Mollinger und Sarah wollte er den großen Macker heraushängen lassen und der kleinen BKA-Praktikantin zeigen, wie eine Verhaftung ohne das SEK ablaufen kann. Dass wir aber ebenfalls dabei waren, diesen Heck dingfest zu machen, auf die Idee ist er in seiner arroganten Art gar nicht erst gekommen. Und die Möglichkeit, dass etwas schief gehen könnte, hat er in seiner Überheblichkeit überhaupt nicht bedacht.«

»Es wurde aber auch endlich Zeit, dass ihm jemand Einhalt gebietet. So ein Kripobeamter gefährdet doch das ganz Team. Und dieser Mollinger? Das ist doch sein Kollege, oder nicht?«

»Der war immer nur so ein Fähnchen im Wind. So nannte ihn Tom jedenfalls. Hatte man es alleine mit Mollinger zu tun, war er ganz erträglich, aber wehe, Caspari kam dazu. Dann kuschte Mollinger und tat alles, um Caspari zu gefallen. Und das wiederum hat Caspari gefallen. Er spielte gezielt seine Macht gegenüber Mollinger aus. Es schien ihm Spaß zu machen, zu beobachten, wie Mollinger sich ihm anbiederte und erniedrigte, nur um ihm alles Recht zu machen. Dass gerade Mollinger ihn verraten hat, muss ihn am härtesten getroffen haben.«

»Und was passiert jetzt mit Mollinger?«

»Was soll mit ihm passieren? Er hat ja nichts getan. Vor unserem vermeintlichen Zugriff hat er mich angerufen, um mich über Casparis Vorhaben zu informieren. Ebenso hat er ein Telefonat zwischen Caspari und diesem Schmierblatt verfolgt und mir mitgeteilt, dass er nun sicher wisse, dass Caspari der Informant sei. Nein, Mollinger wird nichts passieren. Er wird einen neuen Kollegen zugeteilt bekommen, mit dem er hoffentlich besser zusammen arbeiten kann. Er ist wirklich kein schlechter Kripo-Beamter. Und in Sachen EDV hat er es echt voll drauf.«

Stefan stand auf, um Käse und Salami aus dem Kühlschrank zu holen. Er legte beides auf den Tisch. Ein großes Brett und ein scharfes Küchenmesser platzierte er in der Mitte und holte ein Baguette aus dem Brotkasten.

»Du wirst Hunger haben. Von deinen Nudeln vorhin hast du ja fast nichts angerührt.« Charlotte lächelte ihn dankbar an.

»Du kennst mich wirklich gut.« Sie brach sich ein großes Stück von dem Brot ab, schnitt sich Käse und Salami in mundgerechte Stücke und begann mit Heißhunger zu essen.

»Frau Gruber hat mich ebenfalls angerufen«, sagte Stefan. »Sie hat mich gefragt, ob ich es für sinnvoll halte, Sabrina Meier zu obduzieren.«

Charlotte verschluckte sich und hustete mit wedelnden Armen. Lachend klopfte Stefan ihr auf den Rücken. »Du musst nicht gleich ersticken.«

Prustend kam ihre Antwort: »Und was hast du geantwortet?«

»Was denkst du denn?«

Ihre Finger trommelten ungeduldig auf der Tischplatte.

»Was hast du gesagt?«

»Natürlich habe ich ja gesagt. Ich weiß ja schließlich jetzt, wonach ich suchen muss. Die chemisch-toxikologische Untersuchung wird schnell zeigen, dass auch sie mit Sevofluran narkotisiert wurde und somit ebenfalls ein Opfer von Heck war und keinen Selbstmord begangen hat.«

»Du bist einfach klasse.«

»Ich weiß«, erwiderte er grinsend. »Außerdem weiß ich doch, dass du brennend darauf wartest, diesem Armin Lehmann, dem Verlobten von Sabrina Meier, endlich sagen zu können, dass es kein Selbstmord war, oder täusche ich mich da?«

Charlotte hielt es jetzt nicht mehr auf ihrem Platz. Sie rutschte von der Eckbank herunter, ging lächelnd auf Stefan zu und setzte sich auf seinen Schoß. Sie nahm sein Gesicht in beide Hände und sah ihn liebevoll an.

»Morgen ist die Exhumierung und ...« weiter kam Stefan nicht. Charlotte verschloss seinen Mund mit ihren Lippen und küsste ihn zärtlich.

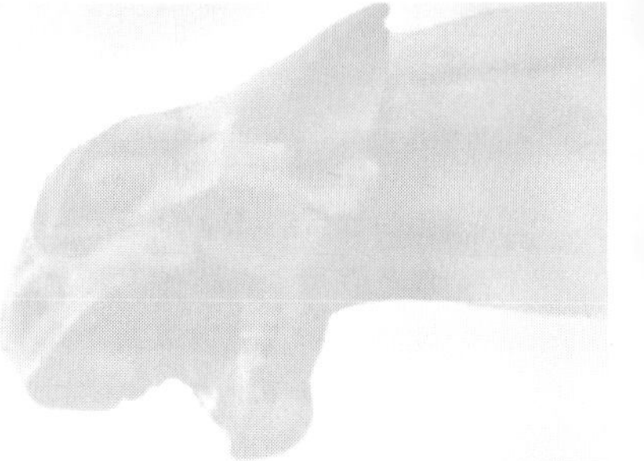

22. KAPITEL

Dem Taxifahrer hatte Heck die Adresse und die Wegbeschreibung seiner Zimmerwirtin gegeben. Er hatte es nicht ausgehalten, länger zu warten. Er musste wissen, ob dieses Haus für seine Zwecke geeignet war. Das Taxi fuhr aus dem Ort hinaus und durch ein kurzes Waldstück eine Anhöhe hinauf. »Das liegt aber sehr einsam. Da kommen nicht einmal Spaziergänger oder Wanderer vorbei«, sagte der bärtige Taxifahrer, als sie vor dem verlassenen Haus ankamen. Stumm nickend saß Heck da und schaute aus dem Fenster, während er seine Geldbörse aus der inneren Manteltasche zog. Wenn der Taxifahrer wüsste, wie Recht ihm das war. Er konnte keine ungebetenen Besucher brauchen. Es begann in seinen Fingern zu kribbeln.

Ein kleines Bauernhaus in Fachwerk mit zwei Nebengebäuden, die vermutlich als Stallungen gedient hatten. Die freiliegenden Holzbalken hoben sich dunkel gegen die weiß getünchten Mauerwerke ab. Die dunkelbraunen Fensterläden des Hauses waren geschlossen. Es sah aus, als seien die Besitzer nur für ein paar Tage verreist.

Er wies den Fahrer an zu warten und ging auf die fast schwarze Holzeingangstür zu. Eine Klingel war nicht vorhanden. Er steckte den Schlüssel ins Schloss, drehte ihn langsam um und öffnete die Tür. Ein unangenehmer Geruch von abgestandener Luft schlug ihm entgegen. Er suchte an der Wand einen Lichtschalter und fand ihn. Überrascht stellte er fest, dass er sich in einer großen quadratischen Diele, die noch möbliert war, befand. Die Decke war so niedrig, dass er sich ducken musste, um nicht mit dem Kopf an der Lampe hängen zu bleiben. Mit ausgestreckter Hand hätte er an die Decke langen und sie berühren können.

Sein Weg führte ihn weiter in eine Wohnstube, die ebenfalls noch komplett möbliert war. Ein großer Schrank, verziert mit Bauernmalerei, füllte die eine Wand fast vollständig aus. Ein altes Sofa und zwei zugehörige Sessel, sowie ein niedriger

Beistelltisch standen an der gegenüberliegenden Wand und waren zum Schutz vor Staub mit weißen Leinentüchern abgedeckt. In der Ecke stand ein alter Kanonenofen mit einem großen, gefüllten Holzkorb.

Er sah sich weiter in dem Haus um und fand eine recht großzügig geschnittene Küche mit einem wunderschönen alten Kohleherd, der den Vorbesitzern sowohl zum Heizen als auch zum Kochen gedient haben musste. Eine Essecke und verschiedene Einbauschränke vervollständigten das Bild einer alten Bauernküche.

Im Obergeschoss fand Heck ein Badezimmer, das erstaunlich modern eingerichtet war, und ein Schlafzimmer, das eher wieder aus der Vorkriegszeit zu stammen schien. Ein für ihn viel zu kurzes Doppelbett und ein doppeltüriger, wuchtiger Schrank, beide mit Blumen verziert, waren die einzigen Möbelstücke hier.

Er kehrte zurück in die Küche, sah sich kurz um. Er maß mit den Augen die Abstände zwischen Herd, Tisch und Fenster. Mit Stöhnen und unter enormer Kraftanstrengung schleppte Heck einen der wuchtigen Sessel aus der Wohnstube herüber. Er platzierte ihn direkt in der Mitte der Küche mit der Lehne in Richtung Fenster. Er ging zu der Holzkiste neben dem Herd und stellte zufrieden fest, dass sie randvoll mit Brennholz gefüllt war. Wenn er die Einrichtung und den guten Zustand des Hauses betrachtete, erschien die Tatsache, dass das Haus schon lange Zeit leer stand, eher ungewöhnlich, abgesehen von der dicken Staubschicht, die sich im Laufe der Zeit über alle Böden und Möbelstücke gelegt hatte.

»So Marlene. Hier ist alles bereit. Wir können mit dem Rekrutieren beginnen.«

Darauf bedacht, alle Lichter wieder gelöscht zu haben, verließ er das Haus, das seinen Ansprüchen mehr als gerecht wurde. Nie hätte er sich träumen lassen, solch ein Schmuckstück vorzufinden und das auch noch möbliert. Sorgfältig schloss er die Tür ab, stieg wieder in das Taxi und ließ sich zu der Pension zurückfahren.

Etwa zur gleichen Zeit, in der Charlotte ihr Herz bei Stefan ausschüttete, fuhr Frieder Heck mit Marlene in der Hosentasche und seinem gefüllten Stoffbeutel mit der Stadtbahn in Richtung Karlsruher Innenstadt. Er hatte sich seine Wollmütze tief ins Gesicht gezogen und verfluchte die Tatsache, dass er sich nie einen Wagen gekauft hatte. Doch bisher hatte er keine Notwendigkeit dafür gesehen. Den Führerschein hatte er gleich mit achtzehn gemacht und auch auf Anhieb bestanden. Doch als er aus dem Kinderheim in die Oststadt zog, hatte er zu wenig Geld und erledigte deshalb alles zu Fuß. Selbst ins Büro fuhr er nicht mit der Bahn. Und in anderen Stadtteilen hielt er sich für gewöhnlich nur selten auf.

Seine neue Vermieterin hatte ihm einen schönen Abend gewünscht. Wenn sie wüsste, wie schön dieser Abend werden würde, hatte er gedacht, sich aber lediglich freundlich bei ihr bedankt und ihr gesagt, dass es spät werden würde, bis er zurück sei.

Er wusste genau, wo er hin musste. In die Waldhornstraße, ins Hochhaus über der Tankstelle. Er wusste auch schon, wie er sich Einlass verschaffen würde. Noch eine Haltestelle dann musste er aussteigen. Zufrieden tätschelte er sachte Marlene in der Hosentasche, warf einen Blick in seine Stofftasche, in der die angebrochene Flasche Sevofluran und ein Knäuel aus Verbandsmull steckten. Die freie Sicht auf das imposante Karlsruher Schloss, die man von allen sogenannten Fächerstraßen aus hatte, registrierte er zwar, doch mehr als einen Blick ließ er, wie die meisten Karlsruher, nicht darauf ruhen.

Vor dem Hochhaus überflog er die Klingelflut, erkannte lächelnd den gesuchten Namen und drückte dann auf einen anderen Klingelknopf *Schröder* in der obersten Reihe. Die

Sprechanlage krächzte und eine Männerstimme fragte: »ja, bitte? Wer ist da?«

»Herr Schröder, entschuldigen Sie bitte die Störung. Hier ist Hagen aus dem Dritten. Ich habe mich ausgesperrt. Könnten Sie mich bitte ins Haus lassen?« Neben einem Klingelknopf stand Martin Hagen und aus der Reihenfolge der Klingeln schloss Heck auf das dritte Geschoss. »Meinetwegen«, kam brummig die Antwort und der Türöffner surrte. Schnell drückte Heck die schwere Eingangstür auf und sah sich um. Laut Klingelreihe musste er in den zweiten Stock. Es würde ein Leichtes sein, doch mit dem Wagen konnte einiges schief gehen. Er kannte das Auto nicht, wusste also nicht, ob es überhaupt hier war. Falls nicht, musste er umdisponieren und sich schnell etwas Neues einfallen lassen.

Die Fahrstuhltür öffnete sich mit lautem Knarren. Heck trat in den dunklen Hausgang, von dem verschiedene Türen abgingen. Die Fahrstuhltür schloss sich und er stand im Dunkeln. Durch die Hausflurfenster fiel trübes Licht von den Straßenlaternen, so dass er auch ohne Licht alles erkennen konnte. Mit gesenktem Kopf ging er auf die erste Tür zu und versuchte das Namensschild zu entziffern. *Sawazki,* das war nicht die gesuchte Tür. Auch die nächste war es nicht, dafür die dritte. Sein Herz begann heftig zu klopfen, als er seine Marlene aus der Hosentasche nahm und die Klinge langsam herausklappte.

Er holte tief Luft und trommelte heftig mit beiden Händen gegen die Tür. Aufgebrachte Rufe aus dem Inneren der Wohnung ließen ihn voller Vorfreude erschauern. Die Wohnungstür wurde wütend aufgerissen. Genau damit hatte Heck gerechnet. Er sprang mit einem gewaltigen Satz auf Caspari zu, packte ihn mit einer Hand am Hals und stieß ihn rückwärts gegen die Wand. Casparis Kopf schlug hart auf, so dass er für einen Moment handlungsunfähig war. Diese Sekunde nutzte Heck und zeigte mit der anderen Hand kurz das Rasiermesser und hielt es direkt zwischen die Beine des überraschten Caspari. Ein brennender Schmerz an der Innenseite seines Oberschenkels machte Caspari die Gefahr bewusst, in der er sich befand. »Dein Wagenschlüssel, Rekrut«, keuchte Heck ihm zu. Caspari sah ihn stirnrunzelnd an. Das Rasiermesser drang tiefer in seinen Oberschenkel. Er nickte in Richtung Kommode, die etwa einen Meter neben ihnen stand.

»Ganz langsam. Wenn ich dir dein Teil abschneide, verblutest du so schnell wie die anderen. Und das willst du doch nicht, oder?« Hecks Gesicht war ganz nah. Caspari konnte seinen Atem fühlen. »Etwa fünfzehn, vielleicht auch dreißig Minuten hast du dann noch. Also, mach' keinen Blödsinn. Es wird dir nichts passieren. Du sollst mein Rekrut sein. Ich werde dich ausbilden. Vertrau' mir.« Langsam gingen sie, fast eng umschlungen, zu der Kommode. »Schlüssel«, zischte Heck. Casparis Hirn überlegte fieberhaft, doch die Angst um seine Männlichkeit überwiegte und so streckte er den Arm aus, um den Schlüsselbund mit der Hand zu greifen. Für einen Moment dachte er daran, diesem Heck den Schlüsselbund einfach über den Schädel zu schlagen, doch die Klinge schob sich bereits wieder tiefer und damit gefährlich in die Nähe seiner Weichteile. Verkrampft stand Caspari da und wartete auf neue Befehle. »Deine Waffe.«

»Ich habe keine mehr.«

»Quatsch, du bist ein Kriminalbeamter. Die haben Waffen. Also, wo ist sie?«

»Ich bin vom Dienst suspendiert, du Arsch. Wegen dir. Und da musste ich die Waffe abgeben.«

Heck grinste ihn schräg an. »Wegen mir wurdest du suspendiert? Das finde ich toll. Das macht dich für mich noch interessanter. Aber du hast doch gewiss noch eine andere Waffe, oder?« Um seiner Frage noch mehr Gewicht zu geben, bewegte er die Klinge langsam hin und her, was einen großen Schnitt in Casparis Hose hinterließ. Caspari nickte wieder zu der Kommode. »Zweite Schublade von oben. Ich hole sie.«

»Nichts wirst du tun. Ich werde sie holen. Pass' genau auf, was ich dir jetzt sage. Ich werde jetzt deinen Hals loslassen, um die Schublade zu öffnen und deine Waffe heraus zu holen. Während ich das tue, bewegst du dich nicht. Sonst muss ich dich doch hier lassen und mir einen neuen Rekruten suchen, was ich allerdings bedauern würde. Du bist ein besonderes Exemplar.« Er richtete das Rasiermesser so aus, dass er Caspari von unten nach oben mit einem Schnitt hätte zweiteilen können, ließ ganz langsam Casparis Hals los und griff nach der Schublade, ohne den Blick von Caspari abzuwenden. Er fand die Waffe, nahm sie heraus und hielt sie vor Casparis Nase. »Entsichern«, befahl er.

Der verzweifelte Caspari griff mit zitternden Händen an die Waffe und legte einen kleinen Hebel um. »Verarsch' mich nicht. Ich sagte entsichern.« Hecks Stimme klang weich und sanft, sein Rasiermesser allerdings schnitt Caspari schmerzhaft in die rechte Pobacke. »Du hast noch eine Chance. Wenn sie dann nicht entsichert und geladen ist, muss ich dich leider töten.« Caspari entsicherte die Waffe richtig und richtete sich auf, um dem Rasiermesser zu entkommen. Heck legte die Waffe an, zielte auf ein Bild an der Wand und drückte ab. Ein lauter Knall ließ die beiden Männer zusammenfahren. Das Bild zersprang in tausend Scherben und Heck richtete lächelnd die Waffe auf Caspari, während der erleichtert bemerkte, dass das Rasiermesser zurückgezogen wurde. Heck entfernte sich langsam von Caspari und sagte: »Dann lass' uns mal gehen, Rekrut. Zu deinem Wagen, vorwärts.«

Ohne Zwischenfall erreichten sie Casparis Wagen. Heck ließ ihn das Fahrzeug aufschließen, griff in seine Tasche und holte etwas heraus, das Caspari nicht erkennen konnte.

Caspari hoffte auf seine Chance. Nur ein unachtsamer Moment von diesem Schwein, und ich werde ... weiter konnte er nicht denken. Heck drückte ihm von hinten ein getränktes Tuch vor Mund und Nase. Caspari hielt die Luft an und versuchte die Hand Hecks zu fassen, zog sie aber zischend zurück, als er den brennenden Schnitt des Rasiermessers auf seinem Handrücken spürte. Er musste atmen und sog die sonderbar riechende Luft ein. Er spürte, wie seine Beine nachgaben, wie Heck ihn in den Wagen setzte, dann verlor er das Bewusstsein.

Auf dem Hauptfriedhof waren noch nicht viele Besucher, als die Staatsanwältin Ulrike Gruber im Beisein von Charlotte und Tom das Grab von Sabrina Meier öffnen ließ, um die ausgegrabene Leiche in Stefans Institut bringen zu lassen. »Ich hoffe für sie alle, dass sich das hier lohnt«, sagte sie, als der erdverkrustete Sarg auf einer Bahre davon geschoben wurde. »Ich muss zur Pressekonferenz und weiß nicht, was ich denen sagen soll. Außer der Großfahndung haben wir nichts, oder?« Sie blickte Charlotte traurig an.

»Leider nicht. Die Faxe an die Metzgereien, die Hotels und Pensionen haben bisher nichts ergeben. Das Fahndungsfoto erschien erst heute Morgen in der Zeitung. Vielleicht kommt hierbei etwas Brauchbares heraus. Sarah hat das Foto vorhin auch an alle Taxizentralen gefaxt, mit der Bitte, uns sofort zu informieren, falls einer der Fahrer Frieder Heck erkennen sollte. Mehr können wir momentan leider wirklich nicht tun.«

Frau Gruber fasste Charlottes Schulter. »Ich weiß, dass Sie Ihr Bestes geben. Das muss ich nur der Öffentlichkeit klar machen. Die verstehen das nie. Die sehen nur, dass der Täter noch immer auf freiem Fuß ist. So etwas ist immer ein gefundenes Fressen für die Presse.«

»Ja, leider. Unsere Öffentlichkeitsarbeit kommt irgendwie nicht so an, wie wir uns das wünschen. Und die Presse? Die sind wie Haie. Sobald sie Blut riechen, schwärmen sie aus und zerreißen rücksichtslos alles, was ihnen zwischen die Zähne kommt.«

»Und Caspari liegt mir auch schwer im Magen. Heute Mittag habe ich einen Anhörungstermin mit ihm. Der wird sich drehen und winden, nur um einer Suspendierung entkommen zu können. Ich brauche Ihren kompletten Bericht bis dahin.«

Sie lächelte Tom schwach zu, der ihr leise antwortete: »Geht klar. Bis heute Mittag haben wir den Bericht fertig. Wir gehen gleich zurück ins Büro.«

»Das ist alles so sinnlos. Wir können absolut nichts tun. Wir müssen hier sitzen, Berichte schreiben und abwarten. Ich hasse meinen Job.« Charlotte raufte sich die Haare.

Tom sah von seinem Bericht auf. »Wer wird denn gleich in die Luft gehen. Sieh' es als kurze Verschnaufpause an. Bevor der große Showdown folgt. Das ist immer so.«

»Ja, im Film. Aber leider nicht im wirklichen Leben«, gab sie brummig zur Antwort. »Und du heißt nicht Bond.«

»Na, zum Glück nicht, sonst wärst du ja meine Miss Moneypenny.« Er zielte mit seinem Kugelschreiber auf sie, was ihr ein Lächeln abrang.

Gegen Mittag wurde die Bürotür geöffnet und Verona Busch betrat blass, aber lächelnd, das Büro. Die Anwesenden blickten sie überrascht an. An ihrer Wange prangte in leuchtendem Rot und Blau ein hühnereigroßer Bluterguss. Sarah fasste sich als erste und rief: »Hallo Verona, schön, dass du wieder da bist. Wie geht es dir?« Charlotte stand auf und stellte sich Verona in den Weg. »Mensch Mädchen, was tun Sie denn hier? Sie sollten doch krank geschrieben sein und zu Hause die Beine hochlegen.« Verona sah sie ernst an. »Genau das will ich nicht. Zu Hause fällt mir die Decke auf den Kopf. Außerdem muss ich doch meine Sarah unterstützen.« Sie grinste zu Sarah hinüber. »Aber Sie ...« setzte Charlotte an.

»Ich habe mich nicht krank schreiben lassen, also muss ich Dienst tun«, sagte Verona bestimmt und Charlotte ergab sich schulterzuckend.

Die SoKo-Doppelklinge tat Büroarbeit und verbrachte die meiste Zeit mit Schreiben und Warten. Sobald ein Telefon klingelte, fuhren alle erschreckt zusammen, um wieder in sich zusammenzufallen, wenn Entwarnung gegeben wurde. Es war zermürbend. Vor allem für Charlotte.

Nach der gemeinsamen Mittagspause fanden sich alle wieder im Büro ein und hingen ihren Gedanken nach.

Charlottes Telefon klingelte und alle schauten wieder gespannt auf. »Krüger?«

»Gruber hier. Caspari ist nicht zum Anhörungstermin erschienen.«

»Das gibt es doch gar nicht. So blöd kann nicht einmal der sein. Haben Sie es schon auf seinem Handy versucht?«

»Selbstverständlich. Er nimmt nicht ab. Ich habe auch bereits einen Beamten zu ihm geschickt, aber er öffnet nicht und sein Wagen ist nicht da. Frau Krüger, Sie fahren bitte mit Berger und Mollinger hin und sehen sich um. Ich habe da so eine böse Ahnung.«

Endlich konnte sie etwas tun, wenn auch nicht das, was sie sich erhofft hatte. Aber es war alles besser, als nur herum zu sitzen und abzuwarten.

Tom stellte den Wagen im Hof der Tankstelle ab und fragte Mollinger, in welchem Stockwerk Casparis Wohnung liege. Sie drückten verschiedene Klingelknöpfe, bis sich endlich jemand meldete und ihnen die Tür öffnete, nachdem sie gesagt hatten, sie kämen von der Polizei. Charlotte und Tom nahmen den Fahrstuhl, Mollinger nahm die Treppe. Oben trafen sie sich vor Casparis Wohnungstür. Tom drückte die Klingel, Mollinger klopfte heftig. Die Tür gegenüber wurde geöffnet und eine ältere Frau steckte den Kopf heraus. »Machen Sie schon wieder solchen Lärm? Ich rufe gleich die Polizei.«

Charlotte wandte sich der resoluten Dame zu, zeigte ihren Dienstausweis und fragte: »Wieso schon wieder so ein Lärm? Wann gab es hier denn solchen Lärm?«

»Na gestern Abend. So gegen neun, vielleicht auch halb zehn. Erst ein Getrommel und Geschrei und dann noch so ein lauter Knall. Unmöglich diese Leute.«

»Kennen Sie denn den Herrn Caspari?« fragte Charlotte.

»Den da? Nein, nicht wirklich. Ich habe ihn ein paar Mal im Fahrstuhl gesehen. Ein unfreundlicher Mann.« Sie schüttelte den Kopf. »Nein, hier im Haus kenne ich eigentlich niemanden. Will ich aber auch gar nicht. Die sollen mich bloß alle in Ruhe lassen. Und Sie auch.« Damit schlug sie ihre Tür wieder zu. Man konnte hören, wie sie von innen die Sicherheitskette vorlegte.

»Öffnen?« fragte Tom.

»Sicher doch. Ein Knall rechtfertigt das Öffnen ja wohl.«

Tom fummelte mit einer Scheckkarte in Höhe der Türklinke herum, brach aber lediglich eine Ecke der Karte heraus.

»Lassen Sie mich mal«, forderte ihn Mollinger auf, der mit dem rechten Bein ausholte und geschickt mit einem Fußtritt neben das Türschloss Casparis Eingangstür zum Bersten brachte. Die Tür schwang langsam auf. Charlotte und Tom sahen ihn erstaunt an. »Das hat mir Caspari beigebracht«, sagte Mollinger verlegen.

Gemeinsam betraten sie die Wohnung und fanden auch gleich das zerschossene Bild am Boden und die zugehörige Kugel in der Wand. Charlotte tippte die Nummer der Spurensicherung und anschließend die Nummer von Frau Gruber.

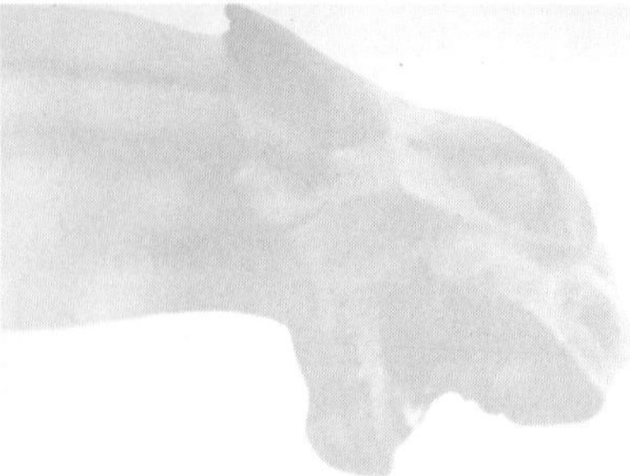

23. KAPITEL

Caspari kam langsam zu sich, doch er konnte sich nicht bewegen. Richtig atmen konnte er auch nicht. Sein Mund war mit einem Stoffknebel verschlossen, so dass er zwar ausreichend Luft zum Atmen bekam, aber nicht sprechen konnte. Er bewegte vorsichtig den Kopf, was ihm stechende Kopfschmerzen bescherte. Er blickte, noch etwas benommen und verwirrt, an sich hinunter und entdeckte den Grund für seine Bewegungslosigkeit. Er saß, mit dem Rücken zum Fenster, auf einem klobigen Sessel mit Armlehnen, inmitten einer großen alten Bauernküche. Mit Hilfe eines dicken Seils war er mit den Handgelenken an die Armlehnen gefesselt und auf die gleiche Weise mit den Knöcheln an die Stuhlbeine gebunden.

»Ah, guten Morgen, Rekrut. Schön, dich hier zu haben.« Frieder Heck blickte Caspari mitleidig und verständnisvoll an. »Ich musste diese Vorkehrungen hier treffen, um dich ruhig zu stellen, bis die Rekrutierung abgeschlossen ist. Wir wollen doch nicht, dass etwas dazwischen kommt.« Ein irres Lächeln umspielte seine Lippen.

Gänsehaut, die sich über seinen Nacken und seine Schultern bis zum Rücken ausbreitete, ließ Caspari erschauern. Heck kam auf ihn zu, sah ihn mit schräg gelegtem Kopf an und sagte grinsend: »Wenn es recht ist, werden wir beginnen.«

Caspari riss und rüttelte an den Seilen und warf verzweifelt seinen Kopf hin und her. Er stöhnte laut, doch die verminderte Atemluft und die Aussichtslosigkeit seines Tuns ließen ihn rasch wieder ruhiger werden.

Heck postierte sich breitbeinig vor seinem Gefangenen, stemmte die Arme in die Hüfte und begann einen Vortrag zu halten, als sei Caspari nicht sein Gefangener, sondern ein gelehriger Schüler.

»Wir werden die Rekrutierung folgendermaßen durchführen: Ein Biss von mir wird dich infizieren und mir gleichzeitig das von mir so dringend benötigte Blut liefern.«

Caspari begann zu zittern.

»Wenn die Wirkung dann eingesetzt hat und du ebenfalls ein Blutfänger geworden bist, werde ich dich losmachen und wir können gemeinsam auf Blutfang gehen.« Heck sah ihn kritisch an. »Du weißt doch, was Blutfang bedeutet?«

Caspari nickte eifrig und versuchte sich durch den Knebel hindurch verständlich zu machen, was aber lediglich einem Brummen ähnelte.

»Wie lange dieser Vorgang dauert, lässt sich leider nicht mit Bestimmtheit sagen, da du nicht freiwillig hier bist. Du brauchst dich aber nicht zu fürchten. Ich werde dir alles Nötige beibringen.«

Caspari zog an den Seilen. Die bereits abgeschürfte Haut hinterließ blanke, brennend schmerzende Stellen. Mutlos sackte er in seinem Sessel zusammen. Es war zwecklos. Frieder Heck beugte sich langsam über ihn, packte Caspari unvermittelt bei den Haaren und riss ruckartig seinen Kopf zurück. Caspari wimmerte unverständlich hinter seinem Knebel. Heck näherte sich Casparis Hals mit seinem Mund. Caspari spürte erst den heißen Atem, dann die Zähne an seinem Hals und schloss verzweifelt die Augen.

Die Leute von der Spurensicherung in ihren weißen Schutzanzügen verteilten sich in Casparis Wohnung. Charlotte wartete mit Tom und Mollinger im Hausgang auf das Eintreffen der Staatsanwältin. »Meint ihr wirklich, dieser Heck hat sich Caspari geholt?« fragte Charlotte ihre beiden Kollegen.

»Was hat er dieser Stab geschrieben?« setzte Mollinger entgegen.

»Er würde mit dem Rekrutieren beginnen«, vervollständigte Tom Mollingers Gedanke.

»Das würde auch erklären, warum er ihn mit sich genommen hat und nicht gleich hier tötete«, fügte wieder Mollinger an.

»Aber wohin hat er ihn gebracht? Caspari lässt sich nicht so einfach entführen. Da muss schon etwas Heftiges vorgefallen sein, meint ihr nicht?« Charlotte schüttelte ungläubig den Kopf. »Und wenn sich Caspari einfach nur aus dem Staub gemacht hat?« fragte Tom, obwohl er die Antwort schon kannte.

»Nicht der Caspari. Der meint doch, dass er noch einen Orden verliehen bekommt.« Charlotte und Tom sahen Mollinger erstaunt an, der schnell hinzufügte: »Ich kann ihn ebenso wenig leiden wie Sie. Und ich bin lernfähig, wenn auch manchmal ein bisschen schwer von Begriff.« Er lächelte die beiden vorsichtig an.

»Guten Tag, die Herrschaften. Wie sieht es aus?« Frau Gruber trat aus dem Fahrstuhl.

»Nicht gut«, ergriff Charlotte das Wort. »Caspari ist weg, eine Kugel steckt in der Wand und die Nachbarin hat Gepolter und einen Schuss gehört. Gestern Abend zwischen neun und halb zehn. Sein Wagen ist auch weg, aber seine Jacke hängt noch hier an der Garderobe.«

»Das muss ja wohl jetzt nicht unbedingt etwas heißen, er wird noch andere Jacken besitzen«, antwortete Frau Gruber.

»Aber Mollinger sagt, dass Caspari immer diese Jacke trägt, auch privat.«

»Und irgendwelche Hinweise auf Grund des Fahndungsfotos? Hotels, Metzgereien, Taxis?«

Resigniert antwortete Charlotte: »Nein, bisher nichts.«

Die Staatsanwältin holte tief Luft. »Dann werden wir alle wieder ins Büro zurückkehren und hoffen, dass sich Caspari meldet oder wir irgendwelche Hinweise aus der Bevölkerung erhalten. Oder haben Sie einen besseren Vorschlag?«

»Sein Handy. Das könnte man ausfindig machen, vorausgesetzt, er hat es dabei«, sagte Mollinger schüchtern. Frau

Gruber sah ihn mit großen Augen an. »Das könnten Sie?« Tom und Charlotte sahen sich freudig überrascht an, während Mollinger sagte: »Ja, das ist nicht mehr so schwierig. Über den Mobilfunkanbieter können wir den momentanen Standort des Mobiltelefons in Erfahrung bringen. Je nach Netz sogar ziemlich genau.«

»Was bedeutet je nach Netz?« hakte Frau Gruber hochinteressiert nach.

»In den Ballungsgebieten liegen die Senderadien der einzelnen Sendestationen, beziehungsweise Sendemasten, der Netzbetreiber bedeutend enger aneinander als außerhalb der Städte. Das Handy kann innerhalb der Schnittpunkte dieser Senderadien geortet werden.«

»Na dann machen Sie mal hin, Mollinger«, sagte die Staatsanwältin salopp und grinste breit. »Welch Potenzial doch in so manch einem verborgen ist.« Sie zwinkerte Charlotte aufmunternd zu, während sie amüsiert beobachtete, wie Mollingers Gesichtsfarbe zunehmend einen rötlicheren Ton annahm. Sie verabschiedete sich mit dem Hinweis, jederzeit erreichbar zu sein.

Sarah und Verona winkten Charlotte zu sich an den Tisch, als sie mit Tom und Mollinger das Büro betrat. »Eine Metzgerei hat angerufen und Frieder Heck beim Leberkauf erkannt«, platzte Verona heraus.

»Und wann und wo war das?« fragte Charlotte.

»Das ist leider die schlechte Nachricht. Die Metzgerei ist in der Oststadt, und Heck hat dort das letzte Mal vor etwa drei Tagen eingekauft. Könnte aber auch schon vier Tage her sein. Auf alle Fälle bestimmt nicht in den letzten beiden Tagen. Da war sich der Metzger ganz sicher, denn er hat nur an bestimmten Tagen frische Innereien.«

»Schade. Aber dafür wissen wir jetzt mit Sicherheit, dass er tatsächlich versucht, seine Gier mit Leber in den Griff zu bekommen. Auch gut.« Charlotte drehte sich um und rief durch den Raum: »Mollinger, wie kommen Sie voran?«

»Noch einen Moment, ich hab's gleich.«

»Was, wenn das Handy in Casparis Wohnung liegt?« rief Tom von seinem Schreibtisch.

»So schlau war ich dann schon.« Mollinger zog ein gespielt beleidigtes Gesicht. »Ich habe selbstverständlich sein Handy angerufen, vorhin in seiner Wohnung. Da ich es nirgends Läuten hörte, gehe ich davon aus, dass er es bei sich hat.« Alle Anwesenden lachten und Charlotte nickte Mollinger anerkennend zu. Sie selbst hatte nicht daran gedacht.

»Hier, ich habe es tatsächlich. Casparis Handy«, rief Mollinger aufgeregt. Alle sprangen auf und stürmten an seinen Schreibtisch, wo er mit wilden Armbewegungen auf seinen Bildschirm deutete. Charlotte drängte sich nach vorne und erkannte eine Landkarte voller Kreise, die sich an den verschiedensten Stellen überschnitten. Sie erkannte das Albtal, in dessen Mitte etwa ein kleiner roter Punkt aufblinkte. »Das ist Casparis Handy«, sagte Mollinger stolz.

»Und wo ist es?« fragte Tom fast gleichzeitig mit Drösel.

»Das ist im Albtal. In Bad Herrenalb und nähere Umgebung. Sehen Sie hier.« Mollinger fuhr mit dem Finger die ovale Schnittfläche nach, die den roten Punkt einrahmte. »Hier in diesem Bereich müssen wir suchen. Es dürfte ein Umkreis von etwa einem Kilometer sein.«

»Ein Kilometer? Ich dachte, das bekäme man genauer?« fragte Lackner entsetzt.

»Wäre er hier in der Stadt, könnten wir seinen Standort auf etwa einhundert Meter, vielleicht auch weniger, eingrenzen. Aber so weit außerhalb ...«

»Na, dann ziehen wir mal die Wanderschuhe an und begeben uns auf die Suche, meine Herren.« Charlotte war hoch motiviert und besser gelaunt. Endlich konnten sie wieder etwas tun, wenn auch nur Suchen.

»Mollinger, Berger, Sie kommen mit mir. Lackner, Ingold, Drösel und Kullmann, Sie fragen in Bad Herrenalb in den einzelnen Geschäften. Er muss zumindest essen und trinken. Baumann, Bremer, Eichstätt und Döring, Sie klappern die Hotels und Pensionen ab. Er muss auch irgendwo übernachten. Ringberg und Ebert, Sie klappern mit.« Charlotte erntete ein Lachen.

»Gollinger, Sie hängen sich bitte mit Sarah und Verona ans Telefon und versuchen anderweitig Hinweise zu dem Aufenthaltsort unseres Täters und Casparis zu erhalten. Rufen Sie alle an, die mit Kundschaft zu tun haben. Jeden Makler, jeden Vermieter, einfach am besten alle aus Bad Herrenalb.« Sie grinste die überraschten Kollegen an. »Ich glaube, Sie wissen schon was Sie zu tun haben. Los geht's. Viel Glück.«

»Wieso gerade Herrenalb?« fragte Tom auf der Fahrt, die sie, durch Ettlingen hindurch, hinaus ins Albtal führte. An der Spinnerei waren sie längst vorbei.

»Er musste raus aus Karlsruhe. Vielleicht kennt er sich dort aus. Vielleicht war es Zufall. Ich weiß es nicht«, antwortete Charlotte, die ihren Blick nicht von den immer weißer werdenden Wiesen und Weiden abwandte. Das Albtal führte sie aus der Rheinebene in den höher gelegenen Schwarzwald. Je mehr Höhenmeter sie erreichten, desto dichter wurde die Schneedecke. Bereits in Marxzell war außer der Hauptstraße, die sich dunkel glänzend dahin schlängelte, alles strahlend weiß. »Ist schon verrückt. Bei uns unten in Karlsruhe liegt keine einzige Schneeflocke, und hier ist alles weiß. Obwohl wir hier nur 250 Meter höher sind. Ist das schön.«

»Du vergisst, warum wir hier sind, Charlotte. Wir suchen einen irren Serienmörder, der vermutlich einen Kriminalbeamten in seiner Gewalt hat«, wies Tom sie zurecht.

»Nein, das kann ich nicht vergessen. Mir wird auch ganz schlecht bei dem Gedanken. Ich hoffe noch immer, dass Caspari sich doch nur aus dem Staub gemacht hat und nicht bei diesem Heck ist.«

»Ich glaube schon, dass Heck ihn hat«, warf Mollinger vom Rücksitz ein. »Er ist noch nie, wirklich gar nie, ohne seine Jacke aus dem Haus gegangen. Nicht einmal im Sommer, bei dreißig Grad. Ich habe ihn deshalb manchmal versucht aufzuziehen, aber Humor ist nicht gerade Casparis Stärke.«

»Hat er überhaupt irgendwelche Stärken?« warf Tom schnippisch hinter sich. Mollinger schwieg und lehnte sich wieder zurück in seinen Sitz.

Endlich erreichten sie das Ortsschild Bad Herrenalb. Tom sah kurz zu Mollinger. »Und nun? Wohin jetzt?«

»Laut Karte müssen wir uns rechts halten. In Richtung Bahnhof und dann Richtung Falkenstein.«

»Falkenstein kenne ich«, sagte Charlotte. »Da war ich schon mal. Das ist ein toller Aussichtspunkt, falls es euch interessiert.«

»Achtung, Mollinger. Jetzt meldet sich die Frau Lehrerin wieder.« Charlotte deutete Tom eine Ohrfeige an.

»Da gibt es im Sommer viele Freeclimber, aber man kann auch den einfachen Weg nach oben nehmen. Die Aussicht ist wirklich toll von da oben. Tom, hier solltest du mit deinen Mädels herfahren.«

»Ah, ich verstehe. Du meinst so auf die romantische Tour.«

Charlottes Handy unterbrach ihr Geplänkel. »Ja? ... Wirklich? ... Wann? ... Wohin? ... Sicher? ... Super. Ja ich notiere.« Charlotte zog ihr Notizbuch aus der Jackentasche und schrieb ein paar Worte und Zeichen auf. »Danke Verona.«

Triumphierend drehte sie sich den beiden Männern zu. »Wir haben ihn wieder. Ein Taxifahrer hat sich gemeldet, der unseren Frieder Heck gestern Mittag zu einem einsam gelegenen Bauernhaus gefahren hat. Direkt vor uns, irgendwo hinter dem Falkenstein. Ich habe hier die Wegbeschreibung.«

Sie reichte Mollinger den Zettel nach hinten. »Sie weisen Tom ein. Ich ordere gleich das SEK und rufe dann die Gruber an. Diesmal darf nichts schief gehen. Habt ihr eure Waffen?« Beide nickten mit ernsten, konzentrierten Gesichtern. Charlotte telefonierte. Zum einen forderte sie zur Sicherheit das SEK an. Beim zweiten Telefonat erklärte sie der Staatsanwältin mit kurzen Worten ihr Vorhaben. Sie würden zu diesem besagten Haus fahren, sich umsehen und versuchen heraus zu finden, ob sich Caspari in Hecks Gewalt befand, und wenn ja, ob er noch am Leben war.

Schweigend und mit mulmigem Gefühl im Magen fuhren sie an dem Abzweig zum Falkenstein vorbei, durch ein kurzes Waldstück. Die Schneedecke hatte sich auch hier über die Fahrbahn gelegt, was Tom Schwierigkeiten beim Fahren bereitete, da er die Straßenränder nur noch schätzen konnte. Sie kamen entsprechend langsam voran. Charlotte konnte das Haus sehen. Eine dünne Rauchsäule stieg aus dem Kamin in den grauen Himmel. »Halt«, rief sie. »Wir stellen den Wagen hier ab und gehen den Rest zu Fuß. Heck muss uns nicht kommen hören. Der Überraschungsmoment sollte auf unserer Seite sein, falls wir ihn brauchen.«

»Charlotte, wir werden nicht reingehen. Nur Orten und Sichern. Kein Zugriff. Das überlassen wir dem SEK«, zischte ihr Tom zu.

»Ja, klar doch«, gab sie lapidar zur Antwort.

Die Fensterläden waren geschlossen. Sie mussten also nicht befürchten, von Heck gesehen zu werden und gingen schnell auf die Vorderseite des Hauses zu. Charlotte gab ihren Kollegen ein Zeichen, dass sie um das Haus herumgehen würde. Tom nickte und gab seinerseits Zeichen, in die andere Richtung herumzugehen. Mollinger deutete mit Kopfnicken an, hier auf der Vorderseite zu bleiben. Alle drei Beamten hatten ihre Waffe gezogen und entsichert.

Charlotte schlich durch den unberührten Neuschnee auf die Seite des Hauses. Jeder Schritt knirschte unter ihren Sohlen. Die Fensterläden hier auf der Seite waren geöffnet. Geduckt schlich sie unter das erste Fenster und horchte. Kein Geräusch war zu vernehmen. Plötzlich hörte sie hinter sich Schritte und drehte sich mit der Waffe im Anschlag ruckartig um. Sie atmete erleichtert und doch wütend auf, als sie Tom erkannte, dem Mollinger in großem Abstand folgte. Tom schlich zu ihr und flüsterte: »Casparis Wagen seht auf der anderen Seite. Er muss also hier sein. Hast du schon was gesehen?« Sie schüttelte nur den Kopf. Aus der Innentasche ihrer Jacke zog sie einen Handspiegel, reichte ihn dem verwunderten Tom und gab ihm ein Zeichen. Er sah sie nur fragend an. Genervt gab sie ihm mit einer Handbewegung zu verstehen, dass er mit Hilfe des Spiegels durch das Fenster sehen solle, um nicht mit dem Kopf nach oben zu müssen.

Tom sah sie anerkennend an, streckte den Arm aus und drehte den Handspiegel so, dass er das Innere des Hauses erkennen konnte. Er sah in die Wohnstube, in der er außer den verhängten Möbelstücken und dem Kanonenofen in der Ecke nichts entdecken konnte. »Gesichert. Es scheint das Wohnzimmer zu sein. Tür geschlossen. Keine Personen sichtbar.«

Geduckt schlichen die drei weiter zum nächsten Fenster. Sie konnten einen leichten Lichtstrahl erkennen, der nach draußen fiel und einen fahlen Gelbton auf die sonst so weiße Schneedecke zeichnete. Hier musste sich jemand aufhalten. Wieder lauschten sie angestrengt. Diesmal konnten sie Geräusche vernehmen und eine Stimme. Die Stimme schien wütend auf jemanden einzureden. Sie schlichen langsam näher und konnten die Worte deutlich verstehen: »Du wirst ein guter Rekrut.« Dazwischen konnte man ein lautes Klatschen hören und ein dumpfes Stöhnen. Charlotte, Tom und Mollinger wussten, was das zu bedeuten hatte. Caspari befand sich tatsächlich in der Gewalt dieses Hecks. Plötzlich konnten sie hören, wie die Stimme in einem ganz sanften Ton sprach. Sie verstanden einen Namen: Marlene. Die drei Beamten sahen sich irritiert an. Sollte da noch jemand sein? Eine Frau?

Tom streckte erneut seinen Arm ganz langsam aus und erstarrte.

Charlotte stieß ihn in die Seite und sah ihn fragend an. Er ließ seinen Arm sinken und reichte ihr deprimiert den Spiegel. Was sie sah, ließ auch sie erstarren. Sie schloss die Augen und hoffte, gleich aus diesem Alptraum aufzuwachen. Sie wusste nun, wer Marlene war.

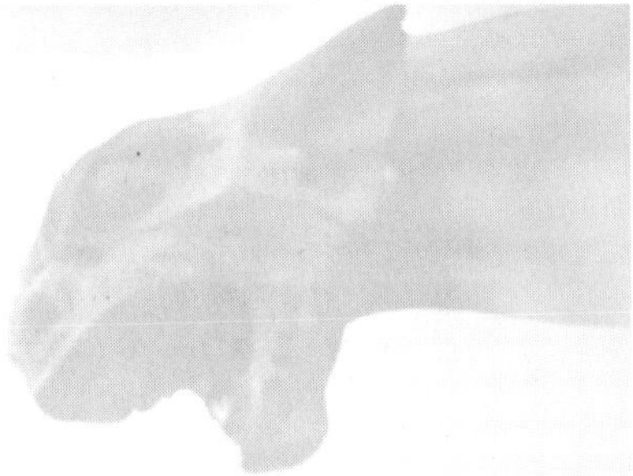

24. KAPITEL

Heck hatte seine Zähne an Casparis Hals gesetzt, die Augen geschlossen und dachte: »Jetzt muss ich zubeißen. Dann wird er ein Blutfänger, wie ich.« Er verkrampfte sich, doch er schaffte es nicht, die Zähne zusammenzubeißen, um durch die Haut in Casparis Fleisch vorzudringen. Sein Magen rebellierte bereits vor dem Biss. Abrupt wandte er sich ab und rannte nach oben ins Badezimmer, wo er sich übergab. Enttäuscht und wütend saß er auf dem Badewannenrand und überlegte, wie er die Rekrutierung ohne Biss erfolgreich abschließen konnte. Er kehrte in die Küche zurück, wo ihn Caspari verängstigt ansah. »Dann machen wir es eben anders.«

Auf dem Tisch lag Marlene. Caspari beobachtete Heck, wie er langsam zum Tisch ging und das Messer mit beiden Händen hoch nahm. »Du darfst heute nicht zu tief schneiden, meine Liebe. Dafür kann ich dich endlich zum ersten Mal ohne Handschuhe führen. Marlene, wir werden uns ganz nah sein.« Liebevoll sah er erst das Messer an, dann ernst und nachdenklich Caspari.

Er ging auf ihn zu. Das Rasiermesser aufgeklappt in der Hand, mit einem Lächeln im Gesicht. »Meine Marlene wird ganz vorsichtig sein. Wir wollen dich ja nicht töten. Wer tötet schon seinen Rekruten? Es wird schnell gehen.«

Caspari riss an seinen Fesseln und versuchte durch Hin und Herschaukeln den Sessel zum Umkippen zu bewegen.

Unaufhaltsam kam Heck näher.

Caspari krallte verzweifelt seine Hände in die Armlehne und sah mit weit aufgerissenen Augen, wie Heck das Rasiermesser an seiner linken Hand ansetzte, und spürte den brennenden Schmerz, als sich die Klinge durch seine Haut zog. Ein dünnes Rinnsal Blut kam zum Vorschein. Heck beugte sich über Casparis Hand und leckte mit seiner Zunge vorsichtig das Blut ab. Mit geschlossenen Augen genoss er den Moment, in dem ein Blutfänger rekrutiert wurde. Welch erhabenes Gefühl. Er legte die Lippen über die Wunde und sog das so begehrte Elixier ein. Ein zischelndes, schmatzendes Geräusch hallte in der Küche von den Wänden. Zufrieden mit seiner Tat richtete sich Heck auf und blickte auf Caspari hinunter, der mit zugekniffenen Augen bewegungslos dasaß. Den kleinen Handspiegel am Fenster sah er nicht.

»So, jetzt werden wir warten. Die Verwandlung kann beginnen. Kannst du es schon spüren?« Caspari schüttelte den Kopf. »Du musst es spüren. Ein Brausen im Kopf, ein Rauschen und heftiges Herzklopfen. Lass' mich fühlen.« Heck legte aufgeregt seine Hand auf Casparis Brust, in der dessen Herz wie wild hämmerte. »Na, wer sagt es denn? Dein Herz beginnt wie wild zu rasen. Kannst du das Rauschen in deinen Ohren hören?« Caspari nickte eifrig. »Lügst du mich auch nicht an?« Seine Stimme wurde drohend. Ein heftiges Kopfschütteln sollte die gewünschte Antwort sein. »Ich sehe noch nicht den Blutfänger in deinen Augen. Du lügst mich an. Das sollst du nicht tun. Blutfänger lügen nicht«, rief Heck laut und schlug Caspari mit der flachen Hand ins Gesicht. Das Klatschen hallte in der Küche wider und Caspari stöhnte auf. »Du wirst ein guter Blutfänger werden. Ich weiß es. Du musst nur lernen. Fühlst du es? Kannst du es spüren?« Caspari zuckte hilflos mit den Schultern.

Er wusste nicht mehr, was er tun sollte, um Heck nicht noch mehr zu reizen. Er wusste aber auch nicht, was er tun musste, um ihn von seiner gelungenen Rekrutierung zu überzeugen. Reumütig dachte er an Charlotte, die jedem Beamten nahegelegt hatte, dieses kleine Buch von Angelika Stab mit nicht einmal hundert Seiten, zu lesen, um zu wissen, was diesen Irren da vor ihm zu motivieren schien. Keine Zeile hatte er gelesen. Wie gerne würde er die Zeit zurückdrehen und sich mit diesem Buch in eine Ecke setzen.

»Kannst du es fühlen?« Heck sah Caspari tief in die Augen.

Caspari nickte vorsichtig.

»Das ist schön. Ich werde dir jetzt den Knebel aus dem Mund entfernen, damit wir uns besser unterhalten können. Du musst mir ganz genau beschreiben, was du fühlst.« Mit einem Ruck riss er den Stoffknebel aus Casparis Mund, wobei er ein Stück der Lippe erwischte, was Caspari laut aufschreien ließ.

Charlotte ließ den Arm sinken. »Wir können nicht warten, bis das SEK hier eintrifft. Das kann noch gut eine halbe Stunde dauern, bis die hier sind. Bis dahin ist Caspari tot. Er hat doch keine Ahnung, was Heck von ihm erwartet.« Sie blickte die beiden Männer ratlos an und fügte noch leiser hinzu: »Dieser Idiot. Wenn er wenigstens das Buch gelesen hätte.«

Tom und Mollinger blickten beschämt zu Boden. »Was, ihr auch nicht?« zischte sie die beiden an, die nur betreten ihren Kopf schüttelten. »Männer!« erwiderte sie genervt und richtete sich neben dem Fenster auf. Ein erneuter Schlag und ein darauf folgender Schrei drangen zu ihnen durch das Küchenfenster.

»Wir müssen da rein«, flüsterte sie aufgeregt und schlich in Richtung Vorderseite des Hauses.

Tom und Mollinger folgten ihr eilig. »Was hast du vor?« fragte Tom.

»Ich weiß es nicht. Auf alle Fälle werde ich nicht hier herumstehen und darauf warten, dass dieser Heck Caspari umbringt.«

Mollinger und Tom sahen sich hilflos und achselzuckend an. »Sie hat Recht«, sagte Tom plötzlich. »Ich werde reingehen, ihn ablenken und ihr kommt dazu und ...«

Charlotte winkte ab. »Und ich habe zwei Tote da drin. Du spinnst wohl. Ich habe da eine bessere Idee. Hört zu.«

Heck redete auf Caspari ein. »Ich muss es von dir hören. Beschreibe mir genau, was mit dir passiert. Sonst kann ich dich nicht losbinden. Erst wenn deine Verwandlung zum Blutfänger abgeschlossen ist, kann ich dir vertrauen.«

»Guten Tag, Meister. Endlich habe ich Euch gefunden.«

Heck drehte sich ruckartig in Richtung Küchentür. Da stand Charlotte mit ausgebreiteten Armen und lächelte ihn an. Heck riss das Rasiermesser an Casparis Hals und schrie: »Stehen bleiben, oder ich schneide ihm die Kehle durch.«

Caspari sah ungläubig, aber erleichtert, auf Charlotte, die ihn nicht zu beachten schien. Dass ausgerechnet sie sich für ihn in solch eine Gefahr begab, konnte er nicht fassen. Für ihn, der alles daran gesetzt hatte, ihr die Leitung der SoKo abzunehmen, der sie mit allen Mitteln bloßzustellen versucht hatte.

Charlotte antwortete ganz sanft und ruhig: »Aber Meister, ich bin gekommen, um mich von Euch rekrutieren zu lassen.«

Hecks Augen verengten sich zu Schlitzen. »Wozu rekrutieren?« fragte er forschend.

»Zum Blutfänger natürlich. Ich möchte von Euch rekrutiert und ausgebildet werden. Ich will wie Ihr ein Blutfänger werden und wenn Ihr mir die Ehre gebt, mich ebenfalls auszuwählen, wäre ich der glücklichste Mensch auf Erden.«

Hecks Gesicht erhellte sich.

»Woher weißt du?« fragte er, inzwischen neugierig geworden, die Klinge aber noch immer fest an Casparis Hals gepresst, so dass sie bereits in die Haut schnitt.

»Ich habe das Buch gelesen. Immer und immer wieder, und gehofft, eines Tages die Möglichkeit zu bekommen, einen ebenso Gesinnten zu finden. In der Zeitung habe ich von Euch gelesen. Das wart doch Ihr, oder nicht?«

»Ja, selbstverständlich war ich das. Ich und meine Marlene.« Er deutete mit seinen Augen auf das Rasiermesser in seiner Hand und richtete sich stolz auf. »Und ich war schlau. Anfangs hat es niemand gemerkt, wie ich meinen Blutdrang gestillt habe.«

Anerkennend schaute Charlotte ihm ins Gesicht. »Das möchte ich auch lernen. Was ist mit dem da?« Sie deutete abwertend auf Caspari, der erschrocken zusammenzuckte.

»Das ist mein erster Rekrut, aber irgendwie klappt es mit der Verwandlung nicht so, wie es soll.«

»Habt Ihr ihn bereits gebissen?« fragte sie unschuldig.

»Nein.« Sein Gesicht wurde zornig.

»Dann habt Ihr ihn gewiss geschnitten«, fügte Charlotte schnell hinzu. »Und das ausgetretene Blut abgeleckt. Nicht wahr Meister? Wie genial Ihr seid. Gleich beides miteinander zu vereinen.« Toms Kopf tauchte im Küchenfenster hinter Heck auf.

Mit freudigem Glanz in den Augen sah Heck Charlotte begeistert an. »Du bist tatsächlich eine Gleichgesinnte. Das ist gut.« Caspari spürte das aufsteigende Vertrauen, da Heck die Klinge langsam lockerer hielt.

»Meister, bitte rekrutiert mich! Ich warte schon so lange auf diesen Moment, dass ich es fast nicht mehr ertragen kann. Und wenn die Verwandlung bisher bei ihm noch nicht funktioniert hat, könnten wir ihn doch wenigstens als Blutspender verwenden.« Sie nickte zu Caspari hinüber, der versuchte, seine Erleichterung zu verbergen. »Ich sehne mich so nach diesem Blutdrang, als hätte ich ihn bereits in mir. Bitte Meister, lasst mich nicht länger warten. Schneidet oder beisst mich. Ich bin Eure ergebene Dienerin.«

Charlotte streckte dem stolz und glücklich aussehenden Heck beide Arme entgegen.

Nur einen Moment überlegte Heck, dann ließ er das Rasiermesser sinken und kam auf Charlotte zu.

Charlotte lächelte ihm dankbar, fast sanftmütig entgegen, drehte sich blitzartig um ihre eigene Achse und schlug dem überraschten Heck das Rasiermesser mit einem gezielten Fußtritt aus der Hand. Es flog in hohem Bogen über den zitternden Caspari hinweg. Das Küchenfenster ging mit einem lauten Krachen zu Bruch. Glassplitter flogen in die Küche und Tom sprang durch den zersplitterten Rahmen. Er kam mit der Waffe im Anschlag hinter Heck zum Stehen.

Gleichzeitig ertönte es von der Küchentür: »Stehen bleiben, Polizei.« Mollinger war hereingestürmt und bedrohte Heck ebenfalls mit seiner Pistole. Heck riss seine Hände nach oben, blieb bewegungslos stehen, sah sich aber verwirrt nach seinem Rasiermesser um. Neben dem Kohleherd sah er es liegen. Erschrocken rief er: »Marlene. Meine Liebe. Ist dir etwas passiert? Geht es dir gut?«

Charlotte ging auf das Rasiermesser zu und hob es auf. Heck blickte wild von Mollinger zu Tom und dann zu Charlotte. »Du bist kein Rekrut. Du bist eine Polizeischlampe.« Mit tiefster Verachtung sah er Charlotte an. »Es wird euch nichts nützen. Ich bin ein Blutfänger. Ich bin unsterblich.« Heck begann laut und schrill zu lachen. Charlotte zog eine Augenbraue nach oben und sagte ruhig: »Frieder Heck. Es ist vorbei.« Dann nahm sie das Rasiermesser in beide Hände, brach es in der Mitte auseinander und ließ die beiden Hälften zu Boden fallen. Hecks Mund öffnete sich und ein tierähnlicher Laut drang aus seiner Kehle. Plötzlich riss er seine Hände hinter seinen Rücken, zog blitzschnell Casparis Pistole aus seinem Hosenbund und zielte auf Charlotte.

Ein Schuss fiel und Charlotte schloss die Augen. Sie spürte nichts. Gar nichts. Lebe ich noch? Ich kann mein Herz nicht hören. Ich kann gar nichts hören. Ich muss tot sein. Aber wo sind die Bilder meines Lebens? Es heißt, dass das Leben nochmals an einem vorüberzieht ...

Sie öffnete die Augen und sah Heck auf sich zutaumeln. Ich bin nicht tot. Erleichtert stellte sie fest, dass nicht sie getroffen worden war, sondern Heck.

Er sank auf die Knie und kroch in Richtung der beiden Messerteile. Fast bemitleidenswert streckte er seine Hand danach aus und flüsterte: »Marlene, ich liebe dich. Wir beide sind unsterblich. Du und ich werden ein Leben als Blutfänger führen.« Seine Finger legten sich sanft um die Klinge. Er brach zusammen und rollte sich auf den Rücken. Charlotte trat zu Tom und Mollinger, die ihre Waffen im Anschlag hielten, für den Fall, dass Heck sich doch noch einmal aufrichten sollte. Doch jeder im Raum konnte sehen, dass er nicht mehr lange zu leben hatte.

Ungläubig sah er Charlotte an und flüsterte ihr röchelnd zu, während sich große blutige Blasen über seine Lippen verteilten: »Ich hätte dich zu einer guten Blutfängerin gemacht. Aber so muss ich mir jemand neues suchen.«

Charlotte beugte sich zu ihm hinunter und sagte leise: »Sie werden sterben, Herr Heck.«

»Ich kann nicht sterben. Ich bin ein Blutfänger.« Seine Stimme wurde schwächer.

»Es gibt keine Blutfänger«, sagte Charlotte nachdrücklich.

Entsetzen breitete sich in Hecks Gesicht aus, als das Begreifen einsetzte. Er konnte den Tod sehen, er konnte ihn fühlen. Ein letztes Mal versuchte er sich aufzubäumen, um dann tot in sich zusammenzusinken. In der Hand hielt er die Klinge seines Rasiermessers fest umschlossen.

Die drei Beamten sahen sich schweigend an. Die Gesichter waren entspannt, keine Gefühlsregung war zu erkennen.

»Frau Krüger, das war eine Meisterleistung«, rief Caspari mit krächzender Stimme. Charlotte, Tom und Mollinger sahen zu Caspari hinüber, drehten sich um und verließen die Küche. »Aber macht mich denn hier keiner los?« Caspari rüttelte wieder an seinen Fesseln. Charlotte wandte sich an der Tür noch einmal zu Caspari um und sagte lächelnd: »Die Männer vom SEK wollen auch etwas zu tun haben.« Man konnte das Martinshorn bereits hören.

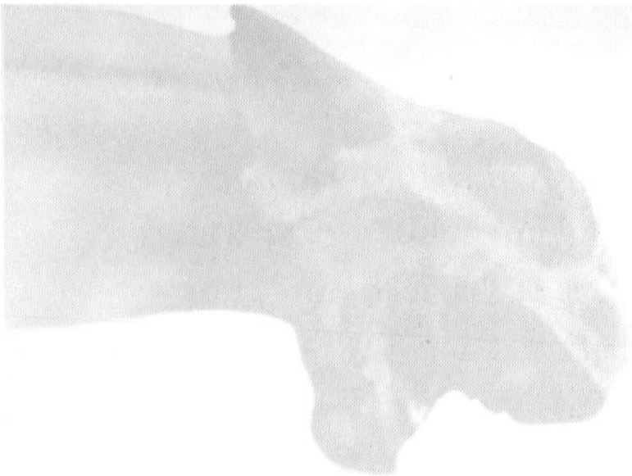

25. KAPITEL

Frieder Heck wurde in einem Zinksarg aus dem Haus getragen und auf dem Karlsruher Hauptfriedhof beerdigt. Ganz hinten, noch hinter den neuen Urnengräbern, auf dem Feld für die anonyme Bestattung, in dem auch die Namenlosen und die ohne Angehörige beerdigt werden. Der Mord an seinen Eltern wird für immer ein Unfall, beziehungsweise Selbstmord bleiben.

Marlene, das zweigeteilte Rasiermesser, wurde von der Spurensicherung in zwei getrennte Plastikbeutel verpackt, um ihr weiteres Dasein in der Asservatenkammer zu fristen. Die Beutel bekamen die Beweisstücknummern drei und vier im Fall Frieder Heck zugeteilt. Ihr Name wurde nicht notiert.

Caspari wurde nicht gerade sachte durch einen Beamten des SEK von seinen Fesseln befreit. Ein mürrischer Polizeibeamter brachte ihn schweigend in die nächstgelegene Klinik, um seine Schnittverletzungen zu behandeln. Gegen Caspari wurde ein Disziplinarverfahren eingeleitet, das nicht seine Entlassung zur Folge hatte. Es wurde ihm aber eine freiwillige Versetzung nahegelegt.

Armin Lehmann wurde von Charlotte darüber informiert, dass es sich bei seiner Verlobten Sabrina Meier letztendlich doch um Mord handelte. Er würde Charlotte immer dankbar sein, ihm die schwere Last der Ungewissheit von der Seele genommen zu haben, auch wenn es ihm Sabrina nicht wieder zurückbringen konnte.

Doktor Engels arbeitete weiter erfolgreich mit der Kriminalpolizei Karlsruhe und in seiner Rechtsmedizin der Universität Heidelberg. Zusammen mit einem Kollegen erstellte er Leitlinien für Rechtsmediziner. Der Ratgeber für die Leichenöffnung und die Regeln zur Durchführung der ärztlichen Leichenschau fanden landesweit Anwendung. Mit Charlotte traf er sich weiterhin und gerne. Einer erneuten Beziehung stand nichts mehr im Wege.

Mollinger wurde in das Dezernat 3.2, der Abteilung für Computerkriminalität und Korruption, empfohlen. Rasch entwickelte er sich zu einem allgemein beliebten Kollegen und ist seither gern im gesamten Dezernat gesehen.

Staatsanwältin Gruber wurde tatsächlich zur Oberstaatsanwältin vorgeschlagen und wartet auf ihre Beförderung, was sie nicht daran hindert, weiter mit Charlotte und Berger zusammenzuarbeiten.

Leni findet die seltenen Tage besonders schön, an denen Charlotte gemeinsam mit Stefan zum Essen kommt.
Gisela Reimers wartet noch auf den gemeinsamen Frauenabend, der gewiss bald stattfindet, nachdem Charlotte nun wieder etwas mehr Ruhe gefunden hat.

Die beiden BKA-Praktikantinnen Sarah und Verona bekamen eine sehr gute Beurteilung, sowie ein Empfehlungsschreiben von Charlotte und Staatsanwältin Gruber. Sie bewarben sich für die Lehrgänge zur Operativen Fallanalyse, zur Ausbildung zum Profiler.

Die restlichen SoKo-Mitglieder kehrten in ihre Abteilungen zurück, nicht ohne zu betonen, dass sie gerne jederzeit unter der Leitung Charlottes in einer neuen SoKo arbeiten würden.

Charlotte Krüger und Tom Berger arbeiten weiter gemeinsam in der Abteilung für Tötungsdelikte. Ihr nächster Fall liegt bereits auf den Karlsruher Straßen, im Hardtwald oder vielleicht im nahegelegenen Rhein.

Nachtrag

Die Personen und die Vorkommnisse sind frei erfunden. Die Löcher im Boden rund um das Karlsruher Mausoleum sind tatsächlich vorhanden. Ich habe selbst als Kind dort manche Mutprobe bestanden, indem ich meine Hand in eines dieser düsteren Löcher steckte.

Ihre Claudia Mummert

Besuchen Sie uns im Internet:
www.gbraun-buchverlag.de

Fordern Sie unser kostenfreies Verlagsprogramm an:
G. Braun Buchverlag, Kaiserallee 87, 76185 Karlsruhe

in Karlsruhe seit 1813
G. BRAUN BUCHVERLAG
Karlsruhe

Titelgestaltung und Satz: Andrea Faucheux, G. Braun Buchverlag
Lektorat: Stephanie Kurschus

ISBN 978-3-7650-8518-5

